VERFLUCHTER DRACHE - KREATUREN DER ANDERSWELT

BROGAN THOMAS

ÜBERSETZT VON
TANJA KLEMENT FÜR LITERARY QUEENS

Ebook ASIN: B0DFLYB41G
Taschenbuch ISBN: 978-1-915946-53-9
Gebundene Ausgabe ISBN: 978-1-915946-54-6

Umschlaggestaltung von Melony Paradise

Übersetzt von Tanja Klement

WWW.BROGANTHOMAS.COM

EIN EIGENSTÄNDIGER
URBAN-FANTASY-ROMAN

VERFLUCHTER
DRACHE

KREATUREN DER ANDERSWELT

BROGAN THOMAS

Für meinen Ehemann

Kapitel Eins

»Guten Abend.« Ich versuche, den nächsten Kunden höflich anzulächeln, ohne meine Wangen zu strapazieren oder eine besonders ausdrucksstarke Miene zu machen. Genug, dass sich meine Lippen bewegen, aber nicht so sehr, dass ich am Ende der Schicht mein Gesicht nicht mehr spüren kann.

Einzelhandel ist schön.

Der Job verlangt von dir ein Lächeln, während du die gefrorenen Yorkshire-Puddings wütender Kunden einscannst – und das Ganze zu einem Mindestlohn.

Außerdem ist das Namensschild Pflicht. Die sind so dämlich. Als ob die Kunden die benutzen, um zu sagen, wie toll du bist. Nein, sie wollen sich immer nur beschweren. Nicht, dass sich jemand über mich beschwert, denn ich bin eine nette Person und mache meinen Job gut.

Aber sich seinen Namen auf die Brust zu pinnen, ist nicht gerade die beste Idee. Wenn ich einen Zehner für jede Begegnung bekäme, bei der ein schräger Typ auf meine linke Brust zeigt und sagt: »Wenn die da Kricket heißt, wie heißt dann die andere?« *Har-har-har.* Sehr witzig.

Ohne Namensschild bekommt man eine mündliche Verwarnung, und das darf nicht passieren ... Ich hasse es, angeschrien zu werden, und ich kann mir keine weitere Verwarnung leisten. Ich würde meinen Job, mein Zuhause und möglicherweise mein Leben verlieren.

Es war eine lange Woche.

Heute ist der Name auf meinem Schild zumindest *nah* an Kricket dran. Karens Namensschild lag günstig auf dem Schreibtisch des Managers, als ich reingekommen bin. Ganz vielleicht habe ich es vor meiner Schicht stibitzt und mich im Personalraum inmitten der ausgehängten Erinnerungen umgezogen: LÄCHLE, DU GEHST JETZT AUF DIE BÜHNE.

Ja, es ist eine *Bühne.*

Ich habe auf einen durchchoreografierten Tanz gehofft – einen Einzelhandel-Flashmob –, um ein aufführungswürdiges Lächeln zu üben. Ich wäre so ein Glückspilz. Aber nee, tut mir leid, das ist ein verflixter Supermarkt. Jetzt glaube ich, dass sie froh sind, dass wir alle zu unseren Schichten erscheinen.

Als ob die Aushänge im Personalraum nicht schon nervig genug wären, hängt neben dem Spiegel auch noch ein riesiger gelber Smiley. Die flackernden Oberlichter lassen jeden verwaschen und krank aussehen. Oh, und wenn du zu viel Make-up trägst, bekommst du ebenfalls eine Verwarnung.

Und Gott bewahre, dass du dir die Haare färbst. Ich habe rote Haare und weiß nicht mehr, wie oft man mir vorgeworfen hat, ich hätte sie gefärbt oder einen Illusionszauber benutzt. Einmal musste ich mein Handy zücken, um Familien- und Babyfotos zu zeigen. Wir haben alle leuchtend rote Haare, und sogar Mum ist erdbeerblond.

Die Kundin, die ich angelächelt habe – na ja, für die ich mit den Mundwinkeln gezuckt habe – beachtet mich gar nicht, während sie einen riesigen Stapel Ware auf dem Kassenband ablädt. Sie steckt ihre Hand in eine schäbige Tüte, und dann verschwindet ein Bonbon in ihrem Mund.

Mit ihrer Zunge macht sie dieses schlürfende, mit Spucke gespickte, nass-saugende Geräusch.

Igitt. Ich rümpfe die Nase und seufze. Ich kann Lippen- und Mundgeräusche nicht ausstehen. *Essen. Atmen.* Oh, und nervige Telefone, die piepsen und brummen, machen mich auch wütend.

Es gibt hier diese eine Mitarbeiterin – jeder Tastendruck auf ihrem Handy hört sich an wie ein Regentropfen. *Tropf. Tropf.* Ich schwöre beim Schicksal, wenn sie ihrem Mann eine Nachricht schickt, möchte ich mir das

Handy schnappen und es aus dem nächstgelegenen Fenster werfen.

Das werde ich nicht. Das ist unhöflich. Aber es macht mich wahnsinnig.

Meine Hände bewegen sich automatisch beim Scannen, meine Gedanken schweifen ab und ... Das ist der Moment, in dem ich den Gargoyle sehe.

Ein Friedenswächter.

Er bewegt sich mit gefährlicher Anmut, jeder Schritt ist wohlüberlegt. Seine grün leuchtenden Augen streifen über die Gänge, immer wachsam, immer behütend. Er scheint die Leute, die ihm aus dem Weg gehen, gar nicht zu bemerken.

Friedenswächter machen mir Angst, und seine Anwesenheit hier ist ungewöhnlich. Sie kommen selten ins Innere, da sie alles, was sie brauchen, im eigenen Gebäude haben, also ist er nicht hier, um etwas zu kaufen. Ich habe diesen Mann noch nie gesehen. Ich hätte mir sein Gesicht gemerkt.

Nicht, dass ich stehen bleibe, um mit den Gargoyles zu plaudern – technisch gesehen bin ich eine regelverletzende Kriminelle, und es ist am besten, nicht aufzufallen, egal aus welchem Grund. *Es sei denn, du willst erwischt werden.* Ich sollte ausflippen – jeder Instinkt sagt mir, dass ich ausflippen sollte, da er so nah ist, und das mache ich auch.

Aber da ist noch etwas anderes. Etwas, das mein Herz aus Gründen, die nichts mit Angst zu tun haben, ein wenig schneller schlagen lässt. Ich spüre, wie ich rot werde.

Ich werde rot! Ich! Ich bin mir sicher, mein Gesicht hat die Farbe meiner Haare angenommen. Noch nie habe ich einen Gargoyle für attraktiv gehalten, aber wenn ich sehe, wie er sich bewegt ... Es ist eine seltsame Kombination: Angst und Anziehung.

Das gefällt mir nicht. Ist es das, was meine Freunde fühlen, wenn sie von Muskeln und Unterarmen schwärmen? Die Friedenswächter jagen mir normalerweise viel zu viel Angst ein, als dass ich sie attraktiv finden könnte, aber dieser Mann – dieser Friedenswächter – ist wunderschön. *Ich wette, er kaut nicht mit offenem Mund.*

Der Gargoyle bleibt am Ende meiner Schlange stehen, seine Flügel fest an den Rücken gefaltet. Mein Herz hämmert und ich spüre, wie ein Kribbeln meine Arme hinauf- und hinunterläuft, als seine Augen über die Schlange der Kunden streifen. Sie bleiben kurz auf mir hängen und sein Blick verengt sich auf einen einzelnen Punkt der Verbindung.

Der Mann ist furchteinflößend, ja, aber da flackert noch etwas anderes in mir auf – Neugierde vielleicht? Oder ist das nur meine Einbildung?

Die Bonbon-Lady räuspert sich ungeduldig und ich werde in die Realität zurückgerissen. Ich zwinge mich, konzentriert zu bleiben, und scanne die nächsten Gegenstände mit zitternden Händen. Der Friedenswächter nimmt seine Patrouille wieder auf, und ich konzentriere mich auf meine Arbeit, bis er das Gebäude verlässt.

Ich sollte erleichtert sein.

Aber das Fehlen seiner magischen Signatur fühlt sich für mich wie ein Verlust an.

Um die Bonbon-Lady loszuwerden, scanne ich schneller und schleudere ihre Sachen förmlich in den Einpackbereich. Sie saugt und schlürft weiter und belädt ihren riesigen Einkaufswagen – ohne meine Mätzchen zu bemerken. Als sie den riesigen Stapel entdeckt, blickt sie mich an, gibt ein tadelndes Geräusch von sich und wirft mir ihre lumpigen Tüten ins Gesicht.

Ich zucke zusammen, als ein Griff gegen meine Nase fliegt und ich einen Hauch von Rauch und verfaultem Obst rieche, das an dem Plastik klebt. *Herrlich.* Mit einer Gurke schiebe ich die Tüten so weit wie möglich weg in den Packbereich. Ich fasse sie nicht an.

Zum Glück wird uns davon abgeraten, den Kunden beim Einpacken zu helfen – ein Mitarbeiter hat einmal einen Laib Brot zerquetscht und ein Dutzend Eier zerbrochen, woraufhin die Geschäftspolitik geändert wurde.

Bonbon-Lady versteht den Wink mit dem Zaunpfahl. Mit einem halb vollen Einkaufswagen stapft sie an mir vorbei und räumt die Einkäufe mir nichts dir nichts mit einer einfachen Armbewegung in ihre stinkenden Tüten.

Der nächste Kunde, ein dünner Bursche Anfang

zwanzig mit drei Artikeln in den Händen, macht ein schmerzerfülltes Geräusch in seiner Kehle.

Ich setze mein bestes Kundenlächeln auf. »Es wird nicht mehr lange dauern, Sir.« Und feuere weiter auf Bonbon-Lady, bis ich nichts mehr zu scannen habe. Dann trenne ich die Artikel, um ihr das Einpacken zu erleichtern.

Immer noch mit finsterem Blick und einem kleinen Wutanfall stapft sie zurück zu ihrem Einkaufswagen, holt den Rest ihrer Sachen heraus und knallt sie auf das Band – es knarrt unter Protest. Eine Zweihundert-Gramm-Packung *Traditional Jellied Eels* ist das erste Unfallopfer.

Der ekelerregende Geruch von Salz und totem Fisch durchdringt die Luft. Ist ein Aal eigentlich ein Fisch? Ich zucke mit den Schultern; ich denke schon. Jetzt bin ich irgendwie froh, dass sie im Moment nur Süßigkeiten isst. Sie könnte auch an so einem Ding nagen.

Der seltsame treibende Aal in der Packung sieht irgendwie eigenartig aus. Und jetzt, wo er ausläuft, riecht er auch noch eklig. Bei dem Gedanken, Aale in Aspik zu essen, könnte ich kotzen. Das ist so eine Sache aus dem Süden, eine Londoner Delikatesse, nicht hier in diesem Glasgefängnis im Norden.

»Ich brauche noch so einen.« Bonbon-Lady zeigt mit einem langen rosa Fingernagel auf mich.

Ach was, wirklich? »Natürlich, Madam.« Ich lächle angestrengt, als ich die Hilfetaste drücke, um das blinkende Licht am oberen Rand meiner Kasse zu aktivieren. Es schaltet sich mit einem *Bong* ein. »Ich werde einen Mitarbeiter zu Hilfe rufen, der Ihnen einen Ersatz bringt.«

Bonbon-Lady verengt die Augen, als wäre es meine Schuld, dass sie den Aal vermöbelt hat.

Ich schenke ihr mein bestes, *verständnisvolles* Kundenbetreuungslächeln, das ich vor dem Spiegel eingeübt habe. Es ist eine Kunst. Wenn ich zu viel lächle, wird mir nachgesagt, dass ich herablassend wirke. Wenn ich zu wenig lächle, denken sie, ich sei unhöflich.

Das Lächeln bleibt auf meinem Gesicht, während ich ein halbes Dutzend billiger Plastiktüten einsammle und sie zusammenschiebe, damit ich keinen ekligen Fischgeruch an meine Hand bekomme. Dann beuge ich mich vor und bedecke vorsichtig den Gestank, wobei ich darauf achte, dass der Strichcode oben bleibt, damit ich ihn scannen kann.

Als Nächstes kommen die große blaue Rolle und das Reinigungsspray unter der Kasse zum Vorschein. Wenn ich das Reinigungsmittel benutze, werden meine Hände knallrot. Es ist furchtbar, also bin ich besonders vorsichtig. Ich stöhne, als die Kundin versucht, noch mehr Sachen auf das Aal-Chaos zu legen. Sieht Bonbon-Lady denn nicht ... Ich seufze und zähle in meinem Kopf bis zehn, dann schiebe ich mit einem weiteren höflichen Lächeln alles mit einer Bewegung meines Unterarms von der Flüssigkeit weg.

»Wenn Sie bitte etwas zurücktreten würden, ich muss diese Sauerei beseitigen, bevor sie auf Ihre anderen

Sachen kommt.« Ich fuchtle dramatisch mit der Reinigungsflasche herum, um meinen Worten Nachdruck zu verleihen und um der Kamera des Ladens einen Gefallen zu tun. Falls es eine Sicherheitsfrage gibt – zum Beispiel, ob ich ihre Augen bespritzt habe –, habe ich mich mit einem dramatischen Fuchteln abgesichert.

Wie erwartet, rührt sich Bonbon-Lady keinen Zentimeter von der Stelle. Mein Lächeln wird schwächer und ich ziehe eine Augenbraue hoch. *Beweg dich, Lady!* Sie verengt die Augen, als hätte ich das laut gesagt, und wankt einen winzigen Schritt zurück.

»Könnten Sie bitte noch ein bisschen weiter zurückgehen?« Ich bekomme einen finsteren Blick für meine Mühe, aber sie bewegt sich. »Vielen Dank.«

Ich liebe meinen Job. Ich liebe meinen Job.

Ich sprühe großzügig das Reinigungsmittel auf das Band, rolle das blaue Papier aus, benutze wieder eine Plastiktüte als Handschutz, wische den Aalsaft auf und lege dann die durchnässten Tücher neben die beschädigte Packung. Sprühen und wischen, sprühen und wischen. Ich rümpfe die Nase. Ich hoffe, sie stellen mich morgen nicht wieder an diese Kasse, denn ich bin mir sicher, dass irgendeine fischige Flüssigkeit ausgetreten ist und sie bis dahin so richtig reif sein wird.

Der Typ hinter uns schaut wehmütig auf die Kassen um uns herum, die sich schneller bewegen und murmelt dann, dass er immer die falsche wählt.

Ich auch, Kumpel, ich auch.

Ich drehe mich um und drücke wieder auf das Licht und die Klingel. Dann scanne ich weiter.

»Was machst du da?«, fragt Bonbon-Lady mit einem bissigen Gesichtsausdruck.

Hm? »Ich scanne den beschädigten Aal und schließe die Transaktion ab, während wir auf den Ersatz warten.«

Mr. Drei-Gegenstände-Typ wird hellhörig.

»Das wirst du nicht tun.« Sie hält mir ihren Finger vors Gesicht. »Ich werde nicht von der Sicherheitskontrolle angehalten, nur weil du unfähig bist, den richtigen Artikel zu scannen.«

Ich blinzle über den Finger, der nur wenige Millimeter von meiner Nase entfernt ist. »Ich werde das jetzt aber scannen.«

»Es ist nicht der, den ich mit nach Hause nehme.« Sie knallt ihre Hand auf die Fläche. »Wenn du das beschädigte Exemplar scannst, wird meines nicht im System auftauchen.«

Ich lehne mich zurück und streiche mir eine Haarsträhne hinters Ohr. Wie formuliere ich das denn jetzt? »Ähm, so funktioniert das nicht. Das Kassensystem erkennt sie nicht als einzelne Produkte, da sie alle den gleichen Barcode haben.«

Sie knurrt mich an. Das harte Bonbon in ihrem Mund klappert gegen ihre Zähne und ein wenig rote Spucke bahnt sich ihren Weg zwischen den Lippen hindurch und tropft ihr Kinn hinunter. Ihr Gesicht wird knallrot, während sie tief einatmet.

Oh-oh.

»ICH WERDE AUF MEINE PACKUNG *JELLIED EELS* WARTEN!« Jetzt, wo sie die Aufmerksamkeit aller hat, schnieft sie, verschränkt die Arme unter den Brüsten, tippt mit dem Fuß auf und wirft mir einen Todesblick zu. »Die Jugend von heute – *du*, Mädchen – braucht eine bessere Ausbildung oder vielleicht ein paar Nächte in einer Zelle.«

Der hat gesessen. Meine Schultern stoßen an meine Ohren, und es kostet mich *all* die beschissene Ausbildung im Kundenservice, die ich im Laufe der Jahre genossen habe, um nicht wütend zu werden oder zu weinen.

Der Typ hinter der Frau winselt.

Ich möchte mit ihm winseln.

Die Kassen stoppen unsere Zeit. Wenn wir nicht jeden Kunden in einer bestimmten Zeit abfertigen, sinkt unsere Durchschnittsbewertung. Dann bekommen wir ein zusätzliches *Training*, und das Management gibt es nicht zu, aber wochenlang, auch wenn deine Durchschnittszeit gestiegen ist, wirst du in beschissene Schichten eingeteilt, wie an diesem Freitagabend bei Vollmond, wenn alle Verrückten gerne einkaufen.

Wie aufs Stichwort fängt ein Kunde im Gemüsegang an, Affengeräusche zu machen und wirft Bananen auf andere Kunden. So etwas kann man sich wirklich nicht ausdenken. Dieser Laden ist wild. Und nicht auf eine gute Art.

Ich frage mich, was der Gargoyle wohl macht.

Kapitel Zwei

Endlich stapft die Läuferin dieser Schicht auf mich zu – Kaugummi kauend. O Schicksal, es ist einer dieser Tage. »Was willst du« – *mampf, mampf* – »soll ich an Kasse sechs?« Sie sagt die Worte, ohne Luft zu holen oder mich anzusehen, und der Kaugummi fällt fast aus ihrem Mund, während sie den Bananenwerfer angrinst.

Ich zeige ihr die Aale. »Können wir bitte einen Ersatz haben?«

»Klar, ich bin in einer Sekunde wieder da.« Sie hält einen einzelnen Finger hoch.

Die Läuferin wird in der Tat nicht in einer Sekunde wieder da sein. »Könntest du ...« Ich versuche, sie dazu zu bringen, das beschädigte, stinkende Paket mitzunehmen, aber sie ist schon dabei, den Laden zu durchqueren – in einer Geschwindigkeit, die an eine Schnecke erinnert.

Meine Wangen schmerzen, da ich die wachsende Schlange seufzender und zappelnder Kunden anlächle. Ich fahre fort, die Einkäufe von Bonbon-Lady zu scannen, bis wir alle höflich darauf warten, dass die Ersatz-Ekelhaftigkeit gebracht wird. Diese ganze Interaktion wird meine Durchschnittsquote auf jeden Fall komplett ruinieren.

Innerlich möchte ich weinen. Ich bin neunzehn Jahre alt. Ich sollte am Freitagabend mit meinen Freunden ausgehen. Das wäre so schön. Stattdessen werde ich für immer hier festsitzen und arbeiten.

Ich trommle mit den Fingern auf die Kante der eingebauten Aluminiumwaage. Ich schätze, das ist meine eigene verdammte Schuld. Von Natur aus bin ich keine Mitläuferin. Ich bin widerspenstig und habe noch nie gedankenlos die Regeln befolgt, was mich unbeliebt macht.

Und ich meine so *richtig* unbeliebt.

Ich bin nicht gerade die angenehmste Person, die man um sich haben kann. Meine Mum hat mir schon hundertmal gesagt, dass ich zu ehrlich bin und nicht weiß, welche Gedanken ich für mich behalten und welche ich rauslassen soll. Deshalb halte ich jetzt den Mund. Alle Fragen, die ich habe, schwirren irgendwie in meinem Kopf herum und kommen auf andere Weise heraus.

Auf magische Weise.

Als ich ein Kind war, habe ich alles hinterfragt. Ich habe *eine Menge* Fragen gestellt. Ich konnte nicht die Klappe halten, und meine Neugierde und meine unverhohlene Naivität, wie die Welt funktioniert, haben mir einen schlechten Ruf eingebracht.

Ich wurde als Problemfall abgestempelt.

In der Schule sagte sie allen, auch meinen Freunden, dass ich geistige Schwierigkeiten hätte, und sie schleifte mich durch psychologische Tests, bei denen ich kläglich versagte.

Deshalb ist meine Jobzuweisung der Einzelhandel.

Etwas anderes kann man mir nicht zutrauen.

Lass die Unruhestifterin sechzehn Stunden lang Regale einräumen, lass sie sechs Tage die Woche mit wütenden Kunden zu tun haben und beobachte, wie das Leben aus ihr herausgesaugt wird. Dann wird sie keine Fragen mehr stellen, *muahahah*.

Regale einräumen hat mich fit gemacht, und es ist irgendwie entspannend, alle Etiketten in dieselbe Richtung zu drehen. Es ist befriedigend, ein leeres Regal zu füllen, also scheiß auf sie. Ich mag Menschen.

Die meisten Menschen.

Bonbon-Lady mustert mein Namensschild. »Karen«, murmelt sie passiv-aggressiv, als wolle sie mich motivieren, schneller zu arbeiten.

Ich möchte meine Arme in die Luft werfen und schreien: *Hören Sie, Lady, ich kann die Läuferin nicht dazu bringen, schneller zu laufen!* Aber ich tue es nicht.

Sie versucht nicht, sich meinen Namen wegen meiner schillernden Persönlichkeit zu merken. Wenn sie nach Hause kommt, wird Bonbon-Lady ihren Computer anwerfen und auf die Bewertungsseite des Ladens gehen, um sich über meinen schlechten Kundenservice zu beschweren.

Na ja, sie hat ein Recht auf ihre eigene Meinung. Aber eigentlich ist das unklug von ihr. Mein offizielles Namensschild ist immer noch an dem grellgrünen Poloshirt von gestern befestigt und liegt jetzt ganz unten in der Waschmaschine – blitzblank.

Ich verziehe das Gesicht. *Tut mir leid, Karen.*

Wenn Bonbon-Lady sich beschwert, werde ich das auf mich nehmen und es zugeben.

Blödes Namensschild.

Ich hasse es hier. Nicht nur im Supermarkt, sondern *hier. In dieser Stadt.* Diese übernatürliche Gemeinde mit etwa fünftausend Einwohnern, die in einem Gefängnis leben, das ich nicht gerade liebevoll *Glasgefängnis* nenne – obwohl es nicht aus Glas ist.

Nein, es ist ein massiver, unbeweglicher, mächtiger Schutzwall, der sich um die Stadt herum und über die knapp fünfzehn Kilometer Umfang erstreckt.

Ich habe meinen Dad einmal gefragt, warum niemand einen riesigen Schutzwall mitten in England für seltsam hält. Er hat mit den Schultern gezuckt und gesagt: »Kricket, die Leute glauben, was man ihnen sagt.«

Damals hieß es, ein Zauber sei schiefgegangen und man habe die Stadt evakuieren und abriegeln müssen.

Gefangen.

Wir sind hier alle gefangen.

Andere sagen, wir sind geschützt. Sicher. Aber was ist schon Sicherheit, wenn man nichts jenseits des Käfigs sehen kann? *Außerdem ... so sicher ist es auch wieder nicht.*

Jeder – oder fast jeder – in der Stadt hat Drachenblut.

Cool, nicht wahr? *Drachen.*

Manche sagen, dass sich die Drachen so entwickelt haben, dass sie sich in Menschengestalt verwandeln können und nicht andersherum. Manche behaupten, dass diese menschenähnlichen Drachen über drei Meter groß sind und speziell angefertigte Kleidung haben müssen. Dass sie wunderschön sind. Aber Drachen, echte Drachen, sind selten. Ich habe noch nie einen gesehen, und *ich will auch keinen sehen.*

Nein, danke. Ich bin klein, zerbrechlich und *knusprig.*

Diese Stadt ist voll von Verlorenen und Gestohlenen. Eine Mischung aus Kreaturen, ganzen Familien, die bei Überfällen geschnappt werden, um alle Menschen mit der richtigen DNS aufzusammeln.

Jeden mit dem Blut von Drachen.

Wir sind hierhergekommen, als ich sechs war und meine Brüder, die Zwillinge, noch Babys waren. Mum erlebte eine komplizierte Geburt und Aleric, der jüngere

Zwilling, hatte ein medizinisches Problem, das dazu geführt hat, dass sie eine DNA-Probe genommen haben. Innerhalb weniger Tage wurde unsere gesamte Familie entwurzelt und hierher umgesiedelt.

Seit dreizehn Jahren hausen wir hier gemütlich und sicher. Es sind auch nicht nur Engländer. Menschen aus der ganzen Welt wurden aus ihrem Leben gerissen und in dieser Stadt abgeladen – zum Verrotten.

Oh, Entschuldigung. Selbst in meinen Gedanken muss ich es richtig ausdrücken. Das Propagandaskript besagt, dass wir sicher sein und *beschützt* werden sollen, zusammen mit unserem einzigartigen fremdartigen Blut.

Das ist verdammt dubios, wenn man mich fragt.

Aber mich fragt niemand.

Ich mag es nicht, in einem Käfig zu sein, in einer Stadt, aus der ich nicht entkommen kann. Ich finde es seltsam, dass ein längst verstorbener Verwandter von mir mit einem Drachen Rambazamba hatte und wir deshalb hier festsitzen.

Ich wünschte, ich wäre nicht gefangen. Wir bekommen stark zensiertes Fernsehen aus der echten Welt, also weiß ich, dass es draußen viel schwieriger ist als hier. Die reale Welt ist gefährlich: Vampire, Dämonen, die Fae und alle möglichen furchterregenden Kreaturen streifen außerhalb des Schutzwalls umher, führen ihr Leben und bringen sich gegenseitig um. Trotzdem würde ich das alles gern sehen.

Ich fahre mit meinem nervösen Klopfen und dem

mitfühlenden Lächeln in Richtung der Warteschlange fort. »Nicht mehr lange«, sage ich strahlend.

Es kommt mir wie eine Ewigkeit vor, bis die Kaugummi kauende Läuferin mit der Packung *Jellied Eels* zurückkommt. Sie schiebt sie mir zu und eilt dann davon, wobei sie mir die Tüte mit dem Gestank überlasst, die ich hinter die Kasse schiebe. Sobald ich eine Pause habe, werde ich sie selbst in den Bereich für beschädigte Waren werfen.

Ich halte Blickkontakt mit der Bonbon-Lady, während ich den Barcode des neuen Aalpakets scanne, ihr ein weiteres Lächeln schenke und den Gesamtbetrag nenne.

Sie bezahlt mit der Karte.

»Danke, dass Sie bei uns eingekauft haben. Ich wünsche Ihnen einen schönen Abend.« Ich überreiche ihr den Kassenbon und mein falsches Lächeln verblasst, als die Sekunden vergehen und sie sich nicht bewegt.

Komm schon, Lady, bitte beweg dich!

Bonbon-Lady prüft die Quittung akribisch.

Aus den Augenwinkeln sehe ich, wie die Managerin die Kassenreihe entlanggeht. Ihre Augen sind auf mich gerichtet.

Oh-oh.

Ich räuspere mich und achte darauf, dass meine Stimme besonders monoton ist, ohne einen Hauch von Irritation oder Panik. »Entschuldigen Sie, hinter Ihnen steht eine Schlange von Leuten, die warten. Würden Sie bitte zur Seite treten? Wenn es einen Fehler bei Ihrem

Einkauf gibt, wird der Kundenservice ihn gern beheben.« Ich zeige hilfsbereit auf den Kundenschalter und die Angestellte, die ins Leere starrt und an ihren Nägeln kaut.

Bitte, geh weg! Bitte, bitte, bitte!

Bonbon-Lady senkt die Quittung und hebt ihr Kinn. »Ich werde dich melden, Karen.« Sie spuckt den Namen förmlich aus, schnappt sich ihren Einkaufswagen und ...

Draußen erschüttert ein lautes *Bumm!* den ganzen Laden.

Kapitel Drei

Meine Knie schmerzen, als sie mit einem Krachen auf dem Boden aufschlagen. Ich schiebe den rollenden Stuhl der Kasse aus dem Weg und ducke mich unter den massiven Rahmen des Einpackbereichs. Die Lichter gehen aus und die alltäglichen Geräusche des Supermarkts – die quälende Ladenmusik – verstummen.

Es fühlt sich gespenstisch an.

Die Stille wird nur durch das obligatorische Wimmern der Kunden und das Röcheln meines Atems gestört. Sekunden später kommt ein gewaltiger Schwall von Magie, der die Luft aufheizt und meine Ohren zum Knacken bringt. Die Fenster an der Vorderwand klappern und das ganze Gebäude bebt.

Der Geschmack von Ozon brennt in meiner Kehle und die Energiewelle bringt einen Schwall von Geräuschen mit sich. Draußen auf dem Parkplatz schrillen die Autoalarme, und es regnet *rums, rums, rums* mutmaßliche Trümmerteile herab. Ich plumpse komplett auf den Boden, die Knie an der Brust, und bedecke meinen Kopf mit den Armen.

O Schicksal.

Was zum Teufel war das?

Mein ganzer Körper zittert und etwa sechzig Sekunden lang halte ich den Kopf gesenkt. Als nichts weiter passiert, stemme ich mich vom Boden ab und spähe um die Rückseite der Kasse.

Die Vernünftigen gehen in Deckung und die Mutigen stehen und starren unbekümmert durch die Fensterfront, als ob Explosionen jeden Tag passieren.

Ich bemerke einen Mann am Ende der Kassenreihe, der nervös zuckt. Er ist derjenige, der den Haupttüren am nächsten ist. *Mach es nicht!* Seine Füße wackeln und er wippt ein bisschen. *Warte bitte noch ein bisschen!* In der nächsten Sekunde scheint er sich zu entscheiden, denn plötzlich rennt er los. Seine panische Flucht zu den Türen scheint alle aus ihrer Benommenheit zu reißen, und es folgt ein Massenexodus.

Es ist eine Flut von Kunden und *Mitarbeitern.* Einige werfen ihre Einkaufswagen weg, andere nutzen das Chaos und den fehlenden Strom und die nicht funktionierenden Kameras als Gelegenheit, um Sachen zu stehlen.

Der Laden dreht durch.

Der Halt, der sie an den Anstand bindet, ist zerbrochen.

Mir klappt die Kinnlade herunter, während ich mich an die sperrige Seite der Kasse klammere. Ich schüttle den Kopf. Die benehmen sich wie Tiere. Ich kann nichts tun, und ich bekomme nicht genug Geld, um mich mit dieser Scheiße rumzuschlagen. Nach ein paar weiteren Sekunden flackert die Notbeleuchtung des Ladens auf, und ich kann nicht anders, als vor Erleichterung ein wenig zusammenzusacken.

Dann wackeln die Beine der Bonbon-Lady ins Blickfeld.

Ihr gerade noch kostbarer Kassenbon flattert durch die Gegend und landet auf dem Boden. Ihre Hände umklammern den grünen Griff ihres Einkaufswagens so heftig, dass ihre Knöchel weiß werden und sich ihre rosa Nägel in die Handflächen graben. Bonbon-Lady beugt sich vor, als würde sie in ein Rugbyspiel gehen, und mit einem Knurren stürmt sie mit ihren Einkäufen davon. Die Kunden vor ihr, die ihr nicht schnell genug aus dem Weg gehen, werden überrollt.

Scheiße!

Ich beobachte, wie Menschen durch die Gegend fliegen. Wow. Wenn die Kacke am Dampfen ist, kämpft jeder für sich selbst.

»Oh, komm schon! Komm schon!«, schreit Drei-Gegenstände-Typ.

Sein plötzlicher Schrei lässt mich zusammenzucken.

Ich ziehe eine Grimasse, als ich meinen Kopf anstoße. Der Typ wirft einen Zehner in die Kasse, drückt sich die drei wertvollen Artikel an die Brust und stürzt sich ins Getümmel, um nach draußen zu gelangen.

Bleiben oder gehen, Kricket? Bleiben oder gehen?

Was ich nicht tun kann, ist, mich die ganze Nacht neben der Kasse zu verstecken.

Schock und Angst pulsieren in mir und mein Herz hämmert. Ich stähle mich, stehe auf, schaue mich in dem Wahnsinn um und streife meine zitternden Hände an der Hose ab. Ich vermeide es, auch nur in die Nähe der Fenster zu schauen. Was ist, wenn draußen ein Gemetzel stattfindet? Ich will nicht hinsehen, falls ich etwas sehe, das ich nicht mehr vergessen kann.

Ich habe auch so schon genug Albträume.

Braucht irgendjemand Hilfe? Um diese Uhrzeit sind zumindest die meisten unserer älteren Kunden schon im Bett. Ich knabbere an meiner Lippe, während ich das Chaos betrachte, das die Kunden hinterlassen haben, und mir wird klar, dass ich es sein werde, die das aufräumen muss ...

Es folgt eine weitere Explosion. Diese kommt mir näher vor und vielleicht war sie in der anderen Richtung. Es ist schwer zu sagen, denn ich bin wieder auf dem Boden und verstecke mich hinter der Kasse.

Füße bewegen sich an mir vorbei, während weitere verängstigte Kunden den Laden verlassen.

Eine Explosion könnte ein Unfall sein.

Zwei Explosionen aus verschiedenen Richtungen sind ein Muster.

Ich zittere, spähe hinaus und zwinge mich diesmal, durch die Fenster zu schauen. Da ist dichter, nebelartiger Rauch. Ohne die Straßenlaternen, die ihn durchdringen, kann ich gar nichts sehen.

Werden wir angegriffen? Könnte der Supermarkt als Nächstes dran sein?

Ich kaue auf meiner Lippe. »Weiß jemand, was hier los ist?«, schreie ich. »Braucht irgendjemand Hilfe?«

Keiner macht sich die Mühe zu antworten. Die Explosionen hörten sich schlimm an, wie im Krieg.

Wo sind die Friedenswächter?

Der Rauch draußen wird immer dichter und dringt durch die offenen Türen des Ladens. Ich muss etwas tun. *Ich muss mich bewegen.* Die wackelige Schichtleiterin – die vor ein paar Minuten noch hinter mir her war – fummelt an der automatischen Haupttür herum, die sich nicht schließen lassen will.

Ich habe gearbeitet, als die Türen gewartet wurden, und ich weiß, dass es unten an der linken Tür ein Schlüsselloch gibt, mit dem man die Automatik aus- und einschalten kann. Im Falle eines Stromausfalls kann jemand die Türen von Hand betätigen.

Sie muss diese Türen aus Sicherheitsgründen schließen. Ich habe schon Leute gesehen, die gestohlen haben, und sie offen zu lassen, verschlimmert das Problem nur.

Seit ein paar Minuten hat es keine Explosion mehr gegeben. Ich glaube nicht, dass es ungefährlich ist, mich zu bewegen, aber ich muss. Ich weiß, wie ich helfen kann, und das ist das Mindeste, was ich tun kann. Mein Blick geht nach links zu dem weit entfernten Personalbereich und meinem Spind und nach rechts zur zitternden Schichtleiterin.

Verflixt und zugenäht, Kricket.

Mit hämmerndem Herzen greife ich nach dem Rand der Kasse und zerre mich auf die Beine.

Mein Kopf ist in Aufruhr. Ich will nicht von einem Einkaufswagen gerammt werden oder dass irgendein Idiot mich als Zielscheibe benutzt. Ich stoße einen angewiderten Atemzug aus. Ich sehe viel zu viel fern. Diese ganze Situation ist nicht gerade hilfreich für meine überaktive Fantasie. Ich bewege meine Füße und kämpfe mich an die Seite der Managerin. Vielleicht bilde ich mir das nur ein, aber der rauchige Wind vom Parkplatz hat immer noch Wärme und bewegt sich seltsam, wie ein Fluss aus Trockeneis.

Magie.

Sie lässt die kleinen Härchen in meinem Nacken aufsteigen.

»Hier, lass mich das machen.« Ich nehme der Managerin die Schlüssel aus der verschwitzten Hand, woraufhin sie mich mit großen, runden Augen anstarrt. »Diese Türen haben eine Funktion, mit der man sie manuell öffnen und schließen kann, wenn der Strom ausfällt.« Ich hocke neben der Tür, mein Rücken klebt am Fenster, und ein eiskalter Schauer läuft durch meine Wirbelsäule. Ich mag es nicht, neben dem Glas zu sein.

Der verrückte Rauch der Magie weht durch die offenen Türen. Er riecht leicht süßlich und kitzelt meinen Rachen. Ich schlucke einen Husten hinunter und bedecke meinen Mund mit meinem Arm, damit meine Lungen nicht noch mehr davon filtern müssen.

»Die Türen sollten ihre eigene Stromversorgung haben, vielleicht eine Batterie, damit so etwas nicht passiert, aber was weiß ich schon? Ich bin keine Türtechnikerin«, murmle ich, halb zu mir selbst und halb zur Schichtleiterin.

Mit etwas Gerangel bekomme ich den Schlüssel in das Loch, und als er sich dreht, klickt der Türmechanismus. Ich gebe der Tür einen Probestoß und sie bewegt sich leicht auf ihren Schienen. Ich drücke gegen den schwarzen Rahmen, und sie gleitet weiter. Nachdem sich die eine Seite geschlossen hat, folgt die andere, und sie treffen sich in der Mitte.

Meine Oberschenkel brennen, als ich mich vom Boden abstoße, auf die Beine komme und den Schlüssel ins Schloss schiebe, bis er mit einem beruhigenden Klicken einrastet.

Erleichtert schließe ich die Augen.

Die Schichtleiterin stupst mich an, damit ich zur Seite rutsche, und nimmt die Schlüssel in die Hand. »Danke. Ich bleibe hier und helfe den Kunden beim Verlassen des Ladens. Vielleicht könntest du das Personal zusammentrommeln und alle Fleisch- und Wurstwaren an ihren Platz zurückbringen. Wir müssen alle verderblichen Waren sichern, bevor jemand nach

Hause geht. Lasst alles Unverderbliche liegen.« Damit meint sie Konserven und lange haltbare Produkte. »Darum können wir uns kümmern, wenn wir wieder Strom haben.«

Ich blinzle sie an. »Klar.«

Ich bringe es nicht übers Herz, ihr zu sagen, dass die Dinge sowieso auftauen werden, wenn wir nicht bald wieder Strom haben. Außerdem ... ist das wirklich ihre Priorität, bei dem, was da draußen passiert? Die meisten Mitarbeiter sind vor die Tür gerannt. Ich habe den Wachmann sogar mit ein paar Whiskeyflaschen hinausjoggen sehen.

Ich reibe mir den Nacken und starre hinaus auf den wirbelnden Rauch.

Eine Gänsehaut breitet sich auf meinen nackten Armen aus. Da ich so nah an einer Glaswand stehe, fühle ich mich ein bisschen unwohl und verwundbar, denn Glas und willkürliche Explosionen sind keine gute Mischung. Ich will keine gläserne Gesichtspflege.

»Sollten wir nicht ... ähm ... von den Fenstern weggehen?« Meine Stimme quietscht am Ende vor Stress, und ich kann nicht verhindern, dass ich meine Schultern zusammenziehe.

Ja, hier zu stehen, ist nicht die beste Idee.

Die Schichtleiterin wirft mir einen komischen Blick zu, als wäre ich diejenige, die dumm ist. »Was? Wieso? Das ist Sicherheitsglas, das geht schon.« Sie klopft an die Tür, um ihren Standpunkt zu unterstreichen.

Sicherheitsglas? Es ist nicht einmal magisch, und draußen explodiert alles.

»Soll ich einen Schutzwall aus dem Büro holen?« Wir haben einen Vorrat für Notfälle, und wenn das hier nicht als Notfall zählt, dann ist gar nichts einer.

»Nein, das kann ich nicht genehmigen. Hör zu ...« Ihr Blick fällt auf mein gesenktes Namensschild »Karen«, sagt sie mit einem spöttischen Blick. Jetzt, wo die Türen geschlossen sind, wird sie immer mutiger und schlüpft wieder in ihre herrische Rolle. Sie zeigt mit einer flatternden Hand auf alle verlassenen Einkaufswagen. »Du warst sehr entgegenkommend mit den Türen, aber kannst du bitte tun, was man dir sagt und die Tiefkühl- und Fleischprodukte einsortieren?« Sie senkt ihre Stimme und verengt ihre Augen. »Zwing mich nicht, dich abzumahnen, Kricket.«

Tja, und jetzt werde ich nicht weiter diskutieren. Ich weiche mit erhobenen Händen von ihr zurück. »Okay«, flüstere ich und husche davon. Ich begebe mich in einen sichereren Bereich, nämlich in den breiten Mittelgang – weg von den Fenstern – und anstatt zu tun, was sie verlangt, hole ich schnell meine Sachen aus meinem Spind.

Bye-bye, ich verschwinde von hier.

Ich komme an ein paar entschlossenen Kunden vorbei, die immer noch da sind, obwohl sie genauso geschockt aussehen wie ich. Ich halte meinen Kopf gesenkt und stürme vorbei. Es ist schrecklich, dass ich nicht frage, ob sie Hilfe brauchen, aber ich muss zu meinem Telefon und mich bei meiner Familie melden – der Drang, mich zu vergewissern, dass es ihnen gut geht, treibt meine hektischen Schritte voran. Ich bewege mich zu schnell, um die Richtung zu ändern, als ich eine vertraute Gestalt sehe.

Mein Erzfeind Anton Hill schreit einen jungen Kassierer an: »Warum kannst du mich nicht abrechnen? Ich habe meine Karte.« Er wedelt mit dem Plastik vor Richs Gesicht.

Igitt. Ich gehe weiter; wenn ich jetzt abdüse, sieht es so aus, als würde ich vor *ihm* fliehen. Das würde er mich nie vergessen lassen. Natürlich muss es er sein, der zwischen mir und dem Personalraum steht.

»Es tut mir leid, aber wir haben keinen Strom. Die Kasse funktioniert nicht, und keine Kasse bedeutet kein Kartenlesegerät«, erklärt Rich.

Aber Anton Hill hört nicht zu. Er redet weiter auf Rich ein, wobei seine Stimme schmierig und herablassend klingt. »Du dummer Junge«, schimpft er weiter.

Okay, das reicht. Ich bin keine konfrontative Person. Na ja, in meinem Kopf bin ich konfrontativ, aber ich versuche, meinen Mund zu halten. Das hat mich das Leben gelehrt. Ich versuche, ein quirliges, freundliches Mädchen zu verkörpern. Aber als ich sehe, wie der schreckliche Anton Hill sich einem Teenager gegenüber unhöflich verhält, während dem, was draußen vor sich geht – Leute könnten verletzt oder tot sein –, rastet etwas in mir aus und ich schreie, was gar nicht zu mir passt.

»Oi, Anton Hill, verschwinde!« Meine Stimme übertönt sein Geschrei und beide Männer drehen sich um, während ich auf sie zugehe.

Rich fällt die Kinnlade herunter.

Oh, Mist, jetzt habe ich es geschafft. Tja, was hat Nan doch immer gesagt: wer A sagt ...

Ich kann Unhöflichkeit nicht ausstehen; das ist so, als würde man mit offenem Mund kauen. »Der Laden ist geschlossen«, knurre ich.

»Du.«

»Ich.«

Ich bin mit diesem Typen zur Schule gegangen. Er war damals ein Arschloch und ist auch jetzt noch eins. Ich mag Leute. Ich halte mich selbst für eine gesellige Person. Aber es gibt eine Person auf dieser Welt, die ich wirklich nicht leiden kann, und das ist der verflixte Anton Hill. Er ist die Verkörperung eines Tyrannen. Es ist, als hätte der Mann eine Checkliste im Kopf, auf der er alle grausamen Dinge aufzählt, mit denen er davonkommen kann, und die er täglich abhakt, eins nach dem anderen.

Wie oft er mich schon zum Weinen gebracht hat ... und er hat sich nicht verändert, nicht im Geringsten.

»Kricket.« Er schenkt mir ein breites, zähnezeigendes Lächeln.

Seine Zähne sind so künstlich weiß, dass sie mich an viereckige Kaugummis erinnern. Es kostet mich alles, was ich habe, um professionell zu bleiben. Ich schlucke meine Erwiderung hinunter und bemühe mich, die Situation in den Griff zu bekommen. »Sir ...«

Er stößt ein anzügliches Lachen aus und beugt sich zu mir vor. »*Sir* ... das gefällt mir.« Er zieht die Augenbrauen hoch, leckt sich über die fleischigen Lippen und wippt mit seinem Becken in meine Richtung.

Bäh. Einfach nur bäh.

Ich schlurfe ein paar Schritte von seinem Stoßen weg. »Anton Hill, was immer da draußen passiert, ist ein Ausnahmezustand. Wir. Haben. Geschlossen.«

Um meinen Standpunkt zu unterstreichen, ertönt eine weitere Explosion.

Ich werfe mich neben einen Stützpfeiler des Daches und lasse mich auf Hände und Knie fallen. Das Gebäude knarrt bedrohlich und die Notbeleuchtung flackert. Was auch immer passiert, es kommt immer näher.

Die beiden Jungs starren auf mich herab, als ob irgendetwas falsch daran wäre, dass ich auf dem Boden liege und meinen Kopf bedecke. Es stört mich nicht, dass ich auf dem Boden liege, aber was mich stört, ist, dass sie es nicht sind.

»Wenn du schon mal da unten bist, Kricket, Süße.« Anton Hill streckt seine Hand aus, und macht eine pantomimische Bewegung, so als würde er meinen Hinterkopf halten, bevor er wieder mit seinem Becken nach vorn stößt.

Würg. Ich glaube, ich habe mich ein bisschen in den Mund übergeben. Oh, Junge, das ist eine knappe Sache, denn ich unterdrücke nur schwer den fast überwältigenden Drang, ihm in die Eier zu boxen. Ich muss ihn nicht einmal anfassen. Ich kann mir eine Dose aus dem Regal schnappen und sie werfen.

Das Personal muss sich professionell verhalten ... aber ich bin auf gleicher Höhe mit seinem Einkaufskorb. Ich stütze mich mit einer Hand auf und kippe den Korb mit der anderen in meine Richtung. Ich schaue hinein. »Na, hast du heute etwa ein heißes Date mit deiner Hand?«, frage ich mit einem Klimpern meiner Wimpern und einem schüchternen Lächeln.

Habe ich das gerade wirklich gesagt?

Rich schnaubt laut.

O ja, das habe ich. Im Geiste hebe ich eine Siegesfaust in die Luft. Ich habe einen guten Lauf und bin noch lange nicht fertig. »So dringend brauchst du die Handcreme, die Tiefkühlpizza und den Sechserpack Cola doch sicher nicht, oder, Ant?« Ich lächle süß.

»Bitch«, knurrt Anton. Er bewegt seinen Fuß, und ich reiße meine Hand vom Boden, bevor er mir auf die Finger treten kann.

Mit großen Schritten stehe ich auf und verenge meine Augen. »Raus, oder *ich* werde dich rausschmeißen.« Er weiß, dass ich ihm in den Arsch treten kann.

Wie Revolverhelden im Wilden Westen starren wir uns an, und Anton Hill muss etwas in mir sehen, denn mit einem Brüllen schleudert er seinen Korb in das nächstgelegene Regal. Die Sachen scheppern auf den Boden und er stapft in Richtung Haupteingang davon.

Ich atme erleichtert auf, als er an der Schichtleiterin vorbeigeht.

»Das war dumm«, murmle ich und kratze mich am Kopf. Er wird mir das Leben noch schwerer machen. Und was noch schlimmer ist, dieser Vorfall wird direkt an meine Mutter weitergegeben.

»Danke, Kricket.«

»Gern geschehen, Rich.«

»Was machen wir jetzt?«, flüstert er und reibt sich die Arme, während er auf das Chaos um uns herum starrt.

»Ich habe keine Ahnung. Ich bin mir sicher, dass die Friedenswächter das alles in kürzester Zeit in Ordnung bringen werden. Meide, was auch immer da draußen passiert, und wenn du nach Hause kommst, versteck dich. Du wohnst doch nur auf der anderen Straßenseite, oder?«

Er nickt.

»Die Schichtleiterin ist auf einem regelrechten Kriegspfad. Ich würde die Vordertür meiden und durch den hinteren Notausgang abhauen. Das werde ich auch tun.«

»Was? Jetzt? Du gehst nach Hause? Was ist mit deiner Schicht?«

»Rich, fast alle sind schon weg, und sie zahlen mir nicht genug, um hierzubleiben. Ich muss mich zu Hause melden.« Ich schenke ihm ein kleines, besorgtes Lächeln und mache mich auf den Weg, um mein Telefon zu holen.

Kapitel Vier

Der hintere Bereich des Ladens ist dunkler. »Bezeichnend, dass die Notbeleuchtung im Personalbereich nicht so hell ist«, murmle ich. Auf dem Weg am Büro des Managers vorbei werfe ich das geliehene Namensschild zurück auf den Schreibtisch und hetze in den Personalraum.

Ich öffne schnell meinen Spind, schnappe mir mein Handy, und während ich darauf warte, dass es angeht – das wird eine Ewigkeit dauern und ich bereue jetzt schon, dass ich das verdammte Ding überhaupt erst ausgeschaltet habe –, ziehe ich den Reißverschluss meiner Jacke zu, um das grellgrüne Poloshirt zu verdecken.

In der linken Tasche meines Mantels steckt eine dunkelgrüne Wollmütze, die ich trage, wenn es auf dem Weg zur Arbeit windig ist oder regnet; sie bietet eine zusätzliche Schutzschicht. Mit nassen Schuhen, Beinen und Haaren in einem Supermarkt zu arbeiten, ist nicht gerade angenehm, und du kannst dir sicher sein, dass irgendein Schichtleiter deine Ertrunkene-Ratten-Ästhetik bemerkt und dich dazu zwingt, eine Inventur in der Kühlkammer zu machen oder dir eine Kasse in der Nähe einer Reihe offener Kühlschränke gibt.

Was für Monster!

Ich krame die Mütze heraus und stülpe sie mir über den Kopf. Es ist zu warm, um sie zu tragen, aber meine knallroten Haare sind an einem gewöhnlichen Tag schon Aufsehen erregend genug. Jetzt passieren merkwürdige und gefährliche Dinge. Ich werde meinen überwältigenden Drang, nicht aufzufallen, nicht infrage stellen. Ich fühle mich ein bisschen verletzlich und werde nicht den Fehler machen, nie wieder eine Tasche voller Zaubersprüche bei mir zu tragen. Vielleicht muss ich mir etwas einfallen lassen, um sie zu tarnen, aber das ist ein Problem für Zukunfts-Kricket.

Im Moment ist es mir egal, ob ich mit meinen Spezialzaubern erwischt werde.

Meine Hand zittert, als ich meine Haare unter die Krempe stopfe. Meinem ganzen Körper fällt die Bewegung schwer, und die Strähnen wickeln sich um meine Ohren und dämpfen die Umgebungsgeräusche. Ich mache mir nicht die Mühe, sie zu richten, denn meine

Finger sind nicht geschickt genug. Sie sind wie Klumpen aus Knete. Wahrscheinlich reiße ich mir eher die Haare aus, als sie mir von den Ohren zu wickeln.

Ich glaube, ich stehe unter Schock.

Ich weiß, dass ich unter Schock stehe.

Einfach atmen. Ich atme zittrig ein, halte die Luft an und atme wieder aus. Meine Brust fühlt sich eng an, aber ich atme immer wieder tief ein, und es wird leichter, auch wenn meine Gedanken durch die Panik getrübt sind. Ich muss mich verdammt noch mal beruhigen und logisch über dieses Chaos nachdenken. Ich verhalte mich dramatisch. Oder?

Die Welt geht nicht unter.

Diese versteckte Stadt ist ein verherrlichtes Drachenblut-Schutzsystem, aber sie werden uns nicht sterben lassen, und es muss eine einfache Erklärung für diese Explosionen geben: ein Gasleck. Wir haben seit mindestens eineinhalb Jahren keine neuen Leute mehr bekommen. Vielleicht gab es einen Neuzugang und irgendetwas ist schiefgegangen. *Ja, es könnte ein Gasleck sein.*

Ein kleines, ersticktes Lachen kommt mit meinem nächsten Atemzug heraus. Ich hatte schon immer eine überspannte Vorstellungskraft, die meinen gesunden Menschenverstand außer Kraft setzt, und ich neige dazu, falsche Schlüsse zu ziehen. Mein Bauchgefühl lag schon immer etwas daneben.

Ja, ich bin einfach nur etwas überdreht und muss mich zusammenreißen.

Es hat jetzt schon länger keine Explosion mehr gegeben, und ich wette, jetzt ist alles unter Kontrolle. *Es ist alles in Ordnung.* Ich darf mich nicht von der Angst beherrschen lassen. Ich sehe Filme und lese Bücher, und ich habe es auch schon selbst erlebt. Wenn Leute in Panik geraten, machen sie dumme Sachen. Wie die Bonbon-Lady, die ihren Einkaufswagen in die Beine anderer Leute rammt und andere verletzt, damit sie ihre *Einkäufe* schneller vor die Tür bringen kann.

Wie dumm wird sie sich fühlen, wenn sie nach Hause kommt?

Ich schaue auf mein Handy. Es lädt immer noch. Das helle weiße Logo auf dem Bildschirm brennt sich unangenehm in meine Augen. Ich verziehe das Gesicht, als es sich in meine Netzhaut einbrennt und bleibt, auch wenn ich ein paar Mal blinzle.

Verflixtes Ding. Das ist doch nicht nötig. Ich weiß nicht, was sich der Hersteller dabei gedacht hat. Ich habe das beschissene Ding doch schon gekauft, da brauche ich das Logo ja nicht auch noch auf meinem Augapfel. Ich runzle die Stirn und drehe das Handy so, dass der Bildschirm mit dem Display nach unten auf meinem Oberschenkel liegt.

Zu dem Stress, den ich ohnehin schon verspüre, kommen jetzt auch noch pochende Kopfschmerzen hinzu. Ich reibe mit meinem Daumen und Zeigefinger an beiden Seiten meiner Nase und mache weitere Tiefenatmungsübungen.

In der Vergangenheit sind immer wieder neue Leute

in die Stadt gekommen und ausgeflippt. Wer kann es ihnen auch schon verdenken? Vor etwa zehn Jahren ist eine ganze Familie bei einem Fluchtversuch in den surrenden, blinkenden Schutzwall gerannt, der die Stadt umgibt.

Schrecklich. Es war schrecklich.

Ich hebe die Ecke meines Telefons an und schaue nach – es lädt immer noch. »Komm schon«, murmle ich und wippe mit meinen Zehen auf und ab. »Komm schon.« Ich will mich bei meiner Familie melden.

Ich habe das blöde Ding vor meiner Schicht ausgeschaltet, weil ich eifersüchtig auf meine Freunde war, die ausgehen wollten. Die blinkenden Benachrichtigungen haben mich verrückt gemacht.

Ich schlurfe aus dem kleinen Personalbereich in den riesigen Lagerraum, schaue auf das Telefon und seufze erleichtert auf. Der Hauptbildschirm ist geladen und das lokale Netzwerk ist immer noch aktiv – das ist ein gutes Zeichen. Mein Herz setzt einen Schlag aus, als ich eine Textnachricht von meinem Dad sehe. Ich öffne sie mit dem Daumen.

Bist du in Sicherheit? Bitte lass uns wissen, ob du in Sicherheit bist. Wir verstecken uns im Keller. Wenn du dich nicht unbedingt bewegen musst, bleib, wo du bist, und sobald ich kann, komme ich dich holen. Wir haben dich wahnsinnig lieb, mein kleiner Pumpkin xx

Also bin ich nicht die Einzige, die sich zu viele Sorgen macht.

Ich stütze meinen Hintern gegen die raue Lagerhauswand und tippe schnell eine Antwort.

Ich bin in Sicherheit. Bitte komm nicht her! Hier herrscht der blanke Wahnsinn ... Ich halte inne, stöhne und lösche die letzten Worte. Ich will nicht, dass er das liest und sich verpflichtet fühlt, mich zu holen. Er muss an Mum, Nan und meine beiden jüngeren Brüder denken. *Da draußen ist dichter Rauch, also ist es nicht sicher, mit dem Auto zu fahren. Ich werde hier warten, und nicht in meine Wohnung gehen. Ich komme zu euch, wenn ich kann. Weißt du, was los ist?*

Er ruft sofort auf meinem Handy an, und das Geräusch hallt in dem dunklen, stillen Raum wider. Ich zucke zusammen. *Scheiße, Scheiße, Scheiße.* Ich flüchte hinter eine Regalreihe. »Dad?«

»Kricket, okay, wir vertrauen auf deine Cleverness. Aber wenn du uns brauchst, wenn du mich brauchst, dann komme ich und hole dich. Der Rauch ist mir scheißegal.«

»Nein, Dad, es geht mir gut.« Ich kann auf mich aufpassen.

»Warum flüsterst du?«

Ich rolle mit den Augen. »Die Schichtleiterin ist sauer.« Dad schnalzt mit der Zunge, und ich schneide ihm das Wort ab, bevor er zu schimpfen anfängt. »Wisst ihr vielleicht, was los ist? Ist es ein Angriff?«

»Wir haben keine Ahnung. Es gibt keine Neuigkeiten, aber du weißt ja, wie paranoid deine Mum werden kann.« Mum ist wie ich – sie zerbricht sich über alles jahrelang den Kopf. Ich grinse, als ich sie im Hintergrund höre. »Aua«, jammert mein Dad dramatisch.

Ich vermute, dass sie ihn mit dem Ellbogen in die Seite stößt.

Ich schließe die Augen, als ich die Stimme meiner Mum höre. »Es ist nicht paranoid, wenn Dinge in die Luft gejagt werden. Das gefällt mir nicht, Kricket. Ich habe ein ungutes Gefühl bei der Sache; sei klug. Wir haben dich lieb, Süße.«

»Das werde ich. Ich habe euch auch lieb.«

»Oi, gib das her. Lass mich reden. Kann ich mit unserer Tochter reden, ohne dass du mich attackierst?« Das Telefon raschelt. »Es wäre uns lieber, wenn du hierherkommst, als nach Hause zu gehen, aber nur, wenn es sicher ist. Wir sind im Keller und haben einen deiner Schutzwälle benutzt. Bleib in Kontakt und behalte den Kopf unten!«

»Das werde ich. Ich liebe euch alle.« Ich bekomme gemurmelte Antworten der Liebe zurück. »Ich muss den Akku schonen. Wir sprechen uns bald wieder. Byebye.« Ich schalte das Telefon auf lautlos und stecke es zurück in meine Tasche.

Dem Schicksal sei Dank sind sie alle in Sicherheit.

Ich blähe meine Wangen auf. Ich habe gelogen, als ich gesagt habe, dass ich den Kopf unten halten würde. Wenn ich noch länger warte, wird mein Dad kommen und mich holen, und es wird meine Schuld sein, wenn er verletzt wird. Er wird sein kleines Mädchen auf keinen Fall auf der Arbeit zurücklassen, und genau wie meine

Mum werde ich das Gefühl nicht los, dass etwas schrecklich schiefgelaufen ist.

Manchmal muss man in Bewegung bleiben, denn an einem Ort zu verweilen, kann ein Fehler sein.

Ich muss nach Hause.

Ich rücke die Mütze zurecht, schiebe die losen Haarsträhnen, die mir entwischt sind, zurück und starre auf das Lagerhaus hinaus. Es ist wie leergefegt. Die Mitarbeiter hier hinten sind schon lange weg – was ich auch tun muss, sobald ich weiß, was draußen vor sich geht. Meine Hand wandert zu meinem Telefon, aber ich schüttle den Kopf und lasse meinen Arm nutzlos an meine Seite sinken.

Das Telefon fällt aus, da die Stadtverwaltung alle Informationen, die online gestellt werden, streng kontrolliert. Sie wollen nicht, dass irgendetwas davon bekannt wird. Sie haben schon immer den Weg der Leugnung beschritten. Es ist schwer, etwas zu vertuschen, wenn es Aufzeichnungen gibt.

Mein Blick schweift zum Zwischengeschoss, in dem sich das Preisgestaltungsbüro befindet. Dort werden alle Strichcodes, Angebote, Etiketten und Merchandising-Designs ausgedruckt. Ich verenge meine Augen und brauche eine Sekunde, um herauszufinden, warum ich dort hinauf starre. Der ängstliche Eidechsen-Teil meines Gehirns holt meine intelligente, logische Seite ein.

Da gibt es eine Zugangstür zum Dach.

Das Dach! Ja, das ist es. Mein Herz macht einen Sprung und ich verliere keine weitere Zeit.

Während ich die Metalltreppe zwei Stufen auf einmal hinaufklettere, formt sich in meinem Kopf ein Plan. Der Supermarkt liegt hoch oben oder zumindest höher als die anderen umliegenden Wohnhäuser, und soweit ich mich erinnere, schien der gruselige Magie-Rauch am Boden zu haften. Wenn ich es schaffe, über den Rauch zu kommen, kann ich vielleicht sehen, was vor sich geht und einen Weg zu meiner Familie finden. Normalerweise dauert der Weg zu meinen Eltern zwanzig Minuten, aber vielleicht kann ich ihn halbieren, wenn ich renne, und mit etwas Glück sehe ich, welche Route ich nehmen und welche Straßen ich meiden muss.

Und herausfinden, was zum Teufel hier los ist.

Ich reiße die Bürotür auf und stürme in die praktische, kompakte Küche. Das ist der erste Schritt in meinem Plan. Ich durchstöbere den Kühlschrank und die Regale und seufze erleichtert, als ich Salz- und Wasserflaschen finde. Ich kippe eine große Menge Salz in das Wasser jeder Flasche, schüttle sie und stopfe zwei der Flaschen in meine Manteltaschen. Die dritte halte ich an der Seite bereit. Magie und Salz sind keine Freunde. Salz zersetzt die Struktur der meisten gängigen Zaubersprüche, und je nach Stärke der Magie kann das Minuten, Tage oder Jahre andauern.

Meine Zaubersprüche werden dadurch nicht zerstört.

Die Salzlösung in der Flasche sollte gut gegen die Rauchmagie draußen wirken. Ich finde ein sauberes

Geschirrtuch in der unteren Schublade, lege es in die Spüle und gieße die Salzwasserlösung darüber, bis es durchtränkt ist. Wenn ich gehe, muss ich schnell durch die Straßen kommen. Die beißende Luft, die durch die Eingangstüren des Ladens weht, ist fast unerträglich. Wenn ich alle dreißig Sekunden anhalte, um mir die Lunge auszuhusten, wird das nicht gut sein. Wenn ich schon nach draußen gehe, kann ich auch gleich meine Atemwege schützen.

Ich falte das Geschirrtuch zu einem Dreieck und binde es mir um die untere Gesichtshälfte, um Mund und Nase zu bedecken.

So, das ist der erste Schritt.

Ich schlängle mich um die Tische herum und klatsche dann beide Hände an den Metallbügel der bordeauxfarbenen Brandschutztür. Sie klemmt ein wenig, also stoße ich sie mit der Schulter auf. Die Tür schwingt auf, und ich bin kurz davor, mich hinauszuschleichen.

Ich halte inne.

Was machst du denn da? Schlampig, Kricket. Schlampig. Ich kann die Tür zum Dach nicht offen lassen. Wenn es eine weitere Explosion gibt, wackelt das Gebäude, die Tür schließt sich und dann bin ich ausgesperrt.

Auf dem Dach festzusitzen, klingt nicht nach sonderlich viel Spaß.

Ich mustere den Feuerlöscher an der Wand und verwerfe die Idee, ihn zu benutzen, um die schwere Tür zu verkeilen; der Druck könnte ihn aus dem Weg schieben.

Stattdessen suche ich den nächstgelegenen Schreibtisch auf, schnappe mir ein dickes Stück Pappe und verkeile es im Türschloss. Die Pappe wird verhindern, dass der Riegel einrastet. Als zusätzliche Vorsichtsmaßnahme schnappe ich mir industrielles Klebeband und eine Schere, schneide zwei Streifen ab, um ein *X* zu bilden, und klebe die Pappe und das Klebeband-Ensemble an den Türrahmen.

Mit einem besorgten Flattern im Bauch prüfe ich, ob es funktioniert. Sie schließt fast bündig ab, aber das Schloss rastet nicht ein. Sehr gut. Es funktioniert. Meine Hände zittern, während ich meine Nerven beruhige und das nagende Gefühl verdränge, dass ich Zeit verliere und schon auf halbem Weg nach Hause sein könnte.

Ich trete hinaus auf das breite, flache Dach.

Kapitel Fünf

Die Bitumenoberfläche ist rau unter meinen Turnschuhen und der Mond ist voll und hell. Ohne Straßenlaternen und ohne Strom kann ich in der Ferne neben den wirbelnden Rauchschwaden auch funkelnde Sterne sehen. Der Rauch hat eine rötliche Färbung. Er windet sich links, rechts und hinter dem Gebäude in den Nachthimmel.

Das Wasser vom durchnässten Geschirrtuch tropft auf die Vorderseite meines Mantels und läuft mir auch den Nacken hinunter, was mich frösteln lässt. Ich ignoriere es, da ich lieber weiteratmen möchte. Ich hatte recht – der Rauch der Magie ist hier oben nicht so schlimm, aber der Geruch ist immer noch süßlich und kitzelt selbst durch die Schichten des nassen Geschirrtuchs in meiner Kehle.

Wenigstens erfüllt der Stoff im Moment seinen Zweck.

Dann höre ich die Schreie ... Mein Herz setzt einen Schlag aus. Das ist nicht meine überaktive Fantasie, die mir einen Streich spielt. Ich schlucke und schließe für einen Moment die Augen. Sagen wir einfach, ich bin froh, dass meine dicken Haare und meine Wollmütze meine Ohren bedecken. Das gedämpfte kollektive Geräusch des Terrors unter mir treibt mir die Galle hoch und lässt mich wieder einmal daran zweifeln, warum ich hier oben bin.

Ich mag keine Höhen. Meine Beine wackeln, als ich mich mit kurzen, schlurfenden Schritten von der Sicherheit der Tür wegbewege. Wenigstens passt sich mein dunkelbrauner Mantel der Nacht an, sodass es unwahrscheinlich ist, dass ich erwischt werde und in Schwierigkeiten gerate. Ich schleiche gebückt, um nicht aufzufallen, und bewege mich zum Rand des Daches. Als ich nahe daran bin, lasse ich mich fallen, und die raue Oberfläche beißt mir in die Knie.

Ich halte mich an der erhöhten Kante des Dachs fest und spähe in die Nacht.

»O Schicksal.« Ein Stöhnen, das in ein Wimmern übergeht, entweicht meinen Lippen. Die Straße entlang auf der linken Seite ragt verbogenes Metall wie makabre

Finger in den Himmel, während die Überreste der Friedenswächter-Station und des angrenzenden Gerichtsgebäudes brennen.

Keiner ist gekommen, um die Brände zu löschen.

Ich schlucke und reiße die Augen von der Verwüstung los, weil ich mir diesen Anblick nicht einprägen will. Auf der rechten Seite – mein Herz rast – ist auch die Gargoyle-Academy verschwunden. Sie ist nur noch ein schwarzer Fleck und ein Krater in der Erde. Galle brennt in meiner Kehle und der ranzige Geschmack überflutet meinen Mund.

Die Gargoyles. Die jungen Gargoyles. Der hübsche Gargoyle. Ich kann nur hoffen, dass sie alarmiert wurden und die Gebäude geräumt haben. Dass *er* in Sicherheit ist. Ich zittere und reibe mir die Arme. *Das ist ein Albtraum. Das ist ein verflixter Albtraum.*

Doch wenn ich mich kneife, ist er immer noch nur allzu real.

Komm schon, Kricket! Du kannst später ausflippen, wenn du nach Hause kommst. Schlimme Dinge passieren, und manchmal kann man nur nach vorn schauen und die schrecklichen Ereignisse verdrängen, bis man sie gefahrlos bewältigen kann. Ich bin hierhergekommen, um eine Aufgabe zu erledigen: die Straßen zu überprüfen und einen Weg nach Hause zu planen. Das muss ich tun.

Ich blicke zurück auf die Friedenswächter-Station und betrachte die umliegenden Straßen mit kritischem

Blick. Es ist nicht nur die Station, die getroffen wurde. Dieser Weg ist ausgeschlossen, obwohl er der beste Ausgang sein könnte, wenn ich an den Trümmerhaufen vorbeikomme, die den Boden übersäen. Die Gebäude in der Umgebung liegen in Schutt und Asche, das heißt, wer auch immer uns angreift, wird dieses Gebiet wahrscheinlich kein zweites Mal angreifen.

Aber sie könnten hinter Überlebenden her sein.

Oh, verdammt, meine innere Stimme macht mir manchmal Angst.

Ich reibe meine Arme und richte das Geschirrtuch auf meinem Gesicht. Als ich aufhöre, mich zu winden, trifft mich ein Anflug von Wut, der aus langer, schwärender Frustration geboren wurde, mitten in die Brust. Diese Stadt sollte sicher sein. Sie sollte verflixt noch mal sicher sein. Die Kreaturen, die uns gezwungen haben, hierherzuziehen, sollen für unsere Sicherheit sorgen.

Das können sie nicht tun, wenn sie alle tot sind.

Wer auch immer das getan hat, hat die Gargoyles angegriffen – superstarke Kreaturen mit undurchdringbarer Haut. Wenn sie die Stärksten von uns so schnell treffen konnten, hat der Rest der Stadt – wir sind praktisch alle menschlich – keine Chance.

Wenn sie jetzt hinter uns her sind, sind wir so gut wie tot.

Eingesperrt und zusammengepfercht in den Schutzwällen dieser verdammten Stadt, wird es ein Kinderspiel sein, Drachenblut zu erlegen.

Für eine Sekunde lehne ich den Kopf zurück und

starre in den Nachthimmel. *Ich weiß nicht, was ich tun soll.* Ich seufze. So leise wie möglich schleiche ich mich auf die andere Seite des Daches und schaue auf den Parkplatz. Wenn ich in diese Richtung gehe, ist es ein längerer Weg nach Hause.

Mit dem Zeigefinger zeichne ich in der Luft die dunstigen Straßen nach. Ich kann eine Schleife um die Midland Road machen und die Gate Lane hinaufgehen. *Ja, das könnte klappen.*

Meine Augen suchen den dichten, wirbelnden Rauch unter mir ab und ich erkenne seltsame Formen. Ungläubigkeit trifft mich hart, während mein ausge-branntes Gehirn versucht, sich einen Reim darauf zu machen, was ich sehe.

Meine Gedanken erstarren.

Da sind *tote Leute* auf dem Parkplatz.

Wenn ich überlebe und diesen Albtraum noch einmal durchlebe, werde ich mich darüber beklagen, warum meine Augen ausgerechnet auf diese Frau gefallen sind. Ich schüttle den Kopf über den umge-stürzten Einkaufswagen mit den vertrauten schäbigen Tüten. Das Essen, das sie gekauft hat, ist um sie herum verteilt, zusammen mit dem Blut, das sich wie ein Heili-genschein um ihren Kopf legt.

Bonbon-Lady ist tot.

Ich blinzle, um meine Augen zu klären, und nein, ich bilde mir nichts ein. Der Rahmen des Einkaufswa-gens ist verbeult, als wäre sie von einem Auto angefahren worden oder in ihrer Rammwut gegen ein Auto gelaufen – was weitaus wahrscheinlicher ist. Und jetzt ist sie tot. Das sollte nicht passieren. Jeder weiß, dass gemeine, böse Menschen nie sterben. Sie leben ewig, nur um andere zu quälen. Es ist ihr Job, die Hölle auf Erden zu erschaffen.

Ich hoffe, Mr. Drei-Gegenstände-Typ ist unbeschadet davongekommen.

Praktisch. Ich muss praktisch handeln. Ich wende mich wie ein Roboter ab, ignoriere die Leichen – die Leichen von Leuten, die ich kenne – und suche weiter nach einem Weg nach Hause.

Der Weg ist frei, aber es könnte auch der nächste Ort sein, der angegriffen wird. Es gibt dort keine hochrangigen Ziele, nur Häuser, aber ich muss davon ausgehen, dass alles möglich ist. Meine Sicht verschwimmt. Ich tue mein Bestes, um mir die Tränen aus den Augen zu wischen, aber ich kann sie nicht schnell genug trocknen, und es kommen immer mehr.

Ich schlucke schwer, habe einen Kloß im Hals, der einfach nicht verschwinden will.

Ein Schluchzen entringt sich meinem Mund und ich falle wie ein Sack Kartoffeln auf das Dach. Die raue Oberfläche beißt sich in meinen Hintern und die Rückseiten meiner Oberschenkel. Meine Turnschuhe schleifen auf der schwarzen Oberfläche, als ich meine Beine hochziehe und sie fest umklammere.

Ich schaffe das nicht.

Ich schaffe das einfach nicht.

Das ist alles zu viel.

Wenn du das nicht tust, wirst du sterben.

Das sind alles Leute, die ich kenne. Entsetzen und Frustration mischen sich in mir und ich fühle mich wie betäubt. Ich schaukle, lasse den Kopf sinken und weine in meine Hände. *Ich will zu meiner Mum.* Ich bin neunzehn, eine Erwachsene, aber zum ersten Mal seit Jahren will ich meine Mummy, und alles in mir wünscht sich eine Knuddelrunde von meinem Dad.

Ich muss mich zusammenreißen, aber meine Gefühle sind zu mächtig, um nicht aus mir herauszubrechen. *In einer Minute. In einer Minute werde ich aufstehen.*

Trauer und Angst sitzen mir im Nacken, sodass ich das Rauschen der Musik erst bemerke, als es meinen Geist erfasst und mein Körper sich von selbst bewegt und mich nach vorn reißt.

Wenn ich nicht sitzen würde und nicht die dicke Wollmütze aufhätte und die vielen Haare, die meine Ohren bedecken, denke ich ... Nein ich weiß, dass ich vom Dach gelaufen wäre.

Ein Zauber.

Ein musikalischer Zauber hat versucht, sich meines Gehirns zu bemächtigen, und meine angeborene Kraft hat die Gefahr weggeschlagen. Es ist die schlimmste Art von Magie. Es ist ein Rattenfänger-Zauber – illegal und gefährlich.

Mein Kummer flieht mit einer großen Dosis Angst und Adrenalin.

Die Explosionen, die Toten, das war erst der Anfang.

Mein Herz hämmert gegen meine Rippen, während ich meinen Hintern fest in den Boden drücke und gegen den Drang ankämpfe, mir die Ohren zuzuhalten oder weiter zu schaukeln. Ich greife nach meinem Handy, um meinem Dad eine Nachricht zu schicken. Ich muss sie warnen.

Haltet euch alle die Ohren zu! tippe ich schnell.

Dank meiner musikverrückten Brüder gibt es in meinem Elternhaus Kopfhörer in Hülle und Fülle. Nan ist stocktaub, also muss sie nur ihren Hörzauber ausschalten.

Wer auch immer sie sind, sie benutzen einen Rattenfänger-Zauber.

Bitte mach, dass es ihnen gut geht. Bitte. Bitte! Meine illegalen Schutzwälle sind ausgezeichnet, und wenn Dad einen meiner Zauber benutzt hat, sollte selbst der starke Rattenfänger-Zauber sie im Keller nicht erreichen.

Während ich auf eine Antwort warte, kopiere ich die Warnung in die Chatgruppe meiner Freunde und schicke sie ab – auch wenn ich weiß, dass es schon zu spät sein könnte.

Als ich eine Nachricht von meinem Dad zurückbekomme, bin ich erleichtert. *Wir sind in Sicherheit. Der Zauber hat uns nicht erreicht. Was ist mit dir? Bist du in Sicherheit?*

Ich wende meinen Blick vom Bildschirm ab und starre auf den Rand des Daches, wo ich beinahe zerschellt wäre. In Sicherheit? Tja, das ist hier die Frage.

Ich habe die Noise-Cancelling-Kopfhörer aus dem Laden, schreibe ich zurück und füge eine weitere fette Lüge hinzu. *Es geht mir gut.*

Es geht mir alles andere als gut.

Ich fühle mich, als würde ich wahnsinnig werden.

Kapitel Sechs

Ich lege das Telefon weg und stehe auf, ohne einen Blick auf die Leichen auf dem Parkplatz zu werfen. Meine Augen suchen die Straße ab. »Ah, Scheiße.« Natürlich wurden sie von dem Zauber erwischt. Die Bösewichte benutzen ihn, um die Leute wie Zombies aus ihren Häusern zu locken. Sie haben unsere Stärksten getroffen und treiben jetzt die Drachenblüter wie Ratten zusammen.

Die Einwohner verlassen in Scharen ihre Häuser und taumeln gemeinsam die Straße entlang zur Quelle der Magie.

Hoffnungslos.

Ich wusste bis zu diesem Moment nicht, wie sich wahre Hoffnungslosigkeit anfühlt. Ich bin machtlos. Ich habe keine Magie dabei und kann nichts tun, um zu helfen; es sind zu viele Leute – Hunderte von Leuten. Diesem mächtigen Zauber kann ich nichts entgegensetzen.

Statt lähmender Tränen brennt gerechte Wut in meiner Brust und leckt mein Schlüsselbein hoch. Eine winzige Gnade, sie scheinen vom Haus meiner Eltern weg und in Richtung Stadtzentrum zu stolpern. *Wow, und da haben wir es.* Ich stoße ein selbstironisches Lachen aus. Mein Egoismus erstaunt mich.

Man sieht wirklich, aus welchem Holz man geschnitzt ist, wenn die Dinge schieflaufen.

Solange es meiner Familie gut geht, können mich alle anderen mal. Stimmt's? Stimmt's? *Verdammt noch mal, Kricket, du bist eine Arschgeige.* Ich reibe mir den Nacken. Der Kloß ist wieder da, knirscht und krallt sich in die weichen Stellen meines Halses.

Darüber muss ich später noch einmal nachdenken. Alles begraben. Vergessen, was ich gesehen habe, und alles wegpacken, um es später zu verarbeiten. Das ist wahrscheinlich der Grund für eine posttraumatische Belastungsstörung – wenn man Dinge versteckt und einfach weitermacht und dann später die Erinnerungen auftauchen und einen angreifen.

Als ob ich durch das Dach starren könne, frage ich mich, ob der Supermarkt besser vom Schall isoliert ist.

Wenn ich schnell handle, kann ich meine Kollegen und die übrigen Kunden warnen. Vielleicht glauben sie mir nicht und können vor lauter Rauch nichts mehr sehen. Wenn sie in den Bann gezogen werden, ist die Chance groß, dass sie nicht mehr herauskommen, wenn die Türen verschlossen sind. Vielleicht kann ich helfen. Irgendetwas tun, um zu beweisen, dass meine Menschlichkeit doch nicht völlig verloren ist.

Ich setze mich in Bewegung, um wieder hineinzugehen, drehe den Kopf, um einen letzten Blick auf die schlurfende Horde zu werfen, und da sehe ich sie.

Sie bewegen sich – ich kann es nur als gruselige Halbwandlung beschreiben – in übergroßen Körpern die Straße entlang. *Das ist nicht richtig.* Ich weiß nicht wahnsinnig viel über Wandler, aber ich weiß, dass sie keine Halbgestalt haben – nicht auf diese Weise.

Trotzdem staksen diese Kreaturen mit verzerrten und grotesken Gesichtern die Straße entlang. Sie bewegen sich in einer Pfeilformation: Einer steht an der Spitze, und die anderen fünf verteilen sich dahinter wie eine Hochzeitsschleppe.

Ein Einsatzteam.

Ein Killerkommando.

Ich weiß nicht, warum ich mir so sicher bin, aber die Angst vor dem, was sie darstellen, packt mich innerlich und zwingt mich fast in die Knie. Ich habe noch nie Kreaturen gesehen, die sich so bewegen – wie mörderische Tänzer. Diese sechs Kreaturen strotzen nur so vor Bedrohung, während sie über den Parkplatz ziehen.

Sogar der verrückte Rauch der rollenden Magie weicht ihnen aus.

Unter dem Geschirrtuch fällt mir die Kinnlade herunter. Dann realisiere ich, dass ich dastehe und sie anstarre. Ich lasse mich nach unten fallen, damit sich meine Silhouette nicht von der Nacht abhebt.

Die Kreatur ganz hinten rechts neigt den Kopf in einer seltsamen, vogelartigen Bewegung. Die Aufmerksamkeit des furchterregenden Mannes ist auf etwas in dem aufgewirbelten Rauch gerichtet. Ich verenge meine Augen, während sich der Rauch dreht und verschiebt.

Ich sehe, was seine Aufmerksamkeit erregt hat: eine kriechende Frau. Sie ist in dem Klangzauber gefangen und schleppt sich über den Asphalt; ihre Beine scheinen gebrochen zu sein. Ich beiße mir auf die Zunge, damit ich keine Warnung schreie, die sie ohnehin nicht hören kann, da der Zauber von ihr Besitz ergriffen hat.

Die hintere Kreatur dreht ihr Handgelenk, wirft beiläufig einen Zauber und trifft die Frau in der Mitte des Rückens. Ein roter Schimmer leuchtet auf und dann krabbelt sie nicht mehr. Ich zucke nach hinten. *Diese Art von Technik habe ich noch nie gesehen.* Der Tonfall meiner inneren Stimme grenzt jetzt schon an Manie. Der Wahnsinn beißt sich in mein Gehirn und nur der Schock über die kranke Bemerkung hält mich davon ab, mir in die Hose zu machen.

Sie sind jetzt näher am Supermarkt, und der Große an der Spitze der Gruppe bleibt stehen und hebt seine

Hand. Aus seiner Handfläche schießt ein Strahl hervor, der fast wie ein Blitz aussieht.

Er trifft auf die Fassade des Gebäudes und die Fensterscheiben, vor denen ich mich zuvor so gefürchtet habe, zerplatzen. Das Gebäude bebt. Das Fehlen eines Rückstoßes deutet darauf hin, dass alle Glastrümmer ins Innere des Ladens geflogen sind. Ich lehne mich so weit vor, wie ich kann, um zu sehen, was sie tun, aber der Winkel ist alles andere als optimal. Ich kann nichts sehen. Die Angreifer bleiben nicht stehen. Die Stiefel knirschen auf dem Glas, als sie den Laden betreten.

Scheiße! Ich sitze in der Falle – oder zumindest *werde* ich das, wenn ich noch eine Sekunde länger hierbleibe. Ich kann nicht nach unten gehen und ich kann nicht hierbleiben. Mit aller Kraft zwinge ich mich, loszulaufen. Zum Nachdenken bleibt keine Zeit. Ich renne zur Dachtür und kämpfe mich durch das Büro zur Treppe. Kurz bevor ich das Metall erreiche, werde ich langsamer. Es ist nicht nötig, dass ich mir das Genick breche. Ich bewege mich auf den Zehenspitzen so leise wie möglich die Treppe hinunter – kein Grund, sie klappern zu lassen.

Gerade als meine Turnschuhe auf dem Boden des Lagerraums aufschlagen, taumelt Rich in den hinteren Bereich. Seine Augen sind groß und glasig vor Angst. »Kricket.« Auch wenn das Geschirrtuch mein halbes Gesicht verdeckt, erkennt er mich.

Rich ist am Leben!

Ich wedle mit den Händen und sorge dafür, dass er

schweigt. Dann greife ich sein Handgelenk und ziehe ihn von der weit geöffneten Tür weg und tiefer in die Regale hinein, wobei ich ihm mit der flachen Hand das universelle Zeichen gebe, dass er warten soll.

Er nickt.

Ich habe nicht viel Zeit. Ich hetze zum Büro und schnappe mir die zwei Noise-Cancelling-Kopfhörer, die an der Tür hängen. Wir haben nur diese beiden; sie sind für unsere autistischen Kunden.

»Draußen benutzen sie einen Rattenfänger-Zauber.« Meine Lippen bewegen sich kaum, aber meine Worte müssen durch das Geschirrtuch dringen, denn Rich nickt verstehend. Ich kann nicht glauben, dass er noch nicht von der Magie erfasst worden ist. Was auch immer das Killerkommando macht, es muss lauter sein als der Zauber.

Die Sommersprossen auf seinen Wangenknochen heben sich deutlich von seinem kränklichen, blassen Gesicht ab. Ich stülpe ihm die teuren Kopfhörer über die Ohren, bevor ich meine eigenen aufsetze.

Meine Mütze und die Haare, die meine Ohren verstopfen, bleiben aber genau da, wo sie sind. Ich habe Angst, irgendwelche Geräusche durchzulassen. Stattdessen ziehe ich die Kapuze meines Mantels hoch, um die Kopfhörer zu sichern und festzuklemmen.

Jetzt höre ich nichts mehr und die Kapuze schränkt meine Sicht ein, aber daran lässt sich nichts ändern. Ich darf nicht in diesen Bann gezogen werden.

Mit pantomimischen Bewegungen deute ich

Schlüssel an. Rich tätschelt seine Tasche und nickt dann hektisch. Ich ergreife seine klamme Hand und ziehe ihn durch den Lagerraum und die hintere Feuertür. Rich ist schlaksig und ich kann ihn problemlos hinter mir herziehen. Er redet und murmelt vor sich hin. Bevor wir auf den Rauch treffen, lese ich von seinen Lippen ab. »Sie haben sie getötet. Sie haben sie alle getötet.«

Mein Magen dreht sich um. Ich drücke seine Hand, der einzige Trost, den ich ihm geben kann.

Ich weiß, wo er wohnt. Es ist ein mittleres Reihenhaus direkt auf der anderen Straßenseite. Zum Glück liegt es nicht gegenüber vom Laden, wohin das Killerkommando gegangen ist.

Richs Haus ist so nah, aber der dichte Rauch der Magie verwirrt mich. Der Qualm brennt mir in den Augen. Rich bedeckt seinen Mund mit dem Arm, so gut er kann, und seine Schultern zittern. Er hustet. Ich muss den Drang unterdrücken, mich ihm anzuschließen.

Ich hätte den unteren Teil seines Polos mit der Salzwasserlösung befeuchten sollen, damit er den Stoff hochhalten kann, um sein Gesicht zu bedecken. Jetzt ist es zu spät, und es ist besser, weiterzugehen.

Die Reise über die Straße fühlt sich kilometerlang an. Ich sorge dafür, dass wir so gut wie möglich geradeaus laufen. Als ich über den Bordstein stolpere, falle ich fast hin, aber ich halte mein Gleichgewicht mit einem bizarren Schlurfhüpfer. Langsam zweifle ich an meinen Navigationsfähigkeiten, doch dann ist plötzlich Richs abblätternde blaue Haustür zu sehen.

Wir haben es geschafft.

Rich braucht ein paar Versuche, um den Schlüssel in das Schloss zu stecken. Seine Hände zittern so sehr, dass ich ihm gerade helfen will, als die Tür aufschwingt.

»Komm rein«, murmelt er.

Ich schüttle den Kopf, klopfe ihm auf den Arm, trete zurück und verschwinde im Rauch.

Kapitel Sieben

Magische Partikel kleben an meinen Wimpern, wodurch sie sich beschwert anfühlen. Meine Turnschuhe schlagen auf den Asphalt, während ich mitten auf der Straße laufe. Der Schaden, den die gesprengten Gebäude hinterlassen haben, macht jeden Schritt uneben, und durch den Rauch ist die Sicht erschwert. Ich springe über einige undefinierbare Trümmer und meine Fußballen brennen.

Vielleicht hätte ich bei Rich bleiben und versuchen sollen, es bei besserer Sicht zu schaffen. Aber wenn ich die Bösewichte nicht sehen kann, verwette ich mein Leben darauf, dass sie mich auch nicht sehen können.

Ich habe mir apokalyptische Filme oder Actionfilme immer mit einer selbstgefälligen Miene angeguckt und gedacht, wenn ich jemals in dieser Situation wäre, würde ich auf keinen Fall auf die Gefahr zu rennen. Sicher auf meinem Sofa, während ich über die Handlung und die Leute, die dumme Dinge tun, schimpfe. Ich war die Erste, die den Bildschirm angeschrien hat, dass die Figuren weglaufen und sich verstecken sollen.

Ich würde mich verstecken, habe ich mir eingeredet, Gruppen meiden und genug Essen und Wasser besorgen, um zu überleben. Ausharren. Doch hier bin ich nun und renne durch die Stadt zu meiner Familie, wie eine wahre Vollidiotin.

Draußen im Freien, wo die Bösewichte lauern.

Während ich den Boden ständig nach Gefahren absuche, ist es schwer, zu sagen, ob ich mich an den Rauch gewöhne oder er sich langsam auflöst. Paranoia und Angst singen ein verdrehtes Lied in meinem Kopf.

Ich habe eine Scheißangst.

Das Killerkommando hat die Frau ermordet und alle im Supermarkt angegriffen. *Nein, verdrehe die Tatsachen nicht, Kricket! Sie haben alle im Supermarkt umgebracht.* Warum haben sie das getan? Sicherlich hätten sie warten können, bis der Zauber wirkt, es sei denn ... es sei denn, jeder, der darin gefangen ist, ist sowieso tot.

Ich verstehe nicht, was zum Henker hier los ist. Aber warum sollte ich auch? Das steht jenseits jeglicher Maßstäbe. Leute tun böse Dinge, und der Versuch, ihre

Motive ohne alle Fakten zu verstehen, macht dich verrückt.

Nachdem sie alle getötet haben, bin ich von meinem Plan abgewichen, direkt zu meiner Familie zu gehen. Stattdessen muss ich einen Umweg zu meiner Wohnung machen, um mich mit Zaubersprüchen zu bewaffnen. In Gedanken gehe ich meine Amulette durch. Ich habe nicht genug – ich habe nicht mit einer verdammten Invasion gerechnet.

Der Rat will, dass wir passive kleine Drachenblüter sind. Es ist illegal, andere Magie als ihre beschissenen Zaubersprüche zu besitzen, und wenn man mit nicht genehmigten Zaubern erwischt wird, hat das unangenehme Folgen.

Die Herstellung jeglicher Art von Magie kann zu einem Todesurteil führen.

Deshalb habe ich alles in meiner Wohnung gebunkert. Wenn ich etwas Dummes mache und erwischt werde, will ich meine Mum oder meinen Dad nicht mit hineinziehen. Und wenn meine Brüder meine Amulette entdecken, werden sie unendlich viele Streiche und Unfug anstellen.

Ich umrunde ein schwelendes Auto. Die Magie, die ich erschaffe, ist ein leidenschaftliches Projekt. Dazu gehören auch so alberne Dinge wie ein karottenförmiges Amulett, mit dem man im Dunkeln sehen kann – eine hervorragende Idee, um sich in die Küche zu schleichen und einen Snack zu holen, ohne das Licht einzuschalten.

Meine Schutzwälle sind etwas anders; sie sind ernst

zu nehmende Zaubersprüche. Wenn ich mächtige Schutzwälle errichten kann, kann ich vielleicht auch gefährlichere Magie schaffen. Wie lautet das Sprichwort? Not ist die Mutter der Erfindung. Ich bin sauer genug, um ein paar gefährliche Zaubersprüche zu erfinden.

Ich hasse es in diesem blöden Glasgefängnis, aber ich hasse nicht die Bewohner, und diese Eindringlinge, die hierhergekommen sind und uns töten, haben sich verdammt noch mal mit der falschen Stadt angelegt.

Obwohl die dicke Kapuze meines Mantels meine Sicht einschränkt, macht mein Herz einen Sprung, als ich aus dem Augenwinkel etwas Weißes erblicke. *Guck nicht hin!* Ich richte meinen Blick auf die Straße. Ich will nicht sehen, dass die Türen der Häuser, die die Straßen säumen, auf gespenstische Weise weit offen stehen.

Das hätte ich nicht für möglich gehalten, aber der Rattenfänger-Zauber ist kompliziert – von einer begabten Hexe hergestellt – und stark genug, dass die Leute, die in seinem Griff gefangen sind, Türen öffnen können. Ich will nicht sehen, wie sich die Körper der Verzauberten im Rauch bewegen und wie sie sich weiß Gott wohin schleppen.

Meine Kapuze leistet hervorragende Arbeit, beim Verdecken der stolpernden Massen. Ich kann sie nicht hören und ... ich befinde mich in einer wahrhaftigen Alieninvasion und kann niemandem helfen. Egal, wie oft ich mir sage, dass ich ohne die richtigen magischen Werkzeuge nichts tun kann, das Licht in mir stirbt und die Schuldgefühle nagen an meinem Inneren.

Ein anderer Teil von mir will *Scheiß drauf* denken und ihnen folgen, herausfinden, wohin der Zauber sie führt, und den Tag retten. Den Bösewichten die Scheiße aus dem Leib ballern und alle befreien. Das ist ein lächerlicher Gedanke. Ich bin lächerlich. Was soll ich denn gegen Profikiller schon ausrichten? Gegen unbekannte Kreaturen, die bis an die Zähne bewaffnet sind und Blitze aus ihren Handflächen schießen können?

Nichts, das ist es, was ich ausrichten kann. Ich kann einen Scheißdreck tun. Mein Ego ist nicht so groß, dass ich mir einbilde, ich könnte mit ihnen fertigwerden.

Ein großes Stück verschmortes Metall ist wie eine verrückte Kunstinstallation in den Asphalt gestochen. Ich werde langsamer und weiche auf den Bürgersteig aus, um weiterzukommen, und quietsche erschrocken auf, als eine Frau über ein Tor schlittert.

Ihre nackten Fußspitzen schleifen über den Bürgersteig, während sie auf Händen und Knien wankt und dann auf die Füße stolpert. Ihre blonden Haare verdecken ihr Gesicht, als würde sie für *The Ring* vorsprechen.

In einem Cartoon-Enten-Pyjama und mit seltsam torkelnden Schritten geht sie die Straße entlang. Unter den Rauchschwaden kann ich blutige Fußabdrücke sehen. Sie hat sich verletzt, als sie verzweifelt versucht hat, aus ihrem Haus zu kommen und das vergitterte Tor zu überwinden – dieser verdammte Zauber.

Jetzt bewegt sie sich, ihre Haare fallen zurück, und ich sehe ihr Gesicht. »Chloe?« *O nein, mir wird schlecht.* Ich schlucke die bittere Magensäure wieder hinunter und beeile mich, sie einzuholen. Ich versperre ihr den Weg, und ihre blicklosen Augen starren durch mich hindurch in den Rauch. »Chloe? Hey, Chloe, ich bin's, Kricket. Kricket, aus der Schule.« Ich fuchtle mit der Hand vor ihrem Gesicht herum, und als das nicht funktioniert, greife ich nach ihrem Handgelenk und schüttle es leicht. Sie zuckt, ruckt mit dem Arm, entzieht sich meinem Griff und geht mit entschlossenen, schwankenden Schritten an mir vorbei.

Ich renne los, um mich wieder vor sie zu stellen. *Was zum Teufel mache ich denn hier? Du verschwendest Zeit.* Verzweifelt greife ich nach einer der Salzwasserflaschen, drehe den Deckel ab und schütte die Flüssigkeit über ihren Kopf.

Ich warte.

Das Wasser tropft von ihrer Nase und das nasse Pyjama-Oberteil klebt an ihrer Brust. Sie reagiert nicht; ihre schlurfenden Schritte halten nicht inne. *Natürlich nicht. Ich kann ihr Gehirn nicht mit Salz bestreuen.* Sie läuft einfach weiter.

Ich beeile mich, sie zum dritten Mal einzuholen und zu packen. Diesmal halte ich sie fester, und sie reagiert noch stärker darauf, dass ich sie fixiere. Ihr anderer Arm schnellt hervor, knallt quer über mein Gesicht und schleudert mich in die benachbarte Hecke. Der stachelige Busch gräbt sich in meinen Rücken und ich muss sie loslassen, damit die Kopfhörer nicht herunterfallen, aber ich bin nicht schnell genug, um zu verhindern, dass sich das Geschirrtuch löst und mir vom Gesicht rutscht. Es platscht auf den Boden. Ich ziehe meine Kapuze herunter und befestige sie wieder an meinem Gesicht, während ich den Atem anhalte.

Als ich mich umdrehe, ist Chloe weg.

Mein Herz wird schwer. »Es tut mir leid, Chloe.« *Es tut mir so verdammt leid.* Ich schniefe und drehe mich um. Ich weigere mich, meine weinenden Augen zu trocknen. Es muss weitergehen. Mit hängenden Schultern schreite ich zurück auf die Straße und jogge weiter.

Mein Gesicht ist inzwischen wund unter dem nassen Geschirrtuch. Während ich mich bewege, reibt der raue Salzwasser-Stoff, der jetzt mit Schmutz vom Bürgersteig übersät ist, an meinen Wangenknochen. Es fühlt sich an, als würde es ein Loch in mein Gesicht graben, und mein Auge – wo Chloe mich erwischt hat – pocht.

Steh deine Frau, Kricket! Denk an Chloe und ihre blutigen Fußabdrücke. Wenigstens kann ich überhaupt noch Schmerz empfinden und mein Gesicht spüren.

Ich verenge meine Augen. *Das ist seltsam.* Der Rauch vor mir bewegt sich merkwürdig und teilt sich wie eine Welle. Meine Augen weiten sich und mit einem entsetzten Keuchen reagiere ich blitzschnell und lasse mich auf die Knie fallen.

O nein!

Ein Killerkommando kommt um die Ecke.

Hätte ich die Veränderung im Rauch nicht bemerkt ... oder die Zeit damit verbracht, Chloe zu retten, wäre ich ihnen vielleicht weiter oben auf der Straße begegnet, und zwar frontal.

Das Schicksal hat eine seltsame Art, einen in Sicherheit zu bringen.

Ich suche verzweifelt nach einem Versteck. Zum Glück hat das Fahrzeug, neben dem ich kauere, eine hohe Bodenfreiheit und genug Platz, um mich darunter zu verstecken.

In meinem Kopf rolle ich unter das Fahrzeug, so wie sie es in den Filmen machen. Doch in Wirklichkeit lasse ich mich auf den Rücken fallen und schiebe mich mit den Beinen unter das Auto, während eine Hand die sperrigen Kopfhörer und das Geschirrtuch festhält. Mein bauschiger Mantel macht die ganze Bewegung zu einer Tortur.

Mein Gesicht verzieht sich. Ich mache viel zu viel Lärm.

Als ich endlich unter dem Fahrzeug bin, drehe ich widerwillig meinen Kopf und sehe schlurfende, zombieartige Füße. Die Verzauberten geben mir Deckung.

Ein Stein oder ein Stück Müll gräbt sich in meine Schulter, als die Stiefel des Killerkommandos näher kommen. Sie sind auf der anderen Seite des Hinterreifens, nahe an meinem Kopf. Dann trennen sich zwei Fußpaare von der Gruppe. Ich schließe meine Augen. Ich mache mich darauf gefasst, herausgezerrt zu werden.

Jeden Moment ...

Mein Herz schlägt so schnell, dass es mir aus der Brust springen und gegen den Unterboden des Autos klatschen wird. Eine würzige Welle von Magie jagt mir eine Gänsehaut über den Rücken und kribbelt in der Nase. Ich knirsche mit den Zähnen und …

Und ich bin nicht tot.

Zögernd öffne ich meine Augen. Ihre Stiefel zeigen von mir weg. Dem Schicksal sei Dank; sie haben mich wohl nicht gesehen. Mit meiner eingeschränkten Seh- und Hörfähigkeit versuche ich zu verstehen, was sie tun, und ich glaube, sie sind gewaltsam in das Haus von jemandem eingedrungen.

Warum haben sie gerade dieses Haus auserkoren? Warum nicht eines der anderen in der Straße? Die Antwort brennt sich in mein Gehirn ein und meine Finger zucken. Ich will nach meinem Handy greifen und eine Warnung schicken, aber mein Mantel ist verrutscht und das Telefon ist unter meinem Rücken eingeklemmt.

Die Eingangstür war geschlossen.

Sie räumen die Häuser mit den geschlossenen Türen; entweder sind die Leute darin gefangen – ich schlucke und mir wird sofort schwindlig und heiß bei der Richtung, in die meine Gedanken gehen – oder die Leute verstecken sich. Der Raum um mich herum verengt sich, und das nicht vorhandene Gewicht des Autos drückt auf meine Brust.

Leute, die sich verstecken, wie meine Familie.

Kapitel Acht

Das sind keine Möchtegern-Terroristen. Nein, diese Eindringlinge sind professionelle Killer. Es ist noch nicht einmal eine Stunde seit den Explosionen vergangen, und es muss erst etwa fünfzehn Minuten her sein, dass mich der Rattenfänger-Zauber fast vom Dach geholt hat. Sie sind jetzt schon am Werk, räumen Häuser aus und bringen Leute um.

Mein ganzer Körper zittert. Ich lege meine Hände an die Seiten und drücke meine Oberschenkel in den rauen Asphalt, damit meine Glieder nicht herumflattern, während sich meine Fantasie austobt. Verschiedene Szenarien laufen in meinem Kopf ab wie eine alte Filmrolle, und ich sehe, wie ein weiteres Team von Eindringlingen die Haustür meiner Eltern eintritt.

Angst ist eine furchtbare Sache.

Ich habe noch nie echte Angst gespürt, noch nie einen solchen Horror erlebt, und das brennt mein Gehirn durch. Wie kommen andere Leute mit so etwas zurecht? Meine Nerven liegen blank und mein Herz klopft wie wild.

Ich muss mich unter Kontrolle bringen.

Panisch kneife ich die Augen zu. Wenn ich es schaffe, die Welt auszublenden, wache ich vielleicht auf und alles ist wieder normal und das Ganze war nur ein schlechter Traum. Das wird nicht passieren, oder? Ich stecke fest. Das ist die Hölle und wir sitzen alle hier fest. Ich muss die schwindende Vernunft packen, sie in mich hineinschieben und irgendwie meine Angst nutzen.

Die Eindringlinge sind zu nah, als dass ich weiter in Panik geraten oder einen Fehler machen dürfte. Und wenn ich getötet werde, ist es nur eine Frage der Zeit, bis meine Mum und mein Dad nach mir suchen und auch sterben werden.

Das ist hart. Ich mache mir Sorgen, dass ich zu laut atme, denn mit den Kopfhörern kann ich mich selbst nicht hören. Ich zwinge mich, so oft wie möglich in einem natürlichen Rhythmus zu atmen.

Dad hat gesagt, dass er eines meiner Amulette benutzt hat. Der einzige Trost, den ich habe, ist mein Vertrauen in meine Magie. Der Schutzwall wird sie beschützen – das muss er einfach. Dennoch mache ich mir Sorgen, dass sie bereits tot sind.

Ich habe eine Idee. Wie ein Blitz schlägt es in mein Gehirn ein. Ich weiß, was ich tun muss. Ich habe all diese Macht in mir und meine Magie heimlich eingesetzt. Aber jetzt ist es an der Zeit, sie zu nutzen. Ich muss meine strenge Kontrolle loslassen.

Mit geschlossenen Augen warte ich, bis sich mein Herzschlag beruhigt hat. Es klingt albern, aber ich nutze die Kraft meines Verstandes. Vorsichtig berühre ich die Magie in mir mit metaphysischen Fingern. Die Kraft ist hinter meinem Brustbein versteckt und wirbelt in meiner Brust. Mit der Präzision eines Chirurgen ziehe ich einen dünnen Strang der Magie heraus, und wie beim Einfädeln einer Nadel benutze ich diesen Strang, um in die Welt hinauszugreifen.

Er pulsiert. Ich achte darauf, einen Bogen zu machen und nicht die Sinne der anderen zu berühren. Ich weiß nicht, wie andere Leute Magie wahrnehmen. Bisher bin ich immer einfach davon ausgegangen, dass ich besonders sensibel bin, und ich kenne die Kräfte dieser Kreaturen nicht. Es wäre dumm, einen Fehler zu machen und Alarm auszulösen.

Ich schiebe weiter, und die Magie antwortet begierig. Sie steigert sich zu einer Welle, die sich ausbreitet und dann zurückkehrt. Sofort spüre ich sie. Als würde sie an Seetang zerren, zieht sie Informationen über all die Magie mit sich, die ich in die Welt gesetzt habe. Sie verbindet mich mit all meinen Zaubern. Ich sehe sie. Sie sind wie Punkte in einem riesigen Ozean.

Wow, das ist cool. Ich suche und finde den richtigen Impuls, den korrekten kleinen Punkt.

Der Schutzwall, den meine Eltern benutzen, funktioniert einwandfrei. Ich spüre, wie er in meinem Kopf fröhlich vor sich hin summt, und aus einer Laune heraus binde ich den Schutzwall mit Magie ab, wickle ihn um meinen kleinen Finger und verbinde ihn mit mir, damit er ein Warnzeichen gibt, wenn etwas passiert.

Okay, der Schutzwall ist da. Sie sind in Sicherheit. Komm jetzt, Kricket! Du kannst nicht den ganzen Tag hier liegen und die Welt verdrängen. Ja, ich muss sehen, wann das Killerkommando verschwindet, damit ich gehen kann.

Ich öffne die Augen und drehe vorsichtig den Kopf; die klobigen Kopfhörer graben sich in meine Schläfe und in mein Ohr, gerade als sich die würzige Magie der Eindringlinge verflüchtigt. Es scheint, als hätte das Team seine schändliche Aufgabe erfüllt. Ich halte den Atem an, als ihre blutverschmierten Stiefel am Auto vorbeimarschieren und die Straße entlanggehen.

Weg von mir.

Ich zwinge mich, weitere schmerzhafte fünf Minuten zu warten und zähle im Kopf die Sekunden, bis ich es für sicher genug halte, mich zu bewegen. Immer noch unter dem Auto drehe und wende ich mich und hole mein Handy heraus. Das Netzwerk ist ausgefallen. Nein, nein, nein, das ist schlecht. Ich will sie wegen der Türen warnen, aber jetzt kann ich es nicht. Ich will ihnen sagen, dass sie nicht zu mir kommen sollen, weil ich jetzt zu ihnen gehen muss.

Aber der Schutzwall, den ich um meinen kleinen Finger gewickelt habe, gibt mir Zuversicht; er wird mich warnen, wenn das Haus angegriffen wird, und wenn das Schlimmste passiert, werde ich Magie brauchen, um sie zu bekämpfen.

Kämpfe oder stirb beim Versuch, richtig?

Ich will nicht sterben.

Ich stecke das nutzlose Handy weg, stemme meine Fersen gegen den Asphalt und schlüpfe unter dem Auto hervor auf die Straße. Dann lasse ich die Kapuze meines Mantels fallen und richte die Kopfhörer. Ich habe nicht mehr den Luxus, die Welt zu ignorieren – das hatte ich nie. *Dumm, Kricket. Es ist so dumm, mich hinter dem Mantel zu verstecken wie ein kleines Kind.* Ich trete gegen eine Glasscherbe. Ich wollte die Verzauberten nicht sehen, aber mir die Sicht zu versperren, hätte ein tödlicher Fehler sein können, ein Fehler, den ich mir nicht leisten kann.

Nachdem ich mich vergewissert habe, dass die Luft rein ist, klopfe ich dankend auf die Motorhaube. Diesmal konzentriere ich mich beim Sprung über die Trümmer vor allem auf den Rauch, der ein wertvolles Frühwarnsystem für Bösewichte ist.

Ohne weitere Unterbrechungen dauert es nicht lange, bis meine Füße die richtige Straße erreichen. Ich verlangsame meine Schritte und hinter dem Geschirrtuch wird mein Atem zu einem ungesunden Röcheln.

Das große weiße, umgebaute Haus erhebt sich aus dem Nebel. Es ist in ein Dutzend kleine Wohnungen aufgeteilt, die alle einzeln bewohnt werden. Ich bin die jüngste Bewohnerin und lebe seit etwa drei Jahren hier.

Mum und Dad haben mich nicht rausgeschmissen oder so. Ich bin ohne viel Aufhebens ausgezogen, weil ich mit Magie hantiert habe. Außerdem gibt es eine blöde Vorschrift der Stadtverwaltung, die besagt, dass du, sobald du sechzehn wirst und keine Vollzeitausbildung machst, in eine zugewiesene Unterkunft ziehen musst, die von deinem zugeteilten Job subventioniert wird.

Vollzeitausbildung. Ich verdrehe die Augen und schnaufe unter dem nassen Geschirrtuch. Das ist ein grausamer Scherz. Es gibt keine Vollzeitausbildung. Sie wollen nur, dass wir genug lernen, um fleißige Arbeitsbienen zu sein. Es werden keine Kinder mehr geboren, und wir haben nicht einmal mehr eine Ganztagsschule. Es gibt nicht genug Nachwuchs, um eine zu halten. Babys sind selten und kommen nur in die Stadt, wenn arme Schweine von der Außenwelt hierhergeschleppt werden.

Es ist eine lächerliche Art, die Bevölkerung zu kontrollieren und ganze Familien aus dem Gleichgewicht zu bringen. Sechzehn. Die meisten Teenager sind in diesem Alter noch Babys. Ich erschaudere, wenn ich an meine dreizehnjährigen Brüder denke. Ich kann mir nicht vorstellen, dass sie in drei Jahren auf eigenen Füßen stehen sollen. Die werden nie wieder duschen. Ich hatte ein schlechtes Gewissen, weil ich ausgezogen bin, und meine Mum war so aufgebracht.

Aber so ist das nun mal; Regeln sind Regeln.

Ich ignoriere die breite, traurige, klappernde Eingangstür und husche um die Rückseite des Gebäudes. Wir dürfen keine eigenen Häuser besitzen, und die Unterkünfte werden nach der Größe der Familie zugeteilt. Nan ist eingezogen und hat mein Schlafzimmer genommen, damit meine Eltern das Haus nicht verlieren. Wenn jemand ein bestimmtes Alter erreicht hat, wird er ermutigt, bei der Familie zu wohnen, und Nan tut so, als ob sie zusätzliche Hilfe braucht.

Die Frau ist ein Wunder und arbeitet immer noch Teilzeit in der Bibliothek. Bibliothekare sind die klügsten Menschen der Welt, und ich wünschte, ich hätte ihre Geduld und Anmut geerbt.

Die Treppe zu meiner Wohnung hat ein rostiges schwarzes Geländer, das in den Boden führt, und eine kleine quadratische Betoneinfassung mit einem schwarzen Blumentopf – mein beschissener Versuch, einen Garten anzulegen –, der mit stinkendem, dunkelbraunem, abgestandenem Wasser gefüllt ist.

Ich wohne im Keller, was sehr gut ist, denn ich habe einen eigenen Eingang und ein Fenster. Meine Mum hasst die Wohnung. Ich gebe zu, es ist gruselig, versteckt auf der Rückseite des Hauses. Dad hat die klapprige Holztür ersetzt, die hier stand, als ich eingezogen bin, und George, den Schweißer, dazu gebracht, Gitter an dem einzigen Fenster anzubringen. Außerdem hat er mir ein Bewegungsmelder-Licht besorgt. Normalerweise ist der Lichtstrahl so hell, dass er, wenn er angeht, die ganze Straße *und* die Straße dahinter beleuchtet.

Ich wette, meine Nachbarn lieben das. Ich lächle, als ich vorsichtig die Treppe hinuntersteige und die Tür öffne.

Kapitel Neun

Die Einzimmerwohnung – na ja, ein Zimmer und ein winziges Bad – riecht muffig mit einem Hauch von Ammoniak. Jupp, es stinkt nach Katzenpisse, ein Geruch, den ich nicht loswerde, egal wie gründlich ich putze. Ich gewöhne mich daran, wenn ich zu Hause bin, und nach einer Weile werde ich sogar nasenblind, aber wenn ich von der Arbeit komme, schlägt mir der Geruch jedes Mal aufs Neue ins Gesicht. Das ist ekelhaft.

Ich habe Angst, dass er auf mich und meine Kleidung überspringt. Das Katzenpisse-Mädchen. Es ist lächerlich, denn diese Wohnung hat noch nie Fell gesehen. Seit über zwanzig Jahren nicht mehr. Eine andere grausame Sache ist, dass die Stadtverwaltung uns verbietet, Haustiere zu halten.

Die kleine Wohnung ist dunkel. Es ist schwierig, etwas zu sehen, weil der Strom ausgefallen ist und die Rauchschwaden das Mondlicht vom winzigen Fenster abhalten. Es gibt ein Bett – ein kleines, das in die Ecke gequetscht ist –, einen Kleiderschrank, einen Wandschrank, einen Mini-Kühlschrank und einen Tresen, auf dem eine Schachtel mit Teebeuteln und ein Wasserkocher Platz finden.

Ich hole alles, was ich brauche, mit einem Handgriff und schnappe mir schnell eine Tasche. Da ich meistens schwarze Kleidung trage, ist es kein Problem, sie beliebig zu kombinieren. Ich könnte auch mein Handylicht benutzen, aber nichts verrät mehr, dass jemand herumschleicht, als der Schein einer Taschenlampe.

Ich renne ins Bad, schließe die Tür und werfe ein Handtuch auf den Boden, um das Restlicht zu blockieren. In der völligen Dunkelheit streifen die Rückseiten meiner Beine die Toilette, während ich seitwärts zum übergroßen Spiegel schlurfe. Das Muskelgedächtnis hilft meinen Fingern, die versteckte Klinke an der Seite zu erreichen.

Deshalb bin ich froh, dass ich die gruselige, stinkende Wohnung bekommen habe.

Es gibt ein verstecktes Zimmer.

Ich weiß nicht, warum die Bauherren den Raum versiegelt haben. Vielleicht ist ihnen das Geld ausgegangen? Ich habe ihn entdeckt, als ich einen alten Spiegel ersetzen wollte und in meinem Heimwerkerrausch aus Versehen ein riesiges Loch in die Wand geschlagen habe.

Ich betätige den knubbeligen Schalter und der Spiegel schwingt auf. Natürlich habe ich damals schnell herausgefunden, dass das Loch in einen abgedichteten Raum führt, also habe ich die Lücke zwischen den Balken vergrößert und einen breiteren Spiegel gekauft.

Welche Sechzehnjährige wünscht sich nicht ein Geheimversteck, in dem sie ihre verbotenen Zauber ausüben kann?

Die Anspannung in meinen Muskeln lässt nach, als der Schutzwall, der meine Werkstatt schützt, hell leuchtet. Das beruhigende rote Licht der Magie ermöglicht es mir, zu sehen, was ich tue. Ich stelle mich auf die eingemauerten Rohre und werfe mit einem Ächzen – vorsichtig, um die Kopfhörer nicht abzustoßen – mein Bein über die Wand und ducke mich durch den Spalt.

Meine Werkstatt.

Der Holzschemel auf der anderen Seite der Wand erleichtert den Zugang, auch wenn das verdammte Ding unter meinem Gewicht wackelt.

Der Schutzwall, der den Raum schützt, schleckt mich ab, als würde er mich willkommen heißen. Meine Magie ist ein wenig ungewöhnlich. Ich will nicht sagen, dass die magischen Gegenstände, die ich erschaffe, empfindungsfähig sind, aber für mich fühlen sie sich manchmal so an. Ich weiß, es klingt albern und ich würde es nie laut aussprechen, aber sie haben ihre eigene Persönlichkeit. Vielleicht liegt es daran, dass ich magischen Gegenständen menschliche Gefühle verleihe – wie eine Spinnerin. Ich brauche wirklich ein Haustier.

Zudem ist es nicht so, dass ich bei diesem magischen Kram irgendwelche Hilfe oder Anleitung habe. Manchmal habe ich das Gefühl, dass ich explodiere, wenn ich mir die Zaubersprüche nicht aus dem Kopf schlagen kann. Die meiste Zeit mache ich es aus dem Bauch heraus. Es ist Magie, sie funktioniert, und das ist es, was zählt, schätze ich.

Im Gegensatz zu Hexen, die jahrelang trainieren, ist das, was ich tue, nicht so einfach, wie ein Rezept zu befolgen und Gegenstände in einen Kessel zu werfen. Es ist, als würde ich in jeden Zauberspruch einen winzigen Teil von mir selbst hineinlegen. Deshalb hatte ich vorhin die Idee, meine Sinne auszustrecken und sie zu berühren, und jetzt habe ich das Gefühl, dass ich immer weiß, wo jeder meiner Zaubersprüche ist.

Ich kann meine Kraft nur in bestimmte Hölzer, Steine und Metalle eindringen lassen – ich kann zum Beispiel keine Magie in eine Cola-Dose pressen – und es dauert eine Weile, die Materialien vorzubereiten, die ich verwende. Ich muss sie anfassen. Haut-zu-Haut-Kontakt ist am besten.

Während ich darüber nachdenke, mit ihnen zu hantieren, schlüpfe ich aus meinem Mantel und wickle eine Reihe von ungeschliffenen, grob geformten Obsidiansteinen fest um meinen linken Arm und eine Reihe von Holzstücken um meinen rechten. Die Metallstücke schlinge ich mir um den Bauch. Das alles braucht Haut-kontakt, aber ich lege mir nichts um den Hals. Bei dem, was da draußen passiert, will ich nicht noch zusätzlich riskieren, von meinen Hilfsmitteln erdrosselt zu werden.

Das wäre eine schreckliche Art zu sterben.

Niemand weiß, dass ich alle Vorräte aus der Außenwelt beziehe. Ich habe eine Magie erfunden, mit der man eine Lücke im Schutzwall der Stadt öffnen kann, ohne einen Alarm auszulösen. Das war eine dumme und gefährliche Sache. Damals war ich vierzehn. Hormone haben dabei eine große Rolle gespielt.

Zuerst habe ich die Lücke gemacht, um zu sehen, ob ich es kann. Eine Art Luftloch, nur um leichter zu atmen und davon zu träumen, wegzukommen. Später, als ich älter wurde, habe ich unsere Flucht geplant und in die Realität umgestaltet, denn ich war immer entschlossen, dass wir diesen furchtbaren Ort verlassen würden.

Die Lücke ist nicht groß genug für eine Person, aber ausreichend für eine Schachtel voller Sachen. Außerdem habe ich es noch nicht mit lebendem Gewebe probiert. Meine Magie hält ihn offen, und ich bin nicht so dumm, meine Hand hineinzustecken. Mir gefallen meine Hände besser, wenn sie an meinem Körper hängen.

Kaum hatte ich den Spalt geöffnet, habe ich ein Signal bekommen und die antike Handy-SIM-Karte meiner Mum benutzt, um mit der Außenwelt zu sprechen. Mit ein wenig Magie hat das alte Ding funktioniert, und jetzt habe ich einen Kontakt zur Außenwelt – eine ehemalige Freundin von Mum aus ihrer Schulzeit

–, die mir hilft, meine Magie zu verkaufen und die Materialien zu beschaffen, die ich brauche, um mehr herzustellen.

Als ich meine Jacke wieder anhabe, gehe ich methodisch von links nach rechts und halte die Tasche offen, um alle meine Schätze aus den Regalen zu fegen. Ich fühle mich schlecht, weil ich sie so unhöflich behandle. Ich liebe diese Amulette, und es ist mir immer schwergefallen, meine magischen Schätze zu verkaufen. Auch nur ein einziges Amulett loszulassen, ist traumatisierend. Aber ich musste es tun, meiner Familie zuliebe. Ohne Geld kann man sich nicht sauber aus dem Staub machen.

Nachdem ich alle Regale ausgeräumt habe, stopfe ich die Tasche wieder durch das Loch und halte sie am Gurt fest, bis sie sanft auf den Fliesen des Badezimmers landet. Dann klammere ich mich an zwei Amulette – eines in Form eines Ohrs und das andere in Form eines Regenschirms – und klettere zurück ins Bad.

Mit einem Lächeln betrachte ich den Ohranhänger und reibe das Ohrläppchen. Ich habe die Anhänger für meine Nan gemacht. Ich habe mehrere. Als ich sie gefragt habe, was sie am meisten vermisst, seit sie ihr Gehör verloren hat, hat Nan gesagt, dass sie das leise Rascheln einer Seite und den Gesang der Vögel vermisst.

Wunderschöne, einfache Dinge. Ich habe mir versprochen, dass Nan, wenn wir aus dieser Stadt herauskommen, besser hören kann als jeder andere. Ein Wandler, ein Vampir, wird nichts gegen meine Nan ausrichten können. Sie wird sogar einen Mäusefurz hören können, wenn sie will.

Wir haben das Amulett lediglich getestet, denn es ist nicht sicher, wenn sie es zu Hause benutzt. Himmel, ich hasse ihren derzeitigen autorisierten Mistzauber. Wenn sie die Frequenz von Vögeln nicht hören kann, was soll das dann überhaupt bringen? Das ist grausam. Aber eines Tages ... eines Tages könnte es so weit sein. Mein Bauch kribbelt vor Aufregung.

Ich bin noch nicht so weit.

Ich lasse die Schultern hängen und lächle auf das kleine Ohr hinunter. »Hallo«, flüstere ich, woraufhin das Ohr in meinem Kopf einen erfreuten Laut von sich gibt und meine Hand wärmt. Das Holz, das ich für diesen Talisman verwendet habe, ist Ebenholz aus Gabun, das meine Magie gut verträgt.

Mit einem kleinen Trick filtert der Talisman die Magie aus der Luft, blockiert den verdammten Ratten-fänger-Zauber und ermöglicht es mir, die klobigen Kopfhörer abzulegen. Wenn ich meine Arbeit richtig mache, kann ich die Geräusche der Bösewichte hören.

Ich reibe das Ohr zwischen meinen Fingern, und mit einem sanften magischen Stoß führen wir – das Ohr und ich – ein Gespräch. Ich spüre, wie der neue magi-sche Geräuschfilter einrastet, und stecke den Anhänger in die Innentasche meiner Arbeitshose. Die dünne Baumwolltasche wird kein großes Hindernis sein, und meine Magie ist ohnehin so stark, dass sie keinen Haut-kontakt braucht, sobald ein Amulett aktiviert ist.

Im Vertrauen darauf, dass ich meinen Job gut gemacht habe, nehme ich zitternd einen tiefen Atemzug und entferne die Kopfhörer. Aufmerksam warte ich ein paar Sekunden, und als nichts Schlimmes passiert, entspanne ich mich. Meine Ohren sind winzig, und Kopfhörer sitzen nie gut. Energisch reibe ich meine pochenden Ohrläppchen, die so wund sind, dass sie im Takt meines Herzschlags pochen.

Dann benutze ich den Regenschirm, um den Schutzwall zu entwirren. Das rote Licht erlischt und es wird dunkel, während der Schutzwall wieder in den Zauber gesaugt wird, um erneut benutzt werden zu können. Meine Mundwinkel zucken. Das ist die Magie, die meine Mum am meisten verängstigt.

Hexen sind mächtig, aber ihre Magie hat auch ihre Grenzen. Sie können zwar die stärksten Schutzwälle errichten – mit einer Menge Singsang – und der Schutzwall ist auch wirklich stark, aber er kann nur in einem bestimmten Gebiet errichtet werden. Wenn man sie entfernt, sind sie für immer verschwunden.

Das ist es, was meine Magie so ungewöhnlich macht: Meine Zauber können immer wieder verwendet werden. Wenn die Magie aufgebraucht ist, nutzen sie die Restmagie in der Luft, um sich wieder aufzuladen. Ein Benutzer, der nicht ich ist, braucht nur einen einfachen Zauberspruch, um sie zu aktivieren. Ich muss nicht zaubern, um sie zu aktivieren, und ich habe an einem Absichtsauslöser für Kunden gearbeitet, aber das ist lächerlich kompliziert.

Fünf Minuten sind um und ich bin bereit, loszulegen. Ich kicke das Handtuch auf dem Boden aus dem Weg, ziehe mir den Rucksack über die Schultern und verlasse die Wohnung mit weit geöffneter Eingangstür.

Man muss ja nicht unnötig Ärger provozieren.

Kapitel Zehn

DIE TASCHE auf meinem Rücken wackelt bei jedem Schritt, während das verbogene, zerstörte Chaos der Friedenswächter-Station näher kommt. Auf Straßenebene sind die Auswirkungen der Ereignisse hier noch viel schlimmer. Die Überreste des Gebäuderahmens ragen in den Nachthimmel, als hätte die Magie einen Bissen davon genommen. Das Bild bleibt haften und brennt sich in mein Gehirn – ein prägender Moment, an den ich mich für den Rest meines Lebens erinnern werde.

Es ist ein lebensverändernder Augenblick, und ich kann ihn nicht wirklich begreifen.

In der einen Sekunde ist alles unveränderlich, ungerecht und frustrierend, aber vorhersehbar, und in der nächsten Sekunde ist alles verschwunden. Man weiß nicht, was man hat, bis man es verliert.

Je näher ich der Station komme, desto schlimmer wird es, und der Boden unter meinen Füßen verändert sich schnell. Jedes Mal, wenn meine Turnschuhe aufsetzen, gesellen sich zum aufgewirbelten Rauch graue Ascheflocken.

Die Hitze hier muss so extrem gewesen sein, dass sich das Glas und die Metalle der umliegenden Gebäude in Sand verwandelt haben. Sogar der Asphalt hat eine sandähnliche Konsistenz, und die körnigen Partikel machen das Laufen zur Schwerstarbeit. Das Brennen in meinen Achillessehnen bestätigt das.

Der Zauber oder die Waffe, welche sie benutzt haben, war verheerend.

Böse.

Ich weiß nicht, was die Angreifer wollen oder was wir ihrer Meinung nach getan haben, um dieses Ausmaß an Zerstörung zu rechtfertigen, aber das ist einfach nur falsch.

Ich lasse die Schultern hängen, und als ich meinen linken Fuß aufsetze, bewegt sich der sandige Boden. Mein Fuß landet auf etwas Matschigem und ich quietsche. »Was zur Hölle!« Ich weiß nicht, was ich denke, als ich zum Stehen komme und auf den Boden starre. Ich verschlucke fast meine Zunge, als ich sehe, dass das matschige Etwas eine *Hand* ist. Graue Haut. *Ein*

Gargoyle. Ich erstarre, und mein Atem geht stoßweise wie bei einem Rennpferd.

Er ist tot. Er muss tot sein, oder?

Ich trete zurück, entferne vorsichtig meinen Fuß und die vergrabenen Finger zucken.

O Schicksal, sie haben sich bewegt!

Meine Augen springen mir fast aus dem Kopf. Das muss daran liegen, dass ich auf sie getreten bin. Ich lasse meinen Blick von links nach rechts schweifen, um mich zu vergewissern, dass die Luft rein ist, und gehe dann in die Knie, um den Gargoyle auszugraben.

Was machst du denn da?, schreit meine innere Stimme.

Ich beuge mich vor und grabe schneller.

Es wäre falsch, ihn zurückzulassen, ohne nachzusehen, ob er noch lebt, und es dauert nicht lange. Gargoyles sind mächtige Kreaturen, aber sie müssen trotzdem atmen.

Während ich die Asche von der Stelle schaufle, an der sein Kopf liegen sollte, brennen und jucken meine Hände wie verrückt. Das Sandzeug besteht aus winzigen Scherben. Dem Gargoyle mit seiner zähen, undurchdringlichen Haut wird es gut gehen – wenn er noch lebt –, aber meiner Haut nicht so sehr. Wenn nicht ein Heilzauber das Problem behebt, werde ich wochenlang Mikropartikelsplitter entfernen müssen.

Keine gute Tat bleibt ungestraft und so weiter.

Trotzdem grabe ich. Ich enthülle ein spitzwinkliges Gesicht. Schwer atmend setze ich mich auf meine

Fersen. Mit seinem kantigen Kiefer und den vollen Lippen wirkt er wie eine gefallene Statue. Seine graue Haut hat einen ungesunden, blassen Farbton. Er sieht nicht wie ein einheimischer Gargoyle aus, auch wenn ich es nicht so genau weiß. Ich kann mir Gesichter und Namen schlecht merken und versuche, die Gargoyle auch zu vermeiden.

Das Schuldgefühl, illegale Zauber zu machen, verursacht mir Unbehagen. Ich weiß nicht, ob sie meine Magie erschnüffeln können. Der Rat lässt uns nichts über andere Kreaturen wissen. Das ist eine weitere Qual für mich. Wenn ich kann, gehe ich in die Bücherei und lese in der Abteilung für verbotene Literatur. Gefahr erkannt, Gefahr gebannt und so weiter.

Er sieht tot aus.

Ich lehne mich näher heran, und da erkenne ich sein schönes Gesicht. Den habe ich schon mal gesehen. Er war der Gargoyle bei der Arbeit heute Abend – der, der mich zum Rotwerden gebracht hat.

Oh.

Ich fahre mit meiner nun roten, splitterbedeckten Hand über seine Nase und seinen Mund und versuche, seinen Atem auf meiner Haut einzufangen. Wenn ich einen Spiegel hätte ... Unter der Asche bewegt sich seine Brust nicht.

Er ist tot.

Mein Herz schmerzt für ihn. Was für eine Verschwendung.

Eine rote Haarsträhne, die sich aus meiner Mütze

gelöst hat, kitzelt mich an der Schläfe und klebt an meiner schweißbedeckten Wange.

Der Rauch um uns herum wirbelt und die Zeit, die ich vergeude, tickt. Ich weiß, dass ich weitergehen muss. Der Schutzwall, der an meinem kleinen Finger befestigt ist, summt fröhlich vor sich hin. Fürs Erste ist meine Familie in Sicherheit.

Ich kann mir die Zeit nehmen.

Ich weiß nicht, was von mir Besitz ergreift. Stöhnend wühle ich den Sand um seinen Hals und seine breiten Schultern und entblöße die obere Hälfte seines Oberkörpers. Er fühlt sich warm an, aber das sagt nicht viel aus, denn die Gegend kocht.

Meine Hände flattern wieder vor sein Gesicht. Ich habe keine Ahnung, was ich da tue. Ich wische sie an meiner Hose ab, nehme den Rucksack vom Rücken, öffne die Tasche und schnappe mir ein Heilungsamulett. Es besteht aus einer Mischung von Gelb-, Weiß- und Roségold und hat eine niedliche goldene Anstecknadel in Form einer Zaubertrankflasche mit der Aufschrift Heil Mich in verschlungener Schrift.

Die Magie singt in meiner Faust. Es ist ein guter, mächtiger Zauber.

Ich klatsche ihn auf seine Stirn, und der Zauber wird durch einen Funken meiner inneren Magie aktiviert. Die Luft um mich herum wabert und wie eine aufsteigende Hitze leuchtet der Zauber.

»Na also, es tut sich was. Er würde nicht reagieren, wenn du tot wärst.«

Ich warte, über ihn gebeugt, aus Angst, dass wir jeden Moment gefangen genommen werden. Wenn er noch lebt und aufwacht, wird er dann von dem Rattenfänger-Zauber erfasst werden? Gargoyles sind viel stärker als Menschen, aber ich bin mir nicht sicher, ob er von Natur aus vor dieser schrecklichen Magie geschützt ist.

Der Rauch fällt und löst sich auf. Innerhalb eines Herzschlags habe ich das glühende Heil-Amulett von der Stirn des Gargoyles wieder in meiner Tasche, und ein weiteres Amulett in Form eines Geistes wird aktiviert.

Ich aktiviere die Magie gerade noch rechtzeitig, als ein weiteres Killerteam aus dem Rauch spaziert. Es kommt von der rechten Seite des Gebäudes. Die Jetzt-siehst-du-mich-nicht-Magie verbirgt uns. Das wird auch so bleiben, wenn wir uns nicht bewegen oder einen Laut von uns geben. Sie macht uns nicht wirklich unsichtbar – das kann niemand –, aber sie ist stark genug, dass die Augen anderer dirckt über uns hinweg streifen sollten.

Die Augen des Gargoyles springen auf.

Scheiße!

Ich schlage ihm meine Hand auf den Mund und weite meine Augen mit dem Halt-die-Klappe-Blick, den ich für meine Brüder kultiviert habe.

Er verkrampft sich.

O nein! Ich warte darauf, dass der böse Zauber ihn erwischt und er auf die Füße taumelt, aber das wütende Licht in seinen blassgrünen Augen ändert sich nicht. Ich tippe ihm mit dem Daumen auf die Nase, und seine Augen verengen sich.

Er muss meine Panik sehen, und als ob ein Schalter umgelegt worden wäre, setzt sein Training ein, und er erstarrt. Tödliche Augen beobachten mich.

Oh, das ist schlecht.

Das ist verflucht beängstigend.

Er muss mich für eine leicht zu beseitigende Bedrohung halten. Eine Drehung seiner Schaufelhände, und er kann mir das Genick brechen. Der Gargoyle wendet seine Aufmerksamkeit der magischen Blase um uns herum zu, der Zerstörung und schließlich den Angreifern auf der anderen Straßenseite.

Sein Kinn senkt sich als Zeichen der Bestätigung, und während das Killerteam von uns wegschaut, lasse ich meine Hand langsam von seinen Lippen gleiten.

Es scheint ewig zu dauern, bis das Team weiterzieht. Als es außer Sichtweite ist, zuckt keiner von uns beiden für die nächsten Minuten auch nur mit der Wimper. Es sieht so aus, als könnte er den ganzen Tag so liegen. Meine Geduld ist am Ende und ich gebe mein Bestes, um ihm nicht mein salziges, nasses Geschirrtuch ins Gesicht zu schlagen, während ich mich nach vorn beuge und ihm ins Ohr flüstere: »Ich weiß nicht, wie lange du bewusstlos warst. Aber sie haben vor etwa einer Stunde die Station und die Academy angegriffen. Sie haben einen Rattenfänger-Zauber – einen sehr starken. Alle, die davon betroffen sind, bewegen sich in Richtung Stadtzentrum. Ihre sechsköpfigen Teams gehen von Haus zu Haus, stürmen die Häuser mit geschlossenen

Türen und töten alle Drachenblüter, die nicht in den Bannkreis geraten sind. Du musst von der Straße weg.«

Seine Hände ergreifen meine Schultern und ich erschaudere, als er mich sanft aus seinem persönlichen Bereich schiebt. Ich erschaudere. Ich bin froh, dass das Geschirrtuch meine knallroten Wangen verbirgt. Das war ein bisschen zu nah. Nach allem, was passiert ist, fühle ich mich vielleicht doch etwas anhänglich.

»Wo sind alle?« Seine Stimme ist wie das Rumpeln von Steinen, die verschoben werden.

Mit *alle* meint er die anderen Gargoyles.

»Ich weiß es nicht.« Ich spreche es nicht aus, aber alles in mir schreit, dass sie tot sind. Ich kann nicht anders, als seine nackte Schulter zu tätscheln und den Kopf zu schütteln. Mit meiner Hand deute ich auf den Boden. »Ich habe dich ausgegraben.« Ich wende mich von seinem intensiven, suchenden Blick ab und prüfe, ob sich der Rauch verändert hat. »Ich will nicht hier sein, wenn die Bösen wiederkommen.«

Mit einem überwältigenden Bedürfnis, weiterzugehen, lasse ich die Magie von *Jetzt siehst du mich nicht* fallen und schwanke auf die Beine.

Seine Augen verengen sich, als der Zauber in das Geister-Amulett zurückspringt.

Das hast du gesehen, was?, grummle ich im Geiste, während ich es in meine Tasche stecke und meine Hände kurz heile. Die Schmerzen werden sofort gelindert, und ich höre förmlich das *Klack, Klack, Klack*, mit dem die Splitter aus meinen Fingerspitzen und Handflächen gedrückt werden.

Die geäderten Unterarme des Gargoyles spannen sich an, während er sich mühelos aus seiner aschigen Gruft zieht. Er entfaltet sich, und sein massiver Körper wächst weiter und weiter, bis er vor mir steht und mich überragt. Er ist erheblich größer als ich, die nur einen Meter achtundsechzig misst.

Ich blinzle.

Der Gargoyle hat keine Klamotten mehr an.

Oh, verflixt und zugenäht.

Ich kann mir nur vorstellen, dass sie bei der Explosion weggepustet wurden. Er streckt seine Flügel aus, seine Lippen bewegen sich, und ich brauche eine Sekunde, um zu verstehen, was er sagt.

»Wohin gehst du?«

»Nach Hause.« Ich halte meinen Blick gezielt auf sein Gesicht gerichtet, denn ich bin kein Perverso MacPerverserchen. Ich habe Mitleid mit ihm. Wir befinden uns im Krieg und er rennt nackt in die Schlacht, mit seinem Braten und zwei im Wind flatternden Zwiebeln. Es scheint ihn nicht sonderlich zu stören, dass er unbekleidet ist, aber wie kann ich ihn mit nichts stehen lassen?

Mit frei flatternden Kronjuwelen kann man keine Eindringlinge bekämpfen.

Ich habe schon zwei Zauber vor ihm angewendet. Was macht da noch einer? Scheiße, wir werden sowieso alle sterben. Ich krame in meiner Tasche, strecke meine Hand aus und lasse ein Amulett in seine Handfläche fallen. »Der Spruch ist ganz einfach. Du musst nur sagen: *Zieh mich an.*«

Sein Gesichtsausdruck wechselt von tödlich zu verwirrt, während er den Obsidianstein in Form einer Socke zwischen seinen Fingern rollt.

»Gib her, ich mach das.« Ich lege meine Hand auf seine, und das Amulett leuchtet blau zwischen uns. Mit einem Wimpernschlag ist der Gargoyle in einen einfachen schwarzen Pullover und eine Jogginghose gekleidet.

Hm. Nicht schlecht.

Er zupft am Oberteil, das sogar Platz für seine Flügel gemacht hat.

Coole Sache. Ich bin mächtig beeindruckt von mir selbst und klopfe mir im Geiste auf die Schulter. Ich habe mir Sorgen gemacht, weil er so groß ist, aber jetzt bin ich mir sicher, dass das Amulett einen Wal in eine Jogginghose stecken könnte.

»Was zum Teufel bist du?« Er sieht wieder wütend aus.

»Ah, das nenne ich mal eine ordentliche Dankbarkeit.« Ich richte das Geschirrtuch und schiebe die verirrte Haarsträhne unter meine Mütze. »Ich bin niemand. Ich bin nichts, nur ein Mädchen.«

Ich muss gehen. Mit einem freundlichen Nicken drehe ich mich auf den Zehenspitzen von ihm weg.

Meine Magie ist seltsam, und jetzt habe ich Angst, dass er denkt, ich hätte etwas mit den Angriffen zu tun, und dass er versuchen wird, mich zu verhaften. Oder mich zu töten.

KAPITEL ELF

DER GARGOYLE TACKELT mich nicht zu Boden, und ich hauc ab. *Er lässt mich gehen. Puh.* Er hat viel mehr zu tun, als sich mit mir zu beschäftigen, und vielleicht bin ich mit verdecktem Gesicht nicht zu identifizieren.

Die Explosion hat sich um diese Gebäude herum ereignet. Die sandige Oberfläche der Straße ändert sich schnell, und als ich wieder auf den Asphalt zurückkehre, erhöhe ich mein Tempo und steuere nach Hause.

Wird Dad weg sein? Habe ich ihn verpasst? Ist er mit dem Auto weggefahren, um mich zu holen? Ich biege um die Ecke zum Haus meiner Eltern ... und stolpere.

Ein seltsames kleines Winseln rasselt in meiner Kehle, als wäre ich ein verwundetes Tier.

Meine Hand zittert, als ich die Haustür öffne. Das alte viktorianische Haus hat schon bessere Tage gesehen. Die einfach verglasten Fenster klappern bei schlechtem Wetter und der Wind pfeift durch die Ritzen. Im Winter wird es im Haus so kalt, dass der Frost die Innenseite der Scheiben bedeckt.

Meine Eltern tun, was sie können; Dad streicht jeden Sommer die hölzernen Fensterrahmen, und das Haus ist so sauber, dass man trotz meiner Albtraumbrüder sein Abendessen von den senffarbenen Fliesen im Flur essen könnte.

Die Angst, die in mir herumschwirrt, wird ein wenig schwächer. Ich nehme die Mütze ab – die Strähnen meiner Haare knistern statisch –, ziehe das Geschirrtuch weg und stecke beides in meine Tasche.

Die Haustür knarrt und ich stelle sicher, dass ich sie weit offen lasse.

Wie ein Leuchtfeuer umgibt der Schutzwall das ganze Haus. Ich schiebe ihn zurück, sodass er nur den Keller und die untere Treppe abschirmt. Dann gieße ich Magie in einen vorbereiteten Klumpen Obsidian. Der Illusionszauber bildet sich schnell; er formt sich zu einem einfachen Zauber, der den Keller leer und dunkel erscheinen lässt. Um den Effekt zu verstärken, füge ich noch ein paar Dinge hinzu: gruselige, unversehrte Spinnweben, eine dicke Staubschicht auf der Treppe und ein paar herumstehende Kisten. Auf den ersten

Blick sieht die Kellertür aus, als wäre sie seit Jahren nicht mehr geöffnet worden.

Die Treppe knarrt unter meinem Gewicht. Als sich mein Mantel bewegt, rieche ich meinen Körpergeruch – der Gestank von Angst haftet an mir. Meine Knöchel pochen und meine Waden tun weh. Diese Nacht scheint kein Ende zu nehmen, und meine Gefühle schwanken zwischen Angst, Verzweiflung und Erleichterung. Mein Adrenalinspiegel ist so hoch, dass ich das Gefühl habe, noch immer zu rennen.

Ich bin zu Hause. Ich schlurfe durch die Tür und lasse meine Augen durch den Raum schweifen.

Die Tränen kullern und ein Kloß bildet sich in meinem Hals. *Sie sind alle in Sicherheit.*

Der heimelige Keller strahlt vor Wärme. Mum kramt in einem Schrank herum und Dad liest ein Buch. Nan schläft auf dem Stuhl.

Meine beiden Brüder scheinen völlig unbesorgt zu sein. Sie nutzen das lange Aufbleiben voll aus und hocken auf Sitzsäcken in der Ecke, jeder mit einer tragbaren Spielkonsole – irgendein Nintendo-Ding; ich bin mir nicht sicher, ohne mir das Logo anzusehen. Beide streiten sich im Flüsterton. Sie sind identisch, bis auf die Haare. Alerics rote Haare sind etwas länger als die von Ledger, und er klaut ständig die Haarpflegeprodukte meines Dads.

Heiliges Schicksal, die beiden sind verwöhnt. Sie werden enttäuscht sein, wenn der Akku der Dinger leer ist, aber ich denke, das hält sie ruhig. Vieles von dem, was wir an Technik haben, ist bereits gesichert. Obwohl wir immer noch neue Sachen haben, ist es schwierig, welche zu bekommen. Und es ist nicht so, dass wir im Geld schwimmen – oder zumindest würden wir das nicht, wenn ich nicht meine Magie verkaufen würde.

Hier in der Stadt können wir das Geld nicht benutzen, denn das würde quasi eine rote Flagge hissen. Das Geld ist für die Zeit, wenn wir rauskommen. Das Leben ist hart hier.

»Kricket, ich wusste, dass du das bist. Wurdest du in einer Höhle geboren? Warum hast du die Vordertür nicht zugemacht?« Mum kommt mir entgegen, die Hände in die breiten Hüften gestemmt, und mustert mich kritisch von oben bis unten. Ihre erdbeerblonden Haare stehen hoch, als ob sie die ganze Nacht mit den Fingern hindurchgefahren wäre. Mum beugt sich vor und küsst mich auf die Wange, was ihre harschen Worte sofort abschwächt. »Ich bin froh, dass du zu Hause bist.« Sie stupst mich an. »Jetzt geh und mach die Haustür zu.«

Ich habe keine Ahnung, woher sie weiß, dass die Tür im Obergeschoss weit offen steht – ich schätze, es muss ein seltsamer innerer Mum-Sinn sein. Ich räuspere mich. »Ich habe eine gute Entschuldigung, warum sie offen bleiben muss.«

Mums Blick verengt sich, als ich um sie herumschlurfe. »Schuhe, Kricket.« Sie gibt ein tadelndes Geräusch von sich. »Ganz ehrlich, Mädchen, du bist ja der reinste Saustall.« Wenn sie mich bis auf die Unterwäsche ausziehen könnte, wie sie es getan hat, als ich noch klein war, würde sie das sicher tun. Sie deutet auf meine Beine.

Ich schaue auf meine mit Asche bedeckten Füße und Beine hinunter. Meine Zehen wackeln in meinen schmutzigen Turnschuhen. Ich will sie nicht ausziehen, falls wir schnell gehen müssen, aber der strenge Blick meiner Mum gewinnt den Wettstreit.

Kümmere dich zuerst um die größte Gefahr.

Ich stoße ein seltsames manisches Kichern aus und gehe zurück zum Fuß der Treppe, ziehe die Turnschuhe aus und hänge meine Jacke auf. Hinter mir jammert Mum meinem Dad zu, dass die Haustür offen steht und die Schuhe angelassen wurden. Mehr als einmal höre ich »Geboren in einer Höhle«. Ich weiß nicht, ob ich lachen oder weinen soll. Diese Normalität ist erschütternd. Mein Kopf senkt sich, während ich den Drang zu weinen unterdrücke.

Ja, das ist alles so normal. Sie sind genau dieselben Leute, die sie waren, als ich zur Arbeit gegangen bin, und ich habe mich in der Zeit unwiederbringlich verändert. Wir haben einfach nicht dieselbe Stunde erlebt.

Und jetzt muss ich ihnen erklären, wie es draußen aussieht.

Sie wissen von den Explosionen und dem Rattenfänger-Zauber, aber schlimme Dinge sind leicht abzutun, wenn man sie nicht selbst gesehen hat.

Unwissenheit ist ein Segen.

Ich halte meine Tasche fest umklammert und mache

mich auf den Weg zum Sofa, wo ich Nan einen Kuss auf ihre weiche, papierne Wange gebe, woraufhin sie mich schläfrig anlächelt. Ich setze mich auf die Kante. Meine Finger spielen mit dem Riemen der Tasche, und mein linkes Knie wackelt. Ich weiß nicht, wo ich anfangen soll. Ich muss ganz am Anfang beginnen und ihnen alles erzählen.

Mum kommt zurück, in der einen Hand einen Laib Brot, in der anderen ein Glas Erdnussbutter. Sie lächelt. »Möchtest du was essen?« Sie hat dieses selbstgefällige Leuchten in den Augen und ich kann in ihr lesen wie in einem Buch.

Sie ist aufgeregt. Mum ist so verdammt zufrieden, dass sie recht damit hatte, dass alles aus dem Ruder läuft. Sie wuselt durch das Zimmer. Räumt hier und da ein paar Dinge auf. Sie hat diesen Moment geplant und darauf gewartet, und jetzt, mit ihren Erdnussbuttervorräten und der geheimen Kellerrenovierung – früher diente er nur als Kohlelager – hat sich das ganze Genörgel gegenüber meinem Dad gelohnt. Ihre Voraussicht trägt Früchte, und sie ist so verdammt glücklich darüber. Aber ich wette, sie hat nicht damit gerechnet, dass es *so* kommen würde.

Ich wünschte, ich könnte in der Couch versinken. Ich will das nicht tun. Verdammt, sie wird sich so schlecht fühlen. Ich reibe mein Gesicht. Es ist körnig von der Asche.

Mum neigt ihren Kopf zur Seite. »Dein Gesicht ist ganz rot.« Sie schlägt meine Hand von meinem Gesicht weg. »Hast du wieder diese scheußliche Creme benutzt?« Sie beugt sich näher zu mir.

»Nein.« Meine Stimme ist ein heiseres Flüstern. »Der Rauch draußen ist voll mit Magie. Ich habe ein mit Salzwasser bedecktes Tuch benutzt, um meine Atemwege zu schützen. Wenn es so schlimm ist, heile ich sie gleich wieder. Ich habe euch etwas Wichtiges zu sagen.«

»Etwas Wichtiges zu sagen? Etwas Wichtigeres als die Haustür zu schließen? Du kannst sie nicht einfach so offen lassen, Kricket. Ich hoffe, du machst das nicht auch in deiner Wohnung ...« Mum vergisst, was sie sagt, als ihr Blick auf meine eingewickelten Arme sinkt und sie diese anstarrt. »Seit wann hast du so viele Zauberzutaten? Du solltest sie nicht so draußen herumtragen.«

»Ich hatte meinen Mantel an. Ich war bedeckt. Ich muss sie tragen, und im Moment ist es mir egal, wer mich sieht.« Ich erhebe meine Stimme, um die Aufmerksamkeit der anderen zu bekommen. »Bitte kommt und setzt euch. Ich muss euch ein paar Dinge darüber erzählen, was draußen vor sich geht.«

»Ich kann nicht mit dir reden, wenn du so bist. Möchte jemand Tee?« Mum schnaubt und macht sich auf den Weg, um mit einem Campingkessel herumzufummeln.

»Ja, bitte«, krächze ich, während alle anderen den Kopf schütteln.

Mit Tee wird alles wieder gut.

Meine Füße krümmen sich im Teppich, der den

nackten Beton bedeckt. Der Teppich ist alt. Er stammt wahrscheinlich aus den Siebzigerjahren und ist rosa mit kleinen weißen Sprenkeln. Man kann sogar Farbkleckse sehen, von der Zeit, in der meine Brüder hier unten gespielt und eine Sauerei verursacht haben.

Die beiden hören auf zu spielen, Dad markiert seine Seite im Buch und lässt sich neben mir nieder. Das alte Sofa senkt sich und ich rolle leicht in seine Seite. Er legt seinen Arm um meine Schultern und küsst mich auf den Kopf.

»Ich dachte, du wartest auf mich. Du hast gesagt, du würdest dich verstecken und in Sicherheit bringen.«

Nirgendwo ist man sicher. Ich verziehe das Gesicht. »Es wurde zu gefährlich, zu warten.«

Dad nickt, nimmt meine Erklärung an und umarmt mich seitlich.

Wie sagst du deiner Familie, dass die Dinge sich von schlecht zu schrecklich entwickelt haben? Wie fasst man das in Worte? Ich habe Angst, dass sie mir nicht glauben werden. Wenn sie mir nicht glauben, werden sie sich dann selbst verletzen, wenn sie überprüfen, was ich ihnen erzählt habe? Sie neigen dazu, pragmatisch zu sein.

»Mary, lass das Mädchen in Ruhe und komm und setz dich!«, schimpft Nan von ihrem Stuhl aus.

Mum meckert immer noch wegen meines Gesichts und der weit geöffneten Haustür vor sich hin, während sie das heiße Wasser auf einem kleinen Campingkocher erhitzt. Wir warten alle, bis sie mit einer Tasse für mich und einer für sich selbst zurückkommt.

»Danke, Mum.«

»Ich habe Zucker dazugegeben. Du siehst ein bisschen rot und ausgelaugt aus.« Sie wird mein rotes Gesicht wohl nicht so einfach auf sich beruhen lassen, was?

Dad beugt sich vor. »Sag uns, was hier los ist, Pumpkin.«

Ich schlucke und beobachte meine dreizehnjährigen Brüder, die sich auf den Teppich plumpsen lassen. Meinen Eltern wird das nicht gefallen, aber ich werde nicht um den heißen Brei herumreden. Sie müssen es wissen. »Die Friedenswächter-Station und die Academy wurden angegriffen.« Ich starre auf die dampfende Tasse, die ich in beiden Händen halte. »Ich bin mir sicher, dass die meisten Gargoyles tot sind.«

Die Lippen meiner Mum schnalzen, als ihr der Mund auffällt, und Nan macht ein missbilligendes Geräusch in ihrer Kehle.

Ich hebe den Blick und sehe, wie Mum den Mund zuklappt.

Ich erzähle von Anfang an, was ich gesehen und was ich getan habe. Als ich beschreibe, was mit Chloe passiert ist, überschlägt sich meine Stimme. Aber ich fahre fort. Dad unterbricht mich, um die eine oder andere Frage zu stellen, und Nan beobachtet mich mit einem intensiven traurigen Blick.

Zu sehen, wie die Angst in meiner Familie wächst, fordert seinen Tribut.

»Du hast dem Gargoyle also deine Magie gezeigt und bist dann weggelaufen?«, fragt Mum. Ist es das, was sie aus dem ganzen Monolog mitgenommen hat? Ich zucke mit den Schultern.

Ihr Gesicht wird rot.

Ich wende mich an meinen Dad, damit er mich unterstützt. Ich weiß, sie will, dass ich meine Magie geheim halte, und ich bin auch dafür, aber manchmal muss man Versprechen brechen, wenn es das Richtige ist. Man sieht, dass sie sich Sorgen macht. Im Moment weiß ich nicht, ob sie wütend auf mich ist oder auf das, was draußen passiert.

Wenigstens glauben sie mir. Es hätte ja sein können, dass ich nach Hause komme und alle sagen, dass ich übertreibe oder mir alles ausdenke, aber ich bin voller Asche und erschöpft. Ich habe nicht in den Spiegel geschaut, aber ich wette, mein Gesichtsausdruck ist gezeichnet. Wenn man sich die Zeit nimmt, genau hinzuschauen, kann man erkennen, ob jemand durch die Hölle gegangen ist.

»Können wir sie nicht alle retten?«, fragt Aleric.

Ledger schnaubt.

Aleric wirft ihm einen bösen Blick zu und wendet sich dann wieder mir zu. »Kricket, du bist doch stark genug, um Menschen zu retten, oder? Du hast den Gargoyle gerettet. Du kannst alle vor diesen Eindring-lingen retten, wenn du es nur versuchst.« Er starrt mich an, als würde er mir zutrauen, dass ich es schaffen kann, und das schmerzt.

Mein Dad kommt mir zu Hilfe. »Ja, Kumpel. Deine Schwester ist eine unglaubliche Magie-Anwenderin, aber das hier ist etwas ganz anderes. Sie ist nur eine Person, und wir wissen nichts über die Kreaturen, die die Stadt angreifen.«

»Wenn du meinst, dass du so stark bist, warum gehst du dann nicht alle retten?«, fragt Ledger und stößt Aleric mit dem Ellbogen in die Seite. »Nein? Du würdest dir in die Hose machen, deshalb. Du wärst niemals vom Dach runtergekommen. Zur Hölle, du hättest weiter Regale gefüllt und wärst in die Luft geflogen. Als ob Kricket es mit Profis aufnehmen könnte, du Nulpe.«

»Ledger! Sprich nicht so mit deinem Bruder!«, knurrt Mum. »Und Aleric, entgegen der landläufigen Meinung ist Kricket ein neunzehnjähriges Mädchen. Für dich mag neunzehn vielleicht uralt sein, aber in der realen Welt ist deine Schwester kaum erwachsen und schon gar nicht irgendein Marvel-Charakter. Ja, sie ist klug und mutig, und ja, sie kann einen sehr schönen Schutzwall bauen, aber wenn du ihr Ideen in den Kopf setzt, wird sie am Ende nur getötet. In dieser Familie ermutigen wir andere nicht, ihr Leben wegzuwerfen.«

»Wir leben aber nicht in der echten Welt«, murrt Aleric und zupft an einem losen Faden an seinem Hoodie. »Wir leben hier in dieser Scheißstadt.«

»Aleric!« Mums spitzer Finger kommt zum

Vorschein und bevor es zu einem richtigen Streit kommen kann, unterbreche ich ihn.

»Ich habe einen Plan.«

»Einen Plan?« Zweifel blitzen auf dem Gesicht meiner Mum auf.

»Kricket, das ist unser Job. Es ist unser Job, auf dich aufzupassen. Wir werden uns um jede Planung kümmern. Du musst dich jetzt waschen und schlafen gehen«, sagt Dad und reibt sich mit der Handfläche übers Gesicht.

Es ist spät und alle sind erschöpft.

Ich drehe meine Finger um die Tasse. Mein Blick wandert zu Nan, die mir ermutigend zuwinkt.

Okay, wie sage ich den nächsten Teil, ohne in Schwierigkeiten zu geraten? »Ich kann uns durch den Schutzwall bringen.«

Es herrscht einen Moment lang Stille.

Und dann reden alle auf einmal.

»Was meinst du?«

»Was?«

»Warum zum Teufel sind wir noch hier? Wenn du hier rauskommst!«

»Kricket, dieser Schutzwall tötet Leute. Hunderte von Leuten haben es versucht und mit ihrem Leben bezahlt«, sagt Dad.

»Ich kann uns durch den Schutzwall und in die reale Welt bringen. Ich habe einen Zauber, der ein Loch schafft.« Ich halte meine Hand hoch, als Mum den Mund aufmacht, um zu explodieren. Unter normalen

Umständen würde ich nicht im Traum daran denken, die Geste mit der Hand zu machen – sie ist meine Mutter –, aber dies sind keine normalen Umstände.

Mum wirft mir ihren klassischen Warte-bis-ich-dich-allein-habe-Blick zu, auch bekannt als der Todesblick. Ich habe ihren Du-bist-hier-immer-noch-mein-Kind-Modus ausgelöst.

»Es ist ein kleines Loch, aber wenn ich nicht vorsichtig sein muss, kann ich mehr Energie in den Zauber pumpen und die Öffnung größer machen, sodass sie stabil genug ist, damit wir gehen können.«

»Kricket, du hast doch nicht etwa ...«

»Nein, Dad. Niemals. Ich dachte nicht, dass es möglich wäre, es so zu benutzen. Ich habe den Zauber geschaffen, weil ich es konnte. Es war eine Herausforderung, und ich war sehr vorsichtig. Mum erzählt immer davon, wie wir früher gelebt haben. Ich war nicht so jung, dass ich mich nicht an viel von unserem Leben erinnern kann, bevor wir hierhergekommen sind. Ich wollte darauf vorbereitet sein, wenn wir weggehen und sicherstellen, dass wir Wahlmöglichkeiten haben. Gute Wahlmöglichkeiten. Ihr wisst, dass sie unsere Bankkonten einfrieren werden, wenn die Stadtbank außerhalb agiert. Ihr wisst, dass sie es uns unmöglich machen werden, zu überleben. Ich kann es schaffen. Ich weiß, dass ich uns sicher durch den Schutzwall bringen kann, und als Vorsorge habe ich Geld auf die Seite gelegt.«

Mum knallt ihre Tasse hin. »Du hast Geld? Kricket,

du arbeitest in einem Supermarkt. Das Geld, das wir brauchen, wäre zu viel für dein Sparschwein.«

Ich schlucke und haue alles raus, was ich bisher für mich behalten habe. Heute Abend kommen alle Geheimnisse ans Licht. »Ich verkaufe schon seit Jahren meine Zaubersprüche unter einem Pseudonym.«

»Das machst du? Seit wann?«, knurrt Mum

»Seit fünf Jahren«, krächze ich.

»Seit fünf Jahren? So hast du also die vielen Rohmaterialien bekommen.« Mum zeigt wieder mit dem Zeigefinger auf mich. »An wen hast du deine Zaubersprüche verkauft?«

»Ich ... habe mir vielleicht deine alte Nummer ausgeliehen und mit Ava, einer Freundin von dir aus der Schule, Kontakt aufgenommen.«

Mum ist eine Hexe, aber sie kann nicht praktizieren. Sie sagt, dass es ihr keinen Spaß macht, Zaubersprüche zu rühren, aber das darf sie sowieso nicht, und ich glaube, das ist etwas, was sie nur so sagt. Ihr Dad, mein Großvater und Nans verstorbener Mann, war ein begabter Hexer. Mum musste auf eine teure Schule gehen, die Witch Academy, um sich ausbilden zu lassen. Wenn man eine schicke Ausbildung und ein Ziel hat und es nicht nutzen kann, muss es sein, als würde man sich ein Glied abschneiden.

Natürlich weiß Ava nichts von unserem Gefängnis in der Stadt. Ich halte diese Information geheim. Und sie weiß auch nicht, dass sie es die ganze Zeit mit einem

Mädchen zu tun hat, geschweige denn mit einem Teenager.

»Das Telefon ist über dreizehn Jahre alt. Wie kann es da noch funktionieren?«

Tja, dafür gibt es Magie. Ich kann Magie und Technik vermischen, und die SIM-Karte funktioniert besser als damals, als sie neu war. Ich sage nichts, sondern zappele herum, während Mum mich anstarrt.

»Du sagst, du handelst unter einem Pseudonym? Welchen Namen benutzt du denn?«, fragt Dad und reibt sich eine Stelle zwischen Augenhöhle und Nase.

»Ach, na ja. Ich habe den Mädchennamen deiner Nan und den Vornamen deines Großvaters benutzt.«

»Gary. Chappell?«, fragt Dad leise.

Ich nicke. »Ja, Gary Chappell.«

KAPITEL ZWÖLF

Mum will bleiben, Dad will gehen und Nan hat die entscheidende Stimme. Nach einer Stunde Beratung – aka Streit – sind sie sich schließlich einig, dass wir gehen werden. Anstatt darauf zu warten, dass die Eindringlinge etwas unternehmen, werden wir versuchen, den Schutzwall heute Nacht zu durchqueren, solange es dunkel ist und die Rauchschwaden noch verweilen. Morgen könnte es schon zu spät sein.

Dad überprüft kurz die Umgebung mit einem neu kalibrierten Ohr-Amulett – Nan verliert immer ihre Brille, daher habe ich mehrere dieser Amulette auf Reserve angefertigt. Ich bin froh, dass ich das getan habe, denn so haben wir zum Glück genug für alle. Dad

Ich kann den Schutzwall spüren, als wir schweigend darauf zugehen. Die kleinen Härchen in meinem Nacken stellen sich auf und eine Gänsehaut breitet sich auf meinen Armen aus. Ich knirsche mit den Zähnen und hebe meine Füße höher. Ich bin fest entschlossen, jeden Tropfen Energie und Kraft zu nutzen, um meine Familie von hier wegzubringen.

Mum schaut immer wieder nach hinten, um sich zu vergewissern, dass es mir gut geht.

Als wir den Zaun erreichen, entfernt Dad vorsichtig eine der Holzplatten und winkt mich zu sich. »Bist du dir wirklich sicher, Pumpkin? Ich kann die alte Platte problemlos wieder anbringen und dann gehen wir einfach wieder rein.«

»Ich bin mir sicher.« Meine Stimme bricht ein wenig. Ich hoffe, er merkt es nicht, aber ich sehe, wie er das Gesicht verzieht. Ich atme tief durch, schiebe mich an ihm vorbei und stehe vor dem spuckenden, surrenden Schutzwall.

Das hier ist genau so wie bei meinen Übungen.

Die Magie knistert über die Grenze und Funken fliegen. Einer verbrennt meine Wange. Ich spanne meine Beine an. Aus dieser Nähe kann ich die magischen Signaturen der Dutzenden von Hexen lesen, die den Schutzwall erschaffen haben und jetzt aufrecht erhalten. Es ist wie ein zusammengeflicktes Puzzle.

Das Amulett, ein zartes Metall in Form einer Brücke, liegt in meiner Handfläche. Ich kann das schaffen. Ich kann ein Loch bilden, das groß und sicher genug ist, damit alle hindurchgehen können. Das Amulett ist aufgeregt – es kann es kaum erwarten, seine Aufgabe zu erfüllen.

»Wartet, bis ich euch sage, dass ihr gehen sollt.« Ich reibe die Brücke mit meinem Daumen und öffne mich für die Magie.

»Ach, was«, brummt Aleric hinter mir.

Ich schließe die Augen, um mich zu konzentrieren und meine Atmung zu beruhigen. *Okay, mein kleines Amulett, wie wir es schon mal gemacht haben. Langsam und gleichmäßig.* Das Knäuel der Energie in meiner Brust entfaltet sich. Vorsichtig gleitet sie meinen Arm hinunter und sammelt sich in meiner Handfläche – ganz warm und prickelnd. Ich füttere die Brücke mit der Magie, und ihre Kraft sickert heraus, krabbelt in die Luft und bahnt sich ihren Weg in den Schutzwall.

Es passiert nichts.

Ich bin zu vorsichtig und der Schutzwall ist stärker als sonst. Ich füttere das Amulett mit mehr Kraft und sofort tut sich ein Loch auf. Es ist nicht groß genug. Es wird nicht funktionieren, wenn ich nicht ... Ich seufze und mache etwas, das ich mir geschworen habe, nie zu tun. Mit dem Amulett in meiner Faust stoße ich meine Hand in die Lücke in der Barriere.

Bitte schmilz meine Hand nicht weg.

Der direkte Kontakt mit dem Amulett sendet einen magischen Impuls aus, und ich stoße mehr Kraft aus – mehr als ich je zuvor benutzt habe.

Der Schutzwall teilt sich.

Die Öffnung ist so breit, dass ich die andere Seite sehen kann, ein Feld, eine Baumgruppe und eine Straße dahinter. Die echte Welt sieht sicher und ruhig aus. Ich knirsche mit den Zähnen. Die Anwendung dieser Menge an Magie ist schmerzhaft, und meine Brust brennt.

»Okay, los.«

Dad geht als Erster durch. Als er auf der anderen Seite ist, folgen ihm meine Brüder und Nan. Es fühlt sich an, als würde ich ein immenses Gewicht tragen – die Magie wird mich jeden Moment wie einen Nagel in den Boden rammen.

Mum dreht sich um, als sie auf der anderen Seite ist, und hält mir ihre Hand hin. »Komm schon, mein Schatz. Der Schutzwall flackert.« Ihre Stimme ist alles andere als ruhig, sie klingt panisch.

»Eine Sekunde. Ich muss es richtig timen. Kannst du bitte meine Tasche nehmen?« Schweißperlen stehen auf meiner Stirn und meine Zähne klappern, als ich ihr die Tasche voller Zaubersprüche und mein Handy mit ihrer alten Sim-Karte reiche.

Die Lücke schließt sich langsam.

Mum nimmt die Sachen an, lässt alles auf dem Boden fallen und hält mir noch einmal die Hand hin. »Kricket, komm jetzt!«

»Die Amulette in der Tasche sind eine Menge Geld wert. Da drin ist auch ein Datapad mit dem gesamten Inventar und den Verkaufspreisen«, sage ich durch die Zähne, während mein ganzer Körper vor Anstrengung zittert. »Das Lustige ist, dass niemand das kann, was ich kann, was meine Zaubersprüche zu Luxusgütern macht, für die die Leute bereit sind, ein Vermögen zu bezahlen.«

Mums Augen weiten sich, als sie begreift, was passiert ist. »Kricket, wag es ja nicht!« Ihre Hand zittert, als sie auf den Boden zeigt. »Komm sofort her! Das ist kein Spiel. Das ist nicht lustig.«

»Ich bin die Brücke, Mum. Die Lücke im Schutzwall wird nicht funktionieren, wenn ich sie nicht offen halte. Die Bankdaten und die Adresse für das neue Haus sind in der Tasche. Es befindet sich in einer schönen Stadt und gehört mir ganz allein. Außerdem ist es komplett möbliert.« Ich stöhne und falle auf die Knie.

»Kricket!«

»Verkauft die Zauber nicht überstürzt. Sie sind sehr gefragt, also nehmt euch die Zeit, den richtigen Preis auszuhandeln.« Die Lücke im Schutzwall ist fast verschwunden. Dad schlingt seine Arme um Mums Taille, um sie daran zu hindern, sich dem wütenden, funkensprühenden Schutzwall zu nähern. »Ich habe euch alle so wahnsinnig lieb. Bitte denkt daran, dass ich keine andere Wahl habe. Das Amulett der Brücke würde nicht funktionieren, wenn ich nicht auf dieser Seite bin und es aufrecht halte. Passt auf euch auf! Seid glücklich und wir sehen uns sehr bald wieder.«

»Nein.« Mum stöhnt.

Alle weinen.

Eine Träne kullert an meiner Nase herunter. »Ruf

Ava an, dann wird sie ein Auto schicken, das euch abholt. Verbreitet die Nachricht, was hier passiert ist. Ich werde mein Bestes tun ...«

Die Barriere springt zu und das arme kleine Amulett in meiner Hand ist still. Leer. Es hat keine Energie mehr und es wird Tage dauern, bis es sich wieder aufgeladen hat.

»... um so viele wie möglich zu retten.« Ich spreche ins Leere, aber ich muss es einfach sagen.

Auch wenn ich die Einzige bin, die meine Worte hört.

Vor Erschöpfung brauche ich drei Anläufe, um auf die Beine zu kommen. Ich drehe mich um und stolpere zurück zum Haus. Ich muss mich waschen und umziehen. Meine Klamotten waren nicht in der Tasche, die ich Mum gegeben habe; ich habe sie versteckt, bevor wir nach draußen gegangen sind.

Ich habe keinen Plan und keine Ahnung, was ich jetzt tun soll, nachdem ich meine Familie rausgebracht habe. Eigentlich sollte ich mich freuen, dass sie in Sicherheit sind, aber mein einziges Gefühl ist Angst.

Ich werde wohl abwarten müssen, was die Eindringlinge vorhaben.

Kapitel Dreizehn

Es dauerte nicht lange, um ins Stadtzentrum und auf ein weiteres Dach zu gelangen – dieses Mal ein Parkhaus. Es war einst Teil eines florierenden Einkaufszentrums, steht aber seit über zehn Jahren leer. Das alte, billig gebaute Gebäude muss dringend abgerissen werden – der Beton bröckelt schon ab. Die Stadtverwaltung hat sich einen Dreck um die öffentliche Sicherheit geschert und das Gebäude halbherzig geschlossen.

Von meinem Aussichtspunkt aus spähe ich um den abgeplatzten Betonpfeiler herum und durch das offene Fenster, das mit einem Netz gegen Springer gesichert ist. Es bietet den perfekten Blick auf das, was unten passiert. Der Marktplatz erstreckt sich unter mir wie ein Bühnenbild für ein Theaterstück, von dem niemand weiß, dass er darin vorkommt.

Ich habe sie gefunden.

Sie sind noch am Leben und immer noch im Bann gefangen. Schulter an Schulter stehen meine Freunde und Nachbarn in dicht gedrängten Reihen. Tausende von Leuten. Sie erinnern mich an Grashalme, die sich in einer nicht vorhandenen Brise wiegen, während sie darauf warten, dass ... Worauf? Ich habe keine Ahnung.

Ich ziehe meinen Mantel enger um mich und verschränke die Arme, um etwas Körperwärme zu speichern. Unter meiner Mütze sind meine Haare immer noch nass. Eine Dusche zu nehmen, war das Risiko wert. Selbst ohne Strom war der Warmwassertank noch voll. Ich musste dringend die Nacht abwaschen und mir frische Klamotten anziehen. Ich habe meine schmutzige Uniform in den Müll geworfen. So ein grünes Poloshirt will ich nie wieder sehen.

Es ist fünf Uhr morgens, und da mein Tagesrhythmus aus dem Gleichgewicht geraten ist, befindet sich mein Körper in diesem seltsamen zitternden Zustand, der unbedingt Schlaf braucht. Ich kann nicht aufhören zu schlottern, und meine Sicht ist verschwommen. Wie könnte ich bei all dem schlafen? Nach der letzten Nacht glaube ich, dass ich eine Woche lang nicht schlafen werde. Als ich damals im Supermarkt angefangen habe, habe ich nachts davon geträumt, an den Kassen zu arbeiten und endlos Regale einzuräumen. Ich will gar nicht daran denken, was ich nach all dem träumen werde.

Ich erinnere mich an den Gesichtsausdruck meiner Mum, an die Angst und den Kummer in ihren Augen. Natürlich habe ich ihr Vertrauen gebrochen, aber ich bereue es nicht, dass ich gelogen habe. Ich würde es ohne Frage wieder tun, um sie aus dieser verfluchten Stadt und dem Chaos auf dem Marktplatz herauszubringen.

Es ist eine schreckliche Sache, die ganze Familie zum Weinen zu bringen.

Ich bete, dass sie in Sicherheit sind. Ich hätte ihnen das Versprechen abnehmen sollen, aus der Gegend zu verschwinden. Wenn sie das nicht tun und getötet werden, werde ich verdammt wütend sein.

Sie werden bestimmt gehen.

Sie haben keine andere Wahl, als für die Sicherheit meiner Brüder und Nan zu sorgen.

Ich atme leise aus und stopfe meine Angst tief in mich hinein. Ich darf keine negativen Gedanken haben. Es gibt viel zu tun, und ich muss daran glauben, dass sie außerhalb dieses elenden Gefängnisses in Sicherheit sind. Ich habe in den letzten fünf Jahren hart gearbeitet, damit sie ein langes, angenehmes Leben haben können.

Fünf Jahre habe ich daran gearbeitet.

Ich war schon immer anders und ein bisschen seltsam, und ich wurde schneller erwachsen als meine Altersgenossen. Aber ich war noch nie der Heldentyp. Ich bin egoistisch. Ich habe alles für mich getan, damit ich in unserem neuen Leben bei ihnen sein konnte. Eines ist sicher: Ich habe mir nicht vorgestellt, dass ich mich auf eine Irrfahrt begebe und dann zusehen muss, wie sie gehen, während ich zurückbleibe.

Ich mache mir keine falschen Hoffnungen. Die Dinge werden schiefgehen, und während ich den Verzauberten beim Schwanken zusehe, schließe ich meinen Frieden mit dieser Tatsache. Sterben wird einfacher sein, als mit mir selbst zu leben, wenn ich nichts unternehme. Die Schuldgefühle würden mich auffressen, bis nichts mehr übrig wäre.

Das Schicksal, die Götter, die Magie oder die Natur – was auch immer – die höhere Berufung, die uns alle steuert, hat mir eine Gabe verliehen, und bald werde ich sehen, was in mir steckt – und ob meine Magie stark genug ist.

Scheiße, das klingt, als wäre ich eine Narzisstin.

Wenn es eine höhere Macht gibt, kannst du mir ein Zeichen geben? Ich brauche einen Schubs in die richtige Richtung.

Ich weiß nicht, was ich tue.

Was soll ich tun? Wie bringe ich dieses Chaos in Ordnung? Es scheint eine unmögliche Aufgabe zu sein. Vielleicht hätte ich meine Familie nicht mit all meinen Amuletten wegschicken sollen. Ich stöhne und drücke meine Stirn gegen den Pfeiler. Ich hatte Panik und habe nicht nachgedacht. Vermutlich mache ich das nie.

Kricket, du bist eine richtige Närrin.

Die Jungs des Killerteams sind leicht zu erkennen,

da sie stramm am Rande der schweigenden Menge stehen – und noch immer gewandelt in ihre seltsame Kriegergestalt ... es sei denn, sie sind gar keine Wandler und sehen nur so aus.

Außerirdische.

Es ist alles streng geheim, aber jeder weiß, dass es Tore und Ley-Linien zu anderen Welten gibt. Es würde nicht viel brauchen, damit sie hierherkommen können. Die Theorie ist also nicht weit hergeholt: Die Eindringlinge könnten Außerirdische sein.

Aber warum sollten Außerirdische eine Stadt voller Drachenblüter angreifen? Das ergibt keinen Sinn.

Ich halte inne und starre. Der Himmel hellt sich auf, und das erste Licht der Morgendämmerung wirft lange Schatten, aber die unheimliche Stille lässt die Luft schwer erscheinen.

Stundenlang ist nichts passiert, bis ich eine Veränderung bei den stoischen Wachen bemerke – sie werden ein bisschen lebhafter und stehen aufrechter.

Andere kommen hinzu, sodass die Zahl der Feinde auf über vierzig ansteigt. Nach einer angeregten Unterhaltung fangen sie an, etwas aufzustellen – gebogene Metallstücke. Die Teile fügen sich schnell zusammen und ergeben einen seltsamen Kreis. Der Kreis wird dann vom Boden angehoben und an einem Ständer, einer Plattform, befestigt.

Was ist das? Ein Portaltor? Nein, so funktionieren Ley-Linien nicht; die Tore müssen fest sein.

Die dunkelgrauen Metallkreise im Rahmen fangen

an, sich zu drehen, woraufhin ich einen Schritt zurücktrete. Sie bewegen sich in entgegengesetzte Richtungen, wie in einem Science-Fiction-Film. Innerhalb von wenigen Minuten ist die Bewegung so schnell, dass es scheint, als würden sie sich gar nicht bewegen. Ein paar Sekunden später blüht eine blau leuchtende Kräuselung in der Mitte auf – wie bei einem Stein, der in einen Teich fällt.

»Was ist das für ein Ding? Was ist hier los?«, murmle ich, schlurfe nach vorn und kralle meine Finger in das Gitter. Der Biss des alten Metalls erdet mich.

Die Neuankömmlinge – die größer und besser gekleidet sind und wie Generäle aussehen – streifen durch die Reihen der Verzauberten, vielleicht auf der Suche nach jemandem. Dann reißen sie wahllos Leute aus der Reihe.

Lasst sie los!, will ich rufen.

Mein Unbehagen lässt mich noch stärker zittern. Es gibt keinen Grund, warum jemand herausgezogen wird und andere zurückbleiben, aber dann bemerke ich das Muster. Sie umgehen die Hexen und Fae. Sie haben es auf Leute mit starker Drachenblut-DNA abgesehen.

Nachdem sie etwa fünfzig Leute herausgepickt haben, gruppieren sie die Auserwählten abseits von den anderen. Ich sehe einen bekannten blonden Kopf und schnappe nach Luft. Es ist Chloe. Chloe und ein paar andere Leute, die ich kenne. Ich runzle die Stirn. Der hasserfüllte Anton Hill hat es in die Runde geschafft.

Die Bösewichte reden und deuten häufig irgendwohin, und dann teilen sich die Killerkommandos auf. Sie treiben die Verzauberten – diejenigen, die nicht zur Sondergruppe gehören – zum Tor.

An der Spitze der ersten Reihe schlurft ein älterer Mann, und mein Herz setzt einen Schlag aus, als ich ihn erkenne. Es ist George, der Schweißer, der meine Sicherheitsgitter gemacht hat. Er ist ein Freund meiner Nan und immer freundlich.

Der arme George merkt gar nicht, was um ihn herum passiert, während er wie ein Zombie auf das Tor zusteuert. Sein Körper berührt die blaue Mitte und er verschwindet. *Was?* Ein Dutzend weitere Leute folgen George durch das Tor, und ich beobachte, wie eine Person nach der anderen verschwindet, und werde immer verwirrter.

Habe ich das Ganze falsch verstanden? Ist das eine Rettungsaktion? Und dann sehe ich es. Ich entdecke etwas – eine Ansammlung von Asche. Jedes Mal, wenn jemand durch das Tor geht, flattern Aschepartikel herum und setzen sich auf dem Boden ab.

Asche.

Was auch immer es ist, es muss eine Menge Hitze erzeugen. Ich verstehe nicht, woher auf einmal die … Mein Gehirn braucht eine Weile, um die Zusammenhänge zu erkennen, aber dann schnappe ich nach Luft.

Es ist kein Portal aus einer anderen Welt. Ich reiße mich von dem Netz los und fasse mir an den Bauch, beuge mich vor und ächze. Die Galle steigt mir die Kehle hinauf. Mir wird ganz schlecht. Es gibt keine Rettung für George. Er ist tot. Jeder, der in dieses Ding geht, ist tot.

Es bringt sie um – es pulverisiert sie!

O Schicksal, was habe ich getan? Ich habe hier gestanden und nichts dagegen unternommen, während die eindringenden Bösewichte Leute umbringen.

Ich muss diese Maschine sofort zerstören!

In Gedanken öffne ich mich für die Magie in mir. *Es muss einen Zauber geben.* Ich konzentriere mich auf die Rohstoffe, die sich in meine Haut bohren und bitte sie um Hilfe.

Bevor sich die Magie bilden kann, werde ich von hinten gepackt. Ich quietsche überrascht auf, als sich ein massiver Arm um meine Taille schlingt und mich ruckartig gegen eine feste Brust zieht.

»Was zur …?«

Eine riesige graue Hand klatscht auf meinen Mund und schneidet mir das Wort ab. »Pssst.«

Sie haben mich gefunden.

»Wirf dein Leben nicht für Leute weg, die schon tot sind«, rasselt eine rumpelnde Stimme – eine, die ich schon einmal gehört habe.

Der Gargoyle.

»Du kannst nichts für sie tun, Nichts-Mädchen. Oder soll ich dich bei deinem Namen nennen, Kricket Jones?«

Woher kennt er meinen Namen?

»Sie sind tot, sobald der Bann in ihre Köpfe dringt. Sie sind hirntot.«

Ich stöhne auf, und seine schwere Handfläche drückt fester zu, um das Geräusch zu dämpfen. Wir stehen immer noch in derselben Position, und die bösen Männer haben mit einer weiteren Reihe von Leuten begonnen. Ich glaube nicht, dass sie hirntot sind. Ich glaube ihm nicht. Ich muss etwas tun. Der Gargoyle muss etwas tun. *Warum steht er hier nur so rum? Warum hilft er nicht?*

Der Gargoyle senkt seine Stimme und flüstert bedrohlich gegen mein Ohr. Sein heißer Atem kitzelt mich. »Die Nummer, die du mit deiner Familie abgezogen hast, hat sie endgültig auf die Palme gebracht. Wie kannst du es wagen, uralte Magie einzusetzen, um sie durch den Schutzwall zu bringen?« Er gibt ein *Tz-Tz-Tz* von sich. »Was hast du dir dabei gedacht? Was hast du gedacht, würde passieren? Du hättest mit deiner Familie gehen sollen, als du die Chance dazu hattest. Dachtest du, sie könnten die Macht nicht spüren? Dummes, selbstsüchtiges Mädchen. Sie wussten sofort, dass du nicht bei den Leuten da unten bist, als du den Schutzwall angezapft hast.«

Seine Finger krümmen und bohren sich in mein Gesicht. Er packt mein Kinn und zwingt mich, auf die Leute unter mir zu schauen. Er ist ein Narr und die Aktion ist sinnlos, da ich nicht ein einziges Mal weggesehen habe.

»Deshalb töten sie jedes Drachenblut in dieser Stadt, deinetwegen. Hast du das gewusst?«

Meinetwegen? *Das ist nicht wahr. Er lügt.*

Der Gargoyle zieht seinen Griff fester an; jetzt tut er mir weh. Ich stöhne vor Schmerz. Ich versuche, mein Bein nach hinten zu werfen und ihm gegen das Schienbein zu treten. Er hebt mich hoch, bis meine Füße baumeln, und dann klemmt er meine Beine zwischen seinen Schenkeln ein und biegt mich wie eine Brezel.

»Sie sind deinetwegen hierhergekommen. Sie haben Hunderte von Gargoyles getötet und bald werden Tausende von unschuldigen Leuten sterben, und das ist alles nur wegen dir.« Sein Bizeps spannt sich an, meine Knochen ächzen unter dem Druck, und um seinen Standpunkt noch weiter zu verdeutlichen, schüttelt er mich wie eine Stoffpuppe, bis meine Zähne aufeinander klappern.

Dann lockert der Gargoyle seinen Griff und schiebt mir eine Hand vors Gesicht. Ich zucke zusammen, verkrampfe mich und schließe meine Augen. Als er mich nicht schlägt, blinzle ich ein paar Mal, um mich wieder auf den Gegenstand zwischen seinen Fingern zu konzentrieren – das Socken-Amulett.

Oh. *Worauf will er damit hinaus?* Ich habe ihm geholfen, also sollte er nicht dankbar sein?

»Was wir nicht wissen, ist, woher du die Amulette hast. Dachtest du wirklich, der Verkauf von Drachenartefakten würde ihnen entgehen?«

Mein Kopf schwirrt.

Drachenartefakte? Nein, das kann nicht sein. Das kann nicht richtig sein.

Es sind meine Amulette, meine. Meine Kraft hat

absolut nichts mit Drachen zu tun. Ich bin zum Teil eine Hexe, das war's. In allen Büchern steht, dass Drachenblüter eine inaktive DNA haben, die nichts bewirkt; wir bewirken nichts.

Das Gebäude, das auf ihn gestürzt ist, hat seinen Verstand beschädigt, und lebendig begraben zu werden, hat ihm schweren geistigen Schaden zugefügt. Der Gargoyle ist verwirrt und nicht ganz richtig im Kopf. Mit Verrückten lässt sich nicht streiten.

Ich atme tief durch die Nase ein und verdränge die Panik, die in mir aufkeimt. Ich zwinge mich, meinen Fokus auf das zu richten, was er sagt – es ist schwer, wenn jemand so bösartige Worte von sich gibt. Die Wut sickert geradezu aus ihm heraus. Ich habe noch nie jemanden getroffen, der so wütend ist.

Konzentriert spule ich seine Worte in meinem Kopf ab. Das ganze Gerede über Drachenartefakte lässt mich glauben, dass er es nicht weiß. Er darf nicht wissen, dass die Magie meine ist. Er denkt, ich benutze einen Vorrat an alten Amuletten.

Scheiße, das ist übel. Wirklich übel.

»Die Drachen sind auf der Jagd nach dir, Kricket. Es ist nur eine Frage der Zeit, bis sie dich finden. Du hast bereits gesehen, wozu sie fähig sind. Sie werden dir so lange Schmerzen zufügen, bis du ihnen alles sagst, was sie wissen wollen. Ich verspreche, dich zu beschützen, wenn du mir sagst, wo die restlichen Amulette sind. Ich werde dafür sorgen, dass du nur eine kurze Haftstrafe bekommst, und als Gefallen darf deine Familie gehen.«

Oh, das ist nett von ihm.

Was zum Teufel ... Gefängnis? Und Moment mal! Was hat er mit Eindringlingen gemeint? Das wird ja immer besser und besser.

»Drachen?« Das Wort kommt nur undeutlich heraus, weil die riesige Hand mein halbes Gesicht verdeckt. Uff, er soll seine große Pfote von meinem Gesicht nehmen. Er soll mich nicht anfassen. Ich habe keine Ahnung, wo diese Hand gewesen ist.

Ich versuche, mir einen Zauber auszudenken, der ihn ausschaltet. Mir kommt ein Taser in den Sinn und ich habe das Amulett zum Einschlafen in meiner Tasche. Kaum ist der Gedanke da, wird mein Mantelärmel grob nach oben geschoben – zusammen mit der Kette aus Obsidiansteinen, die um den Arm gewickelt ist. Meine Haut brennt, als die kleinen Härchen weggerissen werden.

Irgendetwas klatscht auf mein blankes Handgelenk.

Oh, sieh mal einer an, der Gargoyle hat einen Freund mitgebracht.

Der andere Gargoyle grinst mich mit schmalen, gezackten Zähnen an. Schön. Während der erste Gargoyle ein Gesicht wie eine prächtige Statue hat, mit all seinen Kanten und seiner männlichen Schönheit, sieht dieser Kerl aus wie ein typischer Gargoyle. Groß, hart und furchterregend. Das Ding, das er auf meinen Arm geklatscht hat, entfaltet sich und wird dann fester.

Alles, was ich bin, stoppt, als ob die ganze Welt den Atem angehalten hätte.

Ich schnappe nach Luft.

Ich kann nicht richtig atmen. Noch nie habe ich das in echt gesehen, aber ich habe schon von ihnen gehört. Es ist ein Nullband, ein Armband, das Magie stiehlt.

»Warum ist sie nicht draußen?«, brummt der Freund. »Sogar die reinsten Menschen sind wie weggetreten.«

»Ich weiß es nicht.«

»Merkwürdig.«

Ein weiteres Band schlägt ein und schließt sich dem ersten an. Oh-oh, sie haben zwei angelegt. Ich werde schwächer, aber ich kann das Amulett in meiner Tasche noch immer spüren, und wenn ich nur … Bevor ich das kleine Kissen um Hilfe bitten kann, klatscht ein weiteres Band an seinen Platz.

Drei.

»O ja, sie ist stark.« Der Gargoyle, der mich festhält, strebt Zuversicht an, aber selbst in meinen tauben Ohren klingt er verwirrt. »Deshalb haben wir sie ja auch beobachtet.«

Mein Kopf sackt zur Seite. Ich kann ihn nicht aufrecht halten und lasse mich gegen die Brust des Gargoyles sinken. *Arschloch.* Ich kann nicht glauben, dass sie mich beobachtet haben. »Ich hätte dich im Sand begraben lassen sollen.«

Kapitel Vierzehn

Um bei klarem Verstand zu bleiben, schaue ich aus dem Fenster. Mein Blick landet auf einem vertrauten grünen Shirt. Die Person steht in der Mitte einer Reihe von Verzauberten, die sich ihren Weg zur drehenden Maschine bahnen. Meine Augen weiten sich, als das Adrenalin durch mich rauscht und die Trägheit der Nullbänder vertreibt.

Rich! Es ist Rich von der Arbeit.

Mein Herz setzt einen Schlag aus und irgendetwas in mir reißt.

Rot glühende Wut erhitzt mein Blut.

Wie können es diese Gargoyles wagen, zu versuchen, mich zu kontrollieren? Wie können sie es wagen, meine

Magie zu stehlen, mich auszuschalten, mich zu bedrohen und mich des Diebstahls zu beschuldigen? Und wie können sie es wagen, nichts zu tun, um den unschuldigen Leuten da unten zu helfen – Leuten wie Rich?

Der Gargoyle täuscht sich, wenn er denkt, dass ich leicht zu kontrollieren bin. Ich bin die Tochter meiner Mutter und sie versucht seit Jahren – vergeblich –, mich zu kontrollieren.

Die Nullbänder könnten meine Kraft blockieren und mich daran hindern, auf meine innere Magie zuzugreifen. Aber meine Magie ist nicht nur innerlich. Sie befindet sich auch außen, in all meinen Amuletten.

Mit den Nullbändern kann *ich* meine Magie nicht nutzen, aber das kleine Kissen-Amulett in meiner Tasche schon.

Ich grinse und lasse los.

Ich erlaube dem Amulett, auf meine Magie zuzugreifen. Ein Schmerz durchzuckt meine Brust – so etwas habe ich noch nie zuvor gespürt. Mein Inneres fühlt sich an, als würde es nach außen dringen und als würden meine Eingeweide herausquillen.

Bumm.

Die Kraft des Amuletts explodiert und die Energie schießt in alle Richtungen, trifft die beiden Gargoyles, wirft sie von den Füßen und schleudert mich durch die Luft. *Autsch.* Ich knalle gegen einen Pfeiler und für ein paar schreckliche Momente kann ich nichts mehr hören, sehen oder spüren.

Mir schwirrt der Kopf, aber die Wut treibt mich an. *Ich muss diese verdammten Nullbänder loswerden.* Ich rolle auf meine Hände und Knie. »Fick dich, Gargoyle! Du bist ein verlogener Scheißhaufen«, murmle ich, während ich mich halb kriechend, halb schleifend über den dreckigen Boden des Parkhauses zu seinem bewusstlosen Körper bewege. »Das war's, Blödmann. Bleib bloß liegen!«

Blut von einer brennenden Wunde an meiner Stirn tropft in mein linkes Auge. Ich blinzle schnell und als das nicht funktioniert, wische ich es mit meinem Ärmel weg. Mir ist schwindlig und ich möchte mich hinlegen, vielleicht einen Nervenzusammenbruch erleiden und weinen. Aber die Worte des Gargoyles von vorhin schwirren mir im Kopf herum. *Sie sind deinetwegen hierhergekommen. Das ist deine Schuld.*

Nein, scheiß drauf! Das ist ihr Fehler. Nicht meiner.

»Ich will keine Märtyrerin oder ein Sündenbock sein«, schimpfe ich und schiebe mich einen Zentimeter vorwärts. »Ich *weiß*, verdammt noch mal ganz genau, dass das nicht meine Schuld ist. Der Rat hat es für genial gehalten, uns alle einzusperren, ohne uns über unsere Kräfte aufzuklären. Wann in der Geschichte der Schöpfung hat das Ignorieren von etwas jemals gut funktioniert? Dieses Chaos ist die Schuld des Rates. Es liegt an den seltsam aussehenden unechten Drachen da draußen, die gerade einen Völkermord begehen.« Ein Schluchzen entringt sich meiner Kehle. Ich lasse meinen Kopf sinken, und Blut tropft auf den Boden und auf meine Hand.

Meine Finger graben sich in den schmutzigen Beton und ich krabble weiter.

»Ich bin nur die Person, der man am einfachsten die Schuld zuschieben kann – wenn das überhaupt die Wahrheit ist. Ich vertraue dir nicht.« Ich senke meine Stimme, um sein felsiges Grollen zu imitieren. »Spuck's aus, Kricket! Gib uns das Amulett, Kricket, dann werden wir dich nur einsperren und dir nicht die Zehen abschneiden. Schwachkopf. Fallen die Leute auf so einen Scheiß echt rein?«

Ich plumpse gegen ihn. Er ist so hart wie der Beton, der sich in meine Knie gräbt. Als der Schlafzauber zugeschlagen hat, ist er zu Stein geworden. Ein nützlicher Trick. Ich kann mich nicht davon abhalten, ihm in die Wange zu piken. Ja, der gut aussehende Bastard ist solide.

Wenigstens sind seine Klamotten normal und ich überlege nicht lange, bevor ich seine Taschen durchstöbere. Da sollte ... Aha! Ich finde das Werkzeug, das ich brauche, um die Nullbänder zu entriegeln, oder das sollte es zumindest. Ich hoffe es.

Ich beiße mir auf die Lippe, verziehe das Gesicht und drücke es auf das erste Band.

Ein Druck entsteht, und fünf Sekunden später löst sich das Band von meinem Handgelenk, gefolgt von den beiden anderen. Drei Nullbänder – was haben sie sich dabei gedacht? Sie hätten mich umbringen können.

Aus seiner Hose kommt ein vertrauter Impuls von Magie. In einer Innentasche finde ich das Socken-Amulett. »Hallo, kleine Socke.« Ich stecke es zu den anderen und krame weiter.

Hier sind viele Waffen. Wann immer ich eine finde, werfe ich sie in die feuchte Ecke neben der Treppe. Ich hoffe, dass sie zerkratzt werden oder der Gargoyle sie nie findet.

Ich entdecke auch seinen Vorrat an Zaubern. Der Gargoyle hat viele böse Sachen, einige davon sind sogar illegal. Ich halte eine murmelgroße rote Kugel gegen das Licht, das durch die hinteren Fenster strömt. *Großartig, jetzt kann ich irgendetwas in die Luft jagen.*

Dann öffne ich den Verschluss eines Fläschchens mit Heiltrank, ziehe den Reißverschluss meines Mantels auf, schiebe meinen Pullover vom Hals und schütte mir die glibberige Flüssigkeit auf die Brust. Er ist mir was schuldig. Die Magie ist nicht so gut wie meine, aber sie wird meinen Kopf, meine Schnitte und meine Schürfwunden heilen.

Als ich mich besser fühle, schwanke ich auf die Beine und starre ihn an. »Ich habe hier was Schönes für dich.« Ich bin ein bisschen rachsüchtig, aber anstatt ihm einen Tritt an den Kopf zu verpassen, klatsche ich dem Gargoyle zwei der Nullbänder um sein dickes Handgelenk und knalle das dritte an seinen Freund. »Mal sehen, wie euch das gefällt, ihr Arschlöcher.« Ein bösartiges Lächeln umspielt meine Lippen, als ich daran denke, dass ihre Kollegen sie abholen kommen und sie mit den Nullbändern schlafend bei der Arbeit vorfinden werden.

Ich schüttle mein Handgelenk und werfe das Gerät zum Entfernen der Bänder weg. Als es in den dunklen Tiefen des Parkplatzes aufprallt und auf dem schmutzigen Boden verschwindet, bin ich zufrieden.

Dann erinnere ich mich an Rich.

Die Geräusche von draußen sind verstummt; alles ist still, und das ist seltsam. Vorher waren die Eindringlinge laut und man konnte ihre Stimmen auf dem leeren Parkplatz widerhallen hören. Ich schlurfe zurück zu den Fenstern und sehe – *Oh!*

Oh, Mist.

Meine Augen sind so weit aufgerissen, dass die Gefahr besteht, dass mir die Augäpfel aus dem Kopf rollen. Jeder liegt auf dem Rücken und schläft. *Jeder.* Ich lache ein wenig manisch – kein Wunder, dass die Explosion des Schlaf-Amuletts so heftig war.

Die magische Welle hat sich nicht nur im Parkhaus ausgebreitet. Nein, sie hat jeden in der Gegend umgehauen. Das Adrenalin schießt in mir hoch und ich renne zur Treppe. Unbeholfen nehme ich zwei Stufen auf einmal. Ich weiß nicht, wie lange die falschen Drachen am Boden bleiben werden.

Kapitel Fünfzehn

Meine Turnschuhe treffen auf die Straße und ich gehe über und um schlafende Körper herum, während ich ängstlich die Menge in der Nähe der Maschine absuche, bis ich einen hellgrünen Fleck entdecke. Rich ist noch am Leben. Er ist in Sicherheit – oder so sicher, wie jemand, der angeblich hirntot ist, halt sein kann.

Die Angreifer – die Drachen – sind immer noch in ihrer Kriegergestalt. Je näher ich komme, desto mehr möchte ich in ihren Gesichtern herumstochern, denn sie wirken nicht echt. Sie sind verzerrt, als würden sie erstklassige Illusionszauber benutzen, wie prothesenartige

Magie aus Filmen. Wie bei einer Scooby-Doo-Schurkenmaske.

Sehen Drachen wirklich so aus? Sicherlich nicht. Mein Gefühl sagt mir, dass es Magie ist.

Ich nehme meine Mütze ab – meine noch feuchten Haare fallen mir um die Schultern – und reibe mir den Schweiß und das Blut von der Stirn. Uns wurde gesagt, dass es nur noch eine Handvoll Drachen gibt. War das wieder nur eine Lüge? Diese Kreaturen können keine echten Drachen sein. Wenn sie es wären, warum habe ich dann noch keinen von ihnen fliegen sehen? Warum haben sie sich nicht in Drachenform gewandelt? Wenn Dinge keinen Sinn ergeben, sind sie meistens nicht wahr.

Der Wind zerzaust meine Haare, während ich in der Mitte der Körper stehe. Ich drehe mich im Kreis und überlege, wie ich die Eindringlinge bändigen kann. Ich könnte ein Amulett erschaffen, das sie federleicht macht, und die Bösewichte in das sich immer noch drehende Tor stopfen.

Und somit ihre Asche zu dem Haufen hinzufügen.

Das wäre doch wirklich poetische Gerechtigkeit.

Das Ding surrt so unschuldig, als ob es keine riesige Körperzerstörungsmaschine wäre. Ich stöhne und reibe mir den Kopf. Mein nerviger moralischer Kompass schreit, dass mein Vorhaben eine furchtbare Sache ist, und wenn ich so richtig darüber nachdenke, bringt mich allein der Gedanke daran dazu kotzen zu wollen.

Dad würde nicht wollen, dass ich das tue, und Mum

würde nicht mal überlegen. Sie würde jeden von ihnen umbringen.

Die Eindringlinge sind alle bewusstlos. Das wäre Mord. Ich bin nicht bereit, jemanden zu töten, egal wie böse er ist. Egal, ob er es verdient hat.

Aber ein Feder-Amulett ... ist eine gute Idee.

Ich überprüfe meine Magie, um zu sehen, ob ich genug Saft habe, um ein neues Amulett zu machen und stelle fest, dass meine Kraft nicht länger ein Ball in meiner Brust ist.

Was soll denn das jetzt?, jammere ich im Geiste. Was ist, wenn die Nullbänder ernsthaften Schaden angerichtet haben?

Ich stochere noch ein bisschen herum. Nein, die Magie ist keineswegs eingedämmt, sie fließt frei von meinem Kopf bis zu meinen Zehenspitzen. Ich bin überflutet von Macht.

Tja, das nenne ich merkwürdig.

Die Magie, mit der ich all diese Kreaturen ausgeschaltet habe, hätte mich eigentlich in die Knie zwingen und mich eine Woche lang schlafen lassen müssen. Aber ich fühle mich, als hätte ich volle acht Stunden durchgepennt, und meine Haut – zumindest die an meinen Händen – leuchtet.

Scheiße, was zum Teufel ist hier los?

Okay, ausrasten kann ich später noch. Diese Eindringlinge könnten jeden Moment aufwachen.

Zuerst brauche ich ein Feder-Amulett und etwas, um die Eindringlinge in Schach zu halten. Ich schnippe mit den Fingern, als es mir einfällt: ein einfacher Schutzwall wird schon reichen. Zum Glück bin ich voller Kraft – zwei starke Amulette direkt hintereinander zu machen, ist keine leichte Aufgabe.

Ich sende einen Impuls der Magie auf die Rohstoffe und bitte um Hilfe. Einige reagieren und fühlen sich fähig, und irgendwo in der Nähe meiner Füße entzündet sich ein heller Funke. Ich lasse meinen Blick zum Boden sinken, und da glitzert etwas, das meinem Ruf gefolgt ist. Ein Stück Glas, eine alte Flaschenscherbe, die an der Bordsteinkante liegt. Die Antwort, die sie mir gibt, ist strahlend, klar und voller Zuversicht.

Was zur Hölle? Das ist neu.

So funktioniert meine Magie normalerweise nicht. Ein zufälliges Stück Müll von der Straße kann nicht als Amulett eingesetzt werden.

Die Scherbe widerspricht dieser Hypothese.

Ich schätze, die Dinge ändern sich, und zwar schnell.

Mir dreht sich der Magen um. Ich unterdrücke meine Angst, gehe in die Hocke, ziehe das Glas aus etwas Schleimigem heraus und rümpfe die Nase beim Aufstehen. »Igitt, das ist eklig. Warum musstest du dich da unten einklemmen? Du denkst wohl, du bist etwas Besonderes und brauchst keinen Hautkontakt mit mir, was?«

Ich halte den scharfkantigen Splitter vorsichtig in der Mitte meiner Handfläche, schließe dann meine Finger in einer Faust um ihn und übertrage meine

Magie. Ich meine, warum nicht gleich aufs Ganze gehen, wir haben keine Zeit zu verlieren.

Nach dreißig Sekunden ist es fertig – es hätte Stunden dauern sollen, um diese Ebene eines Zaubers zu wirken, aber darüber möchte ich jetzt nicht allzu viel nachdenken. Vorsichtig öffne ich meine Finger und sehe die filigranste, wie von Künstlerhand geformte Feder in der Mitte meiner Hand.

Sie ist wunderschön.

Sie sieht immer noch aus wie Glas, aber ich kann spüren, dass sie superstark sein wird. Ich schließe die Augen und meine Angst, dass die Bösewichte aufwachen könnten, verfliegt. Mithilfe des Amuletts konzentriere ich mich auf die falschen Drachen, sende einen Impuls der Magie aus und ... hebe sie mit meinen Gedanken hoch.

Ich muss einfach einen Blick riskieren – etwa dreißig schlafende Körper schweben in der Luft. »Okay.« Ich blinzle ein paar Mal. »Na gut, das ist schon mal super.«

Ich bahne mir einen Weg durch meine schlafenden Nachbarn, wobei die schwebenden falschen Drachen mir wie seltsame Luftballons folgen.

Ich suche auf dem Boden nach einer leeren Stelle ohne Rohre oder Stromleitungen. Normalerweise ist das kein Problem, aber wenn diese Eindringlinge starke Magieanwender sind – falsche Drachen hin oder her –, möchte ich nicht riskieren, dass sie den Schutzwall durchbrechen.

Ich lenke die Feder, um alle meine Anhängsel kurzerhand zu einem Haufen Bösewichte zu stapeln.

Dann verwandle ich ein wütendes Stück Holz, das mir die ganze Nacht über ins Handgelenk gebohrt hat, in ein neues Regenschirm-Amulett. Der Schutzwall richtet sich auf – knisternd und vor Kraft sprühend – und schließt die Eindringlinge darin ein.

Ich erschlaffe. Die Erleichterung überkommt mich augenblicklich. Natürlich habe ich keine Ahnung, ob sich noch mehr verstecken oder ob ein Team von Gargoyles aus dem Verborgenen kommen und mich gefangen nehmen wird. Das alles hier ist das beste Beispiel dafür, dass man vorsichtig sein sollte, was man sich wünscht. Schon immer wollte ich beliebt sein. Ich verdrehe die Augen. Jetzt sind Drachen und Gargoyles hinter mir her ... Na, wenn man das mal nicht beliebt nennt.

Ich hasse mein Leben.

Ich gehe auf die rotierende Maschine zu und lege, ohne sie zu berühren, vorsichtig ein paar der roten Zauber des Gargoyles um ihren Sockel. Ich könnte ein Amulett herstellen, aber warum meine Kraft aufbrauchen, wenn ich diese fertige Magie nutzen kann? Nachdem ich die Ladungen angebracht habe, schlurfe ich davon.

Ich stelle mir vor, wie der Zauber schiefgeht und die Maschine von dem Ort, an dem sie gehalten wird, weggeschleudert wird. In meinem Kopf macht sie plötzlich eine Indiana-Jones-Rolle des Untergangs und saugt jeden auf, an dem sie vorbeikommt.

Ach, Scheiße.

Um sicherzugehen, errichte ich einen Schutzwall gegen umherfliegende Trümmer. Gerade noch rechtzeitig halte ich mir die Ohren zu, als das Tor explodiert. Die Explosion ist unter Kontrolle. Das Schlimmste ist eine Rauchwolke und Metallstücke, die den Schutzwall treffen, bevor sie harmlos auf den Boden fallen.

Ich schlurfe wieder nach vorn, um nachzusehen … und bin mir sicher, dass er nicht wiederbelebt werden kann. Ich schalte den Schutzwall aus, und er springt zurück in das Schirm-Amulett.

Geschafft. Ich reibe mir die Arme und fühle mich kalt und verloren. Jetzt, wo ich mich nicht mehr wirklich bewege, wird mir die Stille unheimlich. Ich lasse mich an Richs Seite treiben und knie mich hin. Seine Brust hebt und senkt sich sanft. »Warum hast du die Kopfhörer abgenommen, Rich?«

Vielleicht hat ihn ein Killerkommando gefunden – zumindest sieht er nicht verletzt aus. Keiner von ihnen sieht ernsthaft verletzt aus. Ich drehe meinen Kopf und ein Schauer durchfährt mich, als ich die tausenden von Körpern um uns herum wahrnehme.

Ich kann mich nicht überwinden, in ihre Gesichter zu schauen. Wenn ich anfange, die Leute wirklich zu erkennen – Freunde zu erkennen –, werde ich mich in eine Ecke stellen und einen Nervenzusammenbruch bekommen.

Die Leute sind halb bekleidet; selbst wenn sie es nicht merken, müssen sie frieren. Mir ist kalt, obwohl ich einen Mantel trage. In meiner Tasche singt das Socken-Amulett und will helfen. Die Brücke, das Kissen und die Socke aus Obsidianstein strotzen nur so vor Kraft, genau wie ich. Das ergibt keinen Sinn. Das Amulett der Brücke sollte noch einige Tage inaktiv sein, aber was immer ich vorher getan habe, hat uns stärker gemacht.

»Kann ich es noch einmal schaffen?« Ich schlucke mein Unbehagen hinunter und lasse die Socke direkt auf meine Kraft zugreifen. In der einen Sekunde sind die Leute um mich herum in verschiedenen Stadien der Entkleidung, in der nächsten tragen sie dasselbe schwarze Outfit – eine Jogginghose und einen Pullover –, mit dem ich den Gargoyle bekleidet habe.

»Das ist doch gleich viel besser«, murmle ich und klopfe auf meine Tasche. »Danke, kleine Socke.«

Mein Gehirn kann das Ausmaß der Magie nicht einmal annähernd erfassen – Tausende von Leuten sind innerhalb von Sekunden angezogen. Und es könnte alles umsonst gewesen sein. *Was ist, wenn sie nicht aufwachen?* Sicherlich wird jemand kommen, um das Chaos aufzuräumen. Was ist, wenn sie sterben und ich die einzige Überlebende bin, wenn die Kavallerie eintrifft? Wird der Rat der Kreaturen mir die Schuld geben, wenn diese Leute mit meiner magischen Signatur vom Schlafzauber und dem Socken-Amulett, bedeckt sterben?

Natürlich werden sie das.

Die Gargoyles denken ohnehin schon, dass es meine Schuld ist.

Diese Leute brauchen medizinische und fachkundige Hilfe. Wäre ein heilendes Amulett stark genug?

Heilen ist etwas ganz anderes und viel komplizierter, als Klamotten überzustreifen. Habe ich genug Magie, um alle zu heilen *und* aufzuwecken? Kann ich den Schaden reparieren, den der Rattenfänger-Zauber angerichtet hat?

Wusch, Wusch, Wusch ... Bei dem Geräusch neige ich den Kopf. Ist das ...? Ist das ein herannahender Hubschrauber? Ich runzle die Stirn und sehe in die Richtung, aus der er zu kommen scheint.

Das Geräusch hallt von den umliegenden Gebäuden wider, deshalb ist es schwer zu bestimmen, aber ich bin mir sicher, dass es von dort kommt, wo der Schutzwall sein müsste – und das ist nur möglich, wenn der Schutzwall gefallen ist. Das Amulett der Brücke gibt ein süffisantes *Ping* von sich, und ich starre entsetzt auf meine Tasche.

Nein. Meine Augen huschen umher. *O nein.*

Was zum Teufel ist mit meiner Magie los? Die Angst schlägt mir auf den Magen; was habe ich sonst noch versehentlich getan?

Das *Wusch, Wusch, Wusch* der Hubschrauberblätter kommt immer näher, und alles, woran ich denken kann, sind die ausgeschalteten Gargoyles. Vielleicht ist eine ganze Gruppe von ihnen in dem Hubschrauber und will mir den Kopf abschlagen. Oder es könnten noch mehr Eindringlinge sein.

Ich kann nichts tun, wenn ich erwischt werde.

Ich folge meinem Bauchgefühl und laufe auf das nächstbeste Gebäude zu, wobei ich automatisch auf die Bibliothek zusteuere – eine gute Wahl. Ich kenne nicht nur den Grundriss, sondern auch die Bereiche, die dem Personal vorbehalten sind, wie meine Westentasche, da meine Nan dort jahrelang gearbeitet hat.

Ich renne und weiche den verzauberten Leuten auf dem Boden aus. Ihre schlafenden Gestalten lösen Schuldgefühle in mir aus. Die Frage, was mit ihnen passieren wird, quält mich. Sie brauchen jetzt Hilfe, aber dafür ist keine Zeit. Wenn ich noch ein paar Stunden Zeit hätte ...

Komm schon, Kricket! Wer soll ihnen denn sonst helfen? »Die Regierung?« Ich pruste. Die Welt hat bereits beschlossen, dass Drachenblüter es nicht wert sind, beschützt zu werden – nein, sie schieben uns hinter einen Schutzwall und tun so, als gäbe es uns nicht.

Meine Magie ist um ein paar Level gestiegen; vielleicht kann ich alle heilen, bevor dieses seltsame Phänomen aufhört und ich wieder normal werde.

Ich bleibe nicht stehen. Anstatt ein einziges Amulett zu machen, werfe ich verzweifelt meine Magie aus und suche nach Dingen, die ich benutzen kann. Irgendetwas. Ich finde Schmuck. Das Gold in den Ohren und an den Handgelenken der Leute, der zarte Schmuck an Hälsen und Fingern und sogar ein paar Plastikuhren antworten auf meinen Ruf. Jede von ihnen sollte eine Gruppe von Leuten heilen.

Ich werfe meine Magie wie ein Netz weit aus, um alle Zurückgebliebenen einzufangen, auch die armen verzauberten Leute, die hinter den geschlossenen Türen gefangen sind.

Dann konzentriere ich mich auf meine Erinnerung an den Rattenfänger-Zauber. Er hat mich berührt, hat nach mir gegriffen und versucht, die Kontrolle über meinen Verstand zu übernehmen. Ich kenne den Zauber sehr gut; in diesen wenigen Sekunden, in denen er in meinem Kopf war, habe ich zusammen mit der Panik und der Angst einen guten Einblick in sein Wesen bekommen.

Wenn man etwas sehr gut kennt, kann man es zerstören.

Nicht wahr?

Meine Füße setzen auf der Treppe auf und ich haste ins Gebäude. Am Eingang der Bibliothek lehne ich mich gegen die Eichentür und drehe mich um, um auf den Platz mit den Tausenden von schlafenden Leuten zu schauen.

Im letzten Moment erinnere ich mich daran, die Magie davon abzuhalten, die beiden Gargoyles und die Eindringlinge im Schutzwall zu beeinträchtigen. Wir müssen den Ärger ja nicht unnötig wecken. Diese Kreaturen sollen weiterschlafen.

Ich schaue zum Himmel und habe Angst, dass der Hubschrauber jeden Moment auftauchen könnte. Ich öffne meine Arme und werfe alles, was ich habe, in die temporären Amulette. »Heilt!«, fordere ich, während ich sie nehmen lasse, was sie brauchen. Es fühlt sich an, als würden sie an meiner Seele saugen.

Die Amulette bedienen sich an mir, als wäre ich eine Batterie, und die Belastung meines Körpers lässt mein Herz ein paar Schläge aussetzen. Hunderte von seltsamen, verrückten und wundersamen Amuletten schreien in meinem Kopf. Ich spüre, wie sich die Struktur des Zaubers verformt und schmilzt, während sie ihn auflösen.

Sie beseitigen alle Spuren.

Ein großer, schwarzer Hubschrauber kommt in Sicht.

Ich kann es kaum erwarten, zu sehen, ob das, was ich tue, funktioniert. Wie eine Betrunkene drehe ich mich um und taumle in die Bibliothek, vorbei an der Rezeption und durch die Regale.

Die Amulette haben alles getan, was sie konnten, aber ich habe keine Ahnung, ob das ausreicht. Ich habe zu Personen nicht die gleiche Verbindung wie zur Magie.

Ich atme tief durch und dann – so etwas habe ich noch nie gemacht – reiße ich die Kraft aus den temporären Amuletten heraus. Der Rausch der zurückkehrenden Magie lässt mich in die Knie gehen. Ein schrecklicher Schmerz durchzuckt meinen Geist und mein Herz fühlt sich an, als würde es in meiner Brust zappeln. Ein *Plopp* ertönt und eine Flut von heißer Flüssigkeit kommt aus meinen Augen, meiner Nase und meinen Ohren. Ich wische mir übers Gesicht und meine Finger sind blutig.

Ich blute. Schon wieder.

Einige Blutgefäße müssen geplatzt sein. Der einzige Lichtblick ist, dass mein Herz noch schlägt. Ich kämpfe mich auf die Beine – mit Mühe und Not, aber das ist immer noch besser als nichts – und stolpere in Richtung des Personalraums, mit dem Ziel, die Tunnel im Keller zu erreichen. Sie führen zu den Ratsbüros, und der Rat hat ein Ley-Linien-Tor – ein Portal.

Es ist mein magischer Fluchtwagen.

Normalerweise wird das Tor bewacht. Aber da die ganze Stadt draußen auf dem Marktplatz ist, wette ich, dass niemand da ist, um mich davon abzuhalten, es zu benutzen.

Während mir das Blut übers Gesicht tropft und meine Sicht grau wird, kommt mir ein paranoider Gedanke. *Blut.* Mit Blut können sie mich aufspüren, und ich bin undicht wie ein Sieb. Außerdem habe ich Tröpfchen auf dem Boden des Parkplatzes hinterlassen, und meine Magie ist allgegenwärtig. Ich brauche ein Amulett, um mein Blut und meine magische Präsenz von allem abzuwaschen.

Habe ich noch einen Zauberspruch in mir? Kann ich noch ein brandneues Amulett herstellen? Ich gebe den Code ein, um die Tür des Personalraums zu öffnen, schlurfe hindurch und schließe sie fest hinter mir. Ich benutze die verbleibende Kraft des Amuletts, um den Schutzwall vor der Tür zu errichten.

Jetzt oder nie, Kricket.

Ich schnappe nach Luft. Jeder Atemzug fällt mir unendlich schwer. Mit schwerem Schritt stolpere ich durch die linke Tür und nehme die Treppe nach unten, während ich mich krampfhaft ans Geländer klammere. Meine Sicht beschränkt sich auf einen winzigen Fleck. Verdammt, ich werde diese verflixte Treppe hinunterfallen, wenn ich nicht bald unten ankomme. Ich gehe weiter. Als sich der Boden ausgleicht, stolpere ich über eine fehlende Stufe und falle auf die Knie.

Alles ist dunkel geworden, als ob meine Augen geschlossen wären.

Der geflieste Boden im Keller ist kalt und riecht schwach nach Zitronenreiniger.

Wenn ich mich noch ein bisschen mehr auslauge, könnte meine Überlebensrate auf null sinken. Aber wenn die beiden Gruppen von Bösewichten mich jagen ... bin ich so oder so tot. Ha, ich bin also doch nicht ganz die Superheldin. Da denke ich gerade, ich sei ein magisches Multitalent, dabei bin ich kurz davor, mich umzubringen, weil ich meine Magie überstrapaziert habe.

Mit meiner letzten Kraft erschaffe ich das Amulett.

O Schicksal, das tut weh. Es wird keine aktive Magie auslöschen – meine Zaubersprüche bleiben erhalten –, aber das Amulett *wird jede* Spur von mir auslöschen. Er wird die Beweise verwischen.

Meine Macht erkennt meine Absicht, aber dafür muss ich sprechen. »Bitte.« Ich knirsche mit den

Zähnen. Es ist, als würde jemand mein Gehirn durch mein Ohr hindurch perforieren. »Bitte lösche alle Spuren von mir.« Die Worte kommen mir über die Lippen, und das neue Amulett formt sich und nimmt sich sofort, was es braucht.

Ein kräftiger, rasselnder Husten erschüttert meine Brust, während das Blut aus meiner Kehle und zwischen meinen Lippen hervorquillt und an meinem Kinn heruntertropft. Alles verblasst, und mein Atem wird langsamer.

Kapitel Sechzehn

Ich wache auf. Mir ist warm, und die Bettdecke an meiner Wange riecht sauber. *Muss ich aufstehen oder habe ich heute Spätschicht?* Ich versuche, mich an meinen Schichtplan zu erinnern, aber statt der Arbeit überfluten andere Erinnerungen meinen Geist und ich stöhne ungläubig auf, bevor ich meinen Mund wieder schließen kann.

»Es ist alles in Ordnung, du bist in Sicherheit«, ertönt eine Stimme von meiner linken Seite.

Ich erstarre. Oh, Mist, ich kann mich nicht länger tot stellen. Obwohl Tote keine frischen Laken bekommen. Genauso wenig wie Gefangene.

»Du bist in Sicherheit und bei einer Freundin. Mein Name ist Emma und ich bin eine Freundin von Ava. Du kannst deine Augen öffnen; ich habe das Licht gedimmt. Ich weiß, wie es ist, in einem fremden Zimmer aufzuwachen. Auf dem Nachttisch stehen ein Glas Wasser, ein abgepacktes Sandwich und ein paar Snacks. Ich wusste nicht, was du magst, aber ich wette, du bist am Verhungern.« Ihre Stimme ist sanft und voller Verständnis. Voller Einfühlungsvermögen.

Ich möchte zappeln; ihre Freundlichkeit ist mir unangenehm.

Ich atme tief durch und reiße ein Auge auf, um zu sehen, mit wem ich es zu tun habe. Helle, vielfarbige blaue Augen treffen auf meine.

Emma lächelt mich an. Sie ist wunderschön und alterslos, mit blasser Haut und dicken silbernen Haaren, die sie sich aus dem Gesicht geflochten hat.

»Hi«, krächze ich.

»Hi.« Sie lächelt noch breiter und ihre Augen funkeln.

Ich greife nach dem Glas Wasser und nehme einen Schluck. »Du kennst Ava?«

»Nachdem deine Eltern sie kontaktiert haben, hat sie mich gebeten, dich da rauszuholen.« Emma neigt ihren Kopf zur Seite und rümpft die Nase. »Obwohl ich nicht viel getan habe. Wenn ich es nicht geschafft hätte, zu dir zu kommen, wäre es dir trotzdem gut gegangen. Anstatt im Bett aufzuwachen, wärst du zwar immer noch im Keller, aber nachdem ich dein Amulett bei der Arbeit gesehen habe ...« Sie erschaudert. »Ja, ich habe das Gefühl, es wäre dir gut ergangen.«

Ich lecke mir über die Lippen; sie fühlen sich weich an, also bin ich hydriert.

Ich gehe ihre Worte noch einmal durch. Der Schutzwall, den ich aufgebaut habe, hätte den gesamten Personalraum und den Keller schützen sollen. Wenn der Keller mit einem Schutzwall versehen war, wie ist sie dann hineingekommen?

»Wie hast du mich rausgeholt?«

»Mit Magie.« Emma wackelt mit den Fingern und grinst. Sie geht nicht näher darauf ein.

»Oh, okay.« Ich reibe mir das Gesicht. Ist das ... hilfreich? »Wenn du vor mir mit Ava sprichst, kannst du ihr dann danke sagen?«

»Natürlich.«

Ich stelle das Glas ab und schaue sie genauer an. Emma hat Geheimnisse – haben wir das nicht alle? Ich glaube nicht, dass sie lügt. Sie sitzt gesittet auf einem Stuhl und ich bemerke den Babybauch, als sie ihre Arme verschränkt.

Ich blinzle.

Schwangere Frauen werden doch normalerweise nicht als Bösewichte eingesetzt, oder? Ich starre weiter auf ihren Bauch. Ich habe keine Ahnung, wie man mit einer schwangeren Lady kommuniziert, und ich kann mich nicht erinnern, wann ich das letzte Mal eine gesehen habe. Vielleicht als Kind, als Mum meine Brüder in sich getragen hat. Emma lässt eine weitere Person heranwachsen, und das ist wirklich ein Wunder.

Dann wird es mir plötzlich klar: Ich bin raus. Ich habe es aus dem Glasgefängnis geschafft.

Es ist, als ob mein Kopf zu schwer für meinen Hals ist. Ich lasse mich in die Kissen sinken. Ich bin in der echten Welt und werde noch mehr schwangeren Frauen, Babys, Kindern und Tieren begegnen! Ich kann überallhin gehen. Wow, das Gefühl von Freiheit ist schockierend.

Es ist schockierend und unglaublich, und es wird lange dauern, bis ich mich nicht mehr gefangen fühle, es sei denn, sie sammeln uns alle ein, wie sie es vorher getan haben, und sperren uns wieder weg.

Vielleicht werden sie dafür sorgen, dass wir für immer verschwinden.

Ah, meine überreizte Fantasie ist wieder da. Nach allem, was passiert ist, läuft sie auf Hochtouren.

»Hat es geklappt?« Meine Stimme ist kaum mehr als ein Flüstern. Ich zupfe am Rand der Bettdecke, weil ich ihre Antwort fürchte. »Ich habe alle geheilt, zumindest habe ich es versucht. Hat es geklappt? Geht es ihnen gut?« Ich wappne mich für ihre Antwort.

»Ja, es geht allen gut. Die Leute drehen durch wegen der versteckten Stadt und den Drachenblütern. Wir wussten nicht einmal, dass man Drachen-DNA haben kann. Alles ist in Aufruhr, und es gibt viele

Spekulationen und Verschwörungstheorien. Der Rat der Kreaturen will dich befragen, aber du scheinst auf ihrer Prioritätenliste ganz unten zu stehen. Die Gargoyles sind sehr wütend und werden noch wütender sein, wenn sie den Schutzwall, den du errichtet hast, durchbrechen und feststellen, dass du weg bist.« Emmas Lippen verziehen sich. »Sie werden stinksauer sein.«

»Und meine Familie?«

»Alle sind in Sicherheit und dort, wo sie sein sollen.«

»Danke. Vielen Dank, dass du mich rausgeholt und auf mich aufgepasst hast.« Ich zupfe am Ärmel des schwarzen Pullovers und als die Tränen meine Sicht verschwimmen lassen, werfe ich einen Blick nach unten, um meine brodelnden Emotionen zu kontrollieren. Ich habe es geschafft. Ich habe sie gerettet. Meine Hände sind in den langen Ärmeln verstaut und ich atme amüsiert aus, als ich sehe, was ich anhabe. Ich trage mein eigenes Socken-Outfit und bin sauber und geheilt.

Emma muss merken, in welche Richtung meine Gedanken gegangen sind. »Die Feder hat mir geholfen, dich zu befreien. Du bist direkt zum Portal geschwebt. Der Mopp hat darauf bestanden, dich zu säubern.«

Geschwebt? Mopp? Ah, das schnell zusammengewürfelte Amulett zur Reinigung.

»Eins der Amulette hat dich geheilt, dir Flüssigkeit zugeführt und den ganzen Badezimmerkram erledigt, nehme ich an. Ein anderes hat dich angezogen. Ich muss sagen, Kricket, deine Magie hat mich ganz schön erschreckt. Die ist echt gruselig und ziemlich merkwürdig.« Sie zuckt entschuldigend mit den Schultern.

Ich nehme es ihr nicht übel. Die Amulette funktionierten unabhängig voneinander und ohne Anweisung. Das ist neu, cool, und ja, ziemlich gruselig. Sie sollten nicht in der Lage sein, das zu tun – sich so um mich zu kümmern.

Das Regenschirm-Amulett hat auch schon sein eigenes Ding durchgezogen. Der knisternde Schutzwall im Raum ist nicht zu übersehen, seine Macht singt in meinem Kopf. Stirnrunzelnd schaue ich Emma an und dann wieder auf den Schutzwall. War sie die ganze Zeit hier oder ...

»Wie bist du durch den Schutzwall gekommen?«

Emma gibt einen unbeholfenen Laut von sich. »Na ja, Magie funktioniert bei mir nicht. Ich bin sozusagen eine Null.« Ihr Geheimnis geht ihr leicht über die Lippen.

Sozusagen eine Null.

»Nichts wirkt bei mir.« Emma fährt fort, lässt die Hände auf ihren Schoß fallen und reibt abwesend ihren Babybauch, während sich ihre Augenwinkel vor Sorge kräuseln.

»Oh, das muss hart sein. Das tut mir so leid.« Ich kann mir nicht vorstellen, wie es ist, keinen Heiltrank benutzen zu können, schon gar nicht mit einem Baby.

»Ja, das ist nicht gerade toll. Aber man spielt mit dem Blatt, das einem ausgeteilt wurde. Ich kann durch Schutzwälle gehen und« – sie zählt die Magie an ihren

Fingern – »Tore und Taschenreiche benutzen. Die große, weltbildende Magie funktioniert gut. Aber jede andere Magie behandelt mich, als ob ich nicht da wäre. Abgesehen von deinen verrückten Amuletten.« Sie hält ihre Hände hoch. »Bevor du fragst: Ich habe sie nicht beschworen, ich habe sie nicht berührt, ich wusste nicht, dass sie da sind, aber ich habe es schnell gemerkt, als du anfingst zu schweben.«

Sie schüttelt den Kopf und wechselt das Thema. »Wir haben versteckte Kameras in der Bibliothek und Ava glaubt, dass die Gargoyles durch den Schutzwall kommen werden, den du aufgestellt hast.« Emma beugt sich vor. »Sie haben einen großen Fisch an Land gezogen – eine Hexe, die sich in den letzten Tagen gründlich blamiert hat. Wenn sie reinkommen, fängt der Spaß erst richtig an. Sobald sie das Gebäude und die Tunnel überprüft haben und merken, dass du längst weg bist, wird die Kacke am Dampfen sein.«

»In den letzten Tagen?«

»Du warst drei Tage lang bewusstlos.«

»Wow, ich war drei Tage bewusstlos?« Sie hat zwar erwähnt, dass der Gargoyle versucht hat, an mich heranzukommen, aber ich wusste nicht, dass sie schon seit drei Tagen dabei waren. *Drei Tage.* Verdammt, das ist beeindruckend für einen schnellen Schutzwall. Das neue Regenschirm-Amulett sollte man behalten. *Was für ein guter Schutzwall.*

»Du hast dich wirklich in Schwierigkeiten gebracht.

Als ich dich gefunden habe, hat dein Herz kaum noch geschlagen und du warst voller Blut.«

Ich verziehe das Gesicht, als ich mich an die Schmerzen erinnere.

»Du hast gesagt, die Leute drehen durch?«

»Ja, so ziemlich. Aber die größte Nachricht, die alles überschattet, ist die Existenz deiner Stadt. Hier, lass mich mal ...« Sie schnappt sich eine Fernbedienung und drückt auf ein paar Tasten. Der Fernseher schaltet sich ein und sie erhöht die Lautstärke. »Du musst dich nicht für einen Kanal entscheiden, die Nachrichten sind überall. Kricket, du hast die ganze Stadt gerettet. Nach den ersten Ermittlungen sind über hundert Gargoyles gestorben. Die Nachrichten nennen dich eine Retterin. Du hast im Alleingang etwa fünftausend Leute gerettet und die Täter gefasst. Also, na ja, nicht du. Dein Magie-Name: Gary Chappell. Er ist der Held. Er hat es im Alleingang mit einer Gruppe von magieschwingenden *Menschen* aufgenommen.«

Sie macht eine Pause, damit ich das alles verarbeiten kann, aber ich muss mich verhört haben.

Mein Blick wandert von ihr zu den schreienden Reportern im Fernsehen. »Menschen? Wer soll das denn bitte glauben? Die Magie, die sie benutzt haben, wie sie sich bewegt haben und wie groß sie waren – so große Menschen gibt es nicht.«

»Nun, sie werden wohl kaum sagen, dass es eine mörderische Gruppe von Kreaturen war, die sich als

Drachen ausgegeben und schlechte Halloween-Masken getragen haben.«

Ich schnaube. »Ist dir das auch aufgefallen?«

»Ja. Also hat eine mächtige Hexe den Tag gerettet und eine Gruppe von Extremisten wurde gefasst. Es ist erstaunlich. Der Rat der Kreaturen hat eine Erklärung abgegeben, und die Menschen hatten einen Ausweis bei sich, der ihre Identität bestätigt hat.« Emma rollt mit ihren großen blauen Augen. »Praktisch.«

»Ah, ja, sehr praktisch. Das ist genau das, was ausgebildete Soldaten tun: Sie haben ihre Taschen voll mit persönlichen Daten. Wenn ihre Körper gefunden werden, können sie so leicht identifiziert werden und ihre Feinde können den Familien ihr Beileid aussprechen.«

Emma brummt zustimmend.

»Meinst du, ich kann mich meiner Familie anschließen?«

»Nein, der Rat der Kreaturen und die Gargoyles beobachten sie. Ich habe sichere Unterschlüpfe, die du gern benutzen kannst.«

Ich brauche keinen Unterschlupf. Ich habe Geld ... *Oh-oh,* ich habe meine Mum mit allen Bankdaten weggeschickt und ich wette, die beobachten das auch. Was für ein Albtraum. Zum Glück brauche ich kein Geld; ich kann Amulette herstellen.

Ja, und wie ist das bisher für dich gelaufen? Ich habe es vermasselt. Ich bin nicht dafür verantwortlich, was diese Leute getan haben, aber ich habe mit Magie gespielt, die ich nicht verstehe – Drachenmagie. Mir läuft ein Schauer über den Rücken. Es gibt einen Grund, warum sie uns überhaupt erst eingesperrt haben. Vielleicht sind wir ja *wirklich* gefährlich.

Nicht wir, sondern *ich*.

Ich bin gefährlich.

Die Magie, mit der ich gespielt habe, könnte der Grund dafür sein, dass die Drachen fast ausgerottet sind und ich meine Familie mit Amuletten im Wert von Millionen von Euro in die Welt hinausgeschickt habe. Amulette, die sie nicht länger verkaufen können, weil es unsicher ist, und wenn ich eine Zielscheibe am Kopf habe, haben sie es auch.

Mir dreht sich der Magen um. Die Leute würden für diese Art von Magie töten.

Das haben sie schon.

Jetzt, wo ich gesehen habe, was ich tun kann und wozu meine Magie fähig ist, mache ich mir Sorgen über die möglichen Folgen, wenn sie in die falschen Hände gerät. Mit einem einfachen Zauber kann ich überall ein Amulett ausfindig machen und vielleicht seine Magie entfernen. Ich wette, ich könnte das jetzt mit jedem einzelnen von ihnen machen. Aber sie beschützen Leute, und ich habe ihr Geld genommen. Gary hat einen guten Ruf, und ich will mir nicht selbst ins Knie schießen.

Stattdessen – für meinen eigenen Seelenfrieden – werde ich meine Amulette mit kleinen magischen Etiketten versehen. Ein kleiner moralischer Indikator, falls jemand Böses im Schilde führt oder die Amulette in Schwierigkeiten sind. Eine Moral-Klausel.

Emma sitzt schweigend da und beobachtet halb die Nachrichten und halb mich.

»Was willst du für die Rettung und die Hilfe?« Nichts ist umsonst.

»Ah.« Emma lehnt sich auf Ihrem Stuhl zurück und dreht ihre Daumen wie ein Schurke. »Eines Tages werde ich dich um Hilfe bitten. Es wird nichts Illegales sein, nichts, was du nicht geben könntest, aber eines Tages werde ich deine Hilfe brauchen, um jemand anderem zu helfen. Alles, worum ich dich bitte, ist, dass du es weitergibst.«

Ich denke einen Moment lang darüber nach.

Nein, das tut sie auf keinen Fall aus reiner Herzensgüte. Aber ihre strahlend blauen Augen schauen mich ernst an. Sie meint, das was sie sagt ernst. »Du hilfst den Leuten also wirklich?«

»Ja.«

Emma ist wie eine Art Superheldin. Eine schwangere Superheldin. »Okay. Aber ich will mitmachen. Wenn du und Ava mir helfen wollt, möchte ich euch auch helfen, nicht nur einmal. Vielleicht kann ich euch mit meiner Magie helfen.«

»Mit der verrückten Magie?«

Ich zucke zusammen. »Ja, was das angeht. Ich brauche vielleicht Hilfe, um sie unter Kontrolle zu bekommen.« Es wäre toll, wenn Emma oder Ava jemanden finden könnten, der mich anleitet. »Und ich muss Ava und meiner Familie sagen, dass sie eine Zeit lang keine Amulette verkaufen sollen.«

Wenn sie das überhaupt jemals wieder tun sollten. Die Magie ist zu unberechenbar, und ich weiß nicht genug. Wenn ich irgendetwas aus diesem Albtraum gelernt habe, dann dass meine Amulette gefährlich sind.

»Ich kann deinen Eltern eine Nachricht zukommen lassen und ich kenne eine Familie von Hexen. Vielleicht haben sie eine Idee, wie man dir helfen kann. Aber es könnte eine Weile dauern, denn wir können sie nicht in Gefahr bringen.«

»Nein, natürlich nicht. Ich möchte niemanden mehr in Gefahr bringen. Ich danke dir für deine Hilfe. Ich muss also darauf warten, dass der Rat mich vergisst und den Gargoyles aus dem Weg gehen, bis sie jemand anderen im Hulk-Style zerquetschen.« Ich seufze und reibe mir das Gesicht. »Dann wird alles wieder gut.«

Wow, das war einfacher, als ich gedacht hätte.

»Dann wird alles wieder gut? Na ja, nicht wirklich.«

»Oh?«

»Ich glaube, du bist die meistgesuchte Person im Land. Es wird eine öffentliche Untersuchung geben, und niemand in der Regierung wird wollen, dass du deine Seite der Geschichte erzählst. Dazu kommt noch der Ruhm deines Alter Egos, Gary Chappell, und dass jeder ein Stück von dir haben will.«

»Ich kann mich also nicht verstecken und darauf

warten, dass sie mich vergessen? Ich dachte, jetzt, wo die Eindringlinge gefasst wurden, wäre alles vorbei.«

Emma schnaubt. »Vorbei? Nein, Kricket, es ist noch nicht vorbei. Ich habe das Gefühl, deine Geschichte fängt gerade erst an.«

Nö, das klingt nicht bedrohlich. Ganz und gar nicht. Ein Schauer der Vorahnung schießt mir über den Rücken.

Kapitel Siebzehn

Jetzt, wo ich wach bin und herumlaufe, geht Emma nach Hause. Da ich nichts zu tun habe, nehme ich das Sandwich und die Snacks und vertilge sie in einem heißen Bad. Als ich den ersten Bissen nehme, entwischt mir zu meinem Entsetzen eine Tomate und plumpst ins Wasser. Ich knurre und mache mich halbherzig auf die Suche – ohne Erfolg. Ich schätze, ich werde sie später finden.

Das Geräusch des Fernsehers hallt an den gekachelten Wänden wider. Die Nachrichten laufen immer noch, überschlagen sich mit Spekulationen und stellen alles falsch dar. Ich weiß nicht, warum ich das Teil nicht ausgeschaltet habe. Der Rat der Kreaturen ist keine

Hilfe. Immer wieder tauchen sie auf, um die altbewährte Propaganda zu verbreiten: Die Stadt wurde mit einem Schutzwall versehen, um die Drachenblüter zu beschützen.

Beschützen.

Als der Reporter fragt, warum Hybriden nicht dasselbe Recht zugestanden wird, wo sie doch ständig verfolgt und ermordet werden, wechselt der Ratsvertreter das Thema.

Dass der Rat lügt, ist nicht der Grund, warum meine Stimmung so schlecht ist. Vielmehr sind es sie, meine Freunde und Nachbarn, die mich am meisten verärgert haben. Ich habe – fälschlicherweise – gedacht, dass die meisten Einwohner die Gelegenheit nutzen würden, um zu verschwinden. Bestimmt hätten die kürzlich Eingeschlossenen oder die Leute aus anderen Landkreisen die Stadt verlassen und Asyl gesucht.

Ich dachte, sie würden etwas unternehmen, aber nein, es ist schlimmer geworden. In den Nachrichten heißt es, der Schutzwall sei vor allem deshalb wieder errichtet worden, um die Presse und die übereifrige Öffentlichkeit daran zu hindern, die Stadt zu betreten, die immer noch ein aktiver Tatort ist. Die Absperrung wurde wieder aufgebaut und die meisten, wenn nicht sogar alle, Bewohner sind wieder dahinter.

Sie sind nach allem, was passiert ist, geblieben und sitzen nun wieder in der Falle. Warum sollten sie das tun? Warum sind sie nicht geflohen, als sie die Chance dazu hatten? Für mich ergibt das keinen Sinn und mir wird ganz schlecht deswegen. Es ist schwer, dem zuzuhören.

Ich glaube, jeder hat Angst vor Veränderungen. Da hilft es auch nicht, dass die Verzauberten in fremden Klamotten aufgewacht sind und aus Verzweiflung das getan haben, was verängstigte Menschen tun: Sie sind zurück nach Hause gegangen.

Sie sind zurück nach Hause gegangen, weil sie nichts anderes kennen. Jetzt muss ich daran denken, dass die Leute geliebte Menschen und Freunde verloren haben und im Glauben an das, was man ihnen gesagt hat, in das Leben zurückgekehrt sind, das sie kennen.

Uns wurde jahrelang gesagt, wo wir leben sollen, wohin wir gehen sollen und wann wir zu der uns zugewiesenen Arbeit zu erscheinen haben. Sie haben keine Ahnung, wie man selbst denkt. Wenn der Rat der Kreaturen eine vermeintlich mächtige Ethnie kastrieren wollte, hat er es geschafft.

Das alles läuft in den Nachrichten, und die Art, wie sie reden, lässt alles so logisch erscheinen, während ich das Gefühl habe, wahnsinnig zu werden. Als wäre ich eine Versagerin und hätte alle im Stich gelassen. Ich drücke die Handballen in meine Augäpfel und versperre mir die Sicht.

Wenn ich fest genug drücke, vergesse ich es vielleicht.

Ich hatte einen Albtraum, an dem niemand sonst beteiligt war, und ich habe niemanden, mit dem ich mich trösten kann. Nur ich kann bezeugen, was passiert ist. Ohne mich können sie alle so tun, als wäre nichts passiert. Emma hat recht. Ich bin ein echtes Risiko für sie. Ich bin vielleicht die einzige Person, die wirklich gesehen hat, was die Eindringlinge getan haben. Alle anderen sind entweder tot, untergetaucht oder mit einem Bann belegt.

Ich verstehe das alles, aber ich kann nicht anders, als wütend zu sein.

Ich möchte sie wachrütteln, rufen und schreien, dass sie gehen sollen, dass sie leben sollen, obwohl ich weiß, dass sie nirgendwohin gehen können. Sie haben keine Emma oder Ava, die ihnen den Rücken freihalten. Aber im Grunde läuft alles darauf hinaus, dass ich helfen möchte und genau weiß, dass es nichts ändern würde, wenn ich mein Bankkonto leere und ihnen das Geld gebe.

Sie sind alle so glücklich in ihren Käfigen.

Sie sind wie Vögel in einer Voliere, die nie gelernt haben zu fliegen.

Was für ein Wirrwarr.

Ein neuer Live-Beitrag beginnt, und die aufgeregte Stimme des Reporters kündigt an, dass sie Überlebende interviewen werden. Ich stöhne auf, als ich die weinerliche Stimme von Anton Hill höre. »Der Angriff ist geschehen, als ich im Supermarkt war. Ich habe versucht, alle zu retten, die ich konnte, aber die Angestellten haben uns vor die Tür gesetzt und uns der Gnade dieser Menschen überlassen.«

Menschen? Sogar Anton Hill verbreitet die Propaganda des Rates. Ich kann nicht glauben, dass er den Laden erwähnt.

»Kricket Jones.« Ich krächze und ertrinke fast. Eine Welle von Wasser spritzt auf die schwarz-weißen Fliesen. »Das Mädchen, das zum Verhör gesucht wird, war diejenige, die mich aus dem Supermarkt gedrängt und mich körperlich in die Fänge des Feindes getrieben hat.«

Was zur Hölle ...? »Er hat mich namentlich genannt? Der kleine Scheißkerl. Der verdammte Anton Hill hat meinen Namen genannt.« Gott, wie ich ihn hasse. Ich. Hasse. Ihn. Er hat meinen Namen genannt, und ich habe ihn nicht einmal angefasst! Mir wird schlecht. Dieses Interview ist auf allen Kanälen zu sehen. *Meine Mum wird mich umbringen.*

»Mr. Hill, können Sie uns etwas über den Zauberspruch und den magischen Retter erzählen?«, fragt der Vampirreporter aufgeregt.

»Ich habe mich tapfer gegen den Zauber gewehrt«, sagt er mit einem dramatischen Seufzer, »aber natürlich war ich wie alle anderen gefangen und bin nur dank Gary Chappell und seiner Magie auf dem Marktplatz aufgewacht. Die Menschen wurden geschnappt ...«

Ich stöhne auf und lasse noch mehr heißes Wasser in die Badewanne laufen, um seine dumme Stimme zu übertönen.

Was für ein Humbug. In den Nachrichten bin ich jetzt schon ein paar Mal genannt worden. Ich werde zum Verhör gesucht und sie sind um mein Wohlergehen besorgt. Bla, bla, bla. Der Fahndungsaufruf wurde mit einem grässlichen Arbeitsfoto von mir gekrönt.

Das verdammte grüne Poloshirt wird mich für immer verfolgen.

Wenigstens kommt Gary Chappell gut weg – viel besser als ich. Es gibt eine Kampagne, um die männliche Retterhexe zum Ritter zu schlagen. »Viel Glück bei der Suche nach ihm«, murmle ich und tauche meinen Kopf unter die Blubberblasen. Ich hoffe, die Tomate findet nicht den Weg in meine Haare.

Ich bleibe in der Badewanne, bis das Wasser kalt ist und finde die mit Wasser vollgesogene Tomate gefangen in einem Strudel über dem Abflussloch. Ich ziehe mich an, indem ich das Socken-Amulett ermutige, mir etwas anderes als das schwarze Outfit zu besorgen, und ich bekomme Leggings und einen schönen grünen Pullover.

Emma hat gesagt, dass meine Familie beobachtet wird und *sie* ihre Bewegungen und Anrufe überwachen. *Sie* müssen die Regierung und die Gargoyles sein. Ich beiße mir auf die Lippe, während ich nachdenke. Ich muss mit meinen Eltern reden. Emma ist nett, aber sie ist immer noch eine Fremde. Ich muss ihnen sagen, dass sie die Amulette nicht verkaufen dürfen. Wenn ich das nicht tue, werde ich mir Sorgen machen.

Ich habe eine Idee für ein neues Amulett. Es ist nichts, was ich schon einmal ausprobiert habe, aber ich könnte es ja mal versuchen. Eine Wand im Schlafzimmer wird von einem schmalen Kleiderschrank mit verspiegelten Schiebetüren eingenommen. Die einzige

Grenze für meine Magie war bisher mein Mangel an Vorstellungskraft. Ich schnaufe. Das ist ein beängstigender Gedanke. Wenn ich ein Feder-Amulett aus einem wahllosen Stück Glas machen kann, kann ich auch das hier tun. Sie werden nicht auf die Idee kommen, einen Spiegel zu überwachen – warum sollten sie auch?

Wie soll man den realistisch nachverfolgen können?

Ich kann das schaffen.

Meine Hand zittert, als ich sie auf den Rahmen des Schranks lege und meine Fingerspitzen leicht auf das Glas drücke. *Ich habe Angst.* Nachdem ich tagelang ohnmächtig war, habe ich Angst davor, irgendeine Art von Magie anzuwenden. Was ist, wenn mir das Hirn aus den Ohren quillt?

Ich atme tief und zitternd ein. Ja, ich bin ein bisschen nervös. Ich gebe ein wenig Kraft in den Spiegel und es passiert etwas: Die Oberfläche verzerrt sich. *Okay, das ist gut.* Die Oberfläche des Spiegels wird flüssig, und als die Magie zunimmt, kann ich loslassen. Ich konzentriere mich auf meine Eltern – Mums mürrisches Gesicht und Dads Umarmungen.

Während ich an sie denke, konzentriere ich mich auch auf die Amulette, die sie besitzen. Die Magie in den Amuletten leistet ganze Arbeit. Sie führt mich und erleichtert es, sie zu finden.

Die Magie macht die ganze Arbeit, und als alles fertig ist, zum Beispiel die Wahl des Amuletts, suche ich den Spiegel im Haus, der ihnen am nächsten ist, und schicke wiederholt einen Impuls der Magie hinein. Als ob ich anklopfen würde.

Ich springe auf und verliere fast die Verbindung, als ein Schrei ertönt. »Kricket!«, kreischt Mum. »Bist du tot? Haben sie dich umgebracht? Ava sagte, du wärst in Sicherheit. Unsere Tochter ist ein Geist!« Sie schreit nach meinem Dad. »Nein, das bilde ich mir nicht ein! Guck doch, sie ist im Spiegel!«

Mein Dad kommt ins Zimmer geeilt und muss zweimal hinschauen, als er mich im Spiegel sieht. Ich winke ihm zu, und sein Gesicht wird blass. »Ich bin nicht tot. Ich wollte mit euch reden und mir wurde gesagt, dass es nicht sicher ist, das Telefon zu benutzen. Ich dachte, ich probiere mal eine neue Magie aus.«

»Du dachtest, du könntest uns am besten kontaktieren, indem du die böse Königin aus *Schneewittchen* nachahmst?« Dad reibt sich die Bartstoppeln am Kinn.

Ich schnaube. Ich wusste, dass ich mir die Idee irgendwoher ausgeliehen hatte.

»Spieglein, Spieglein an der Wand«, sagt er in einem hohen Falsett.

Ich kichere.

Mum wacht aus ihrem Schock auf. »Oi, ihr zwei, das ist nicht lustig. Bleibt ernst! Kricket Hera Jones, du steckst in großen Schwierigkeiten. Wir haben die Nachrichten gesehen. Was hast du dir dabei gedacht? Warum ...?«

»Wir sind sehr stolz auf dich«, sagt Dad.

Mum stößt ihm heimlich mit ihrem spitzen

Ellbogen in die Rippen. Dad zuckt zusammen. »Ja, wir sind sehr stolz auf dich«, knurrt sie. »Du hast dich selbst in Gefahr gebracht, und Gary Chappell bekommt die ganze Anerkennung, während du als gewöhnliche Straftäterin abgestempelt wirst. Wir sind sooo stolz.«

Wie immer ist ihr Sarkasmus sehr beeindruckend.

Dad räuspert sich. »Wir haben gesagt, dass wir kein Urteil fällen, bevor wir nicht mit Kricket gesprochen haben.« Mit einem sanften Lächeln wendet er sich wieder mir zu. »Wir wollen hören, was aus deiner Perspektive passiert ist, Pumpkin.«

»Aber vielleicht ist es am besten zu warten, bis wir alle von Angesicht zu Angesicht zusammensitzen.« Mum lehnt sich schwer gegen die Wand und blickt in den Spiegel.

»Die Eindringlinge ...«

»Du hast alle gerettet, einschließlich Anton Hill?« Mums Lippen zucken, als sie mich unterbricht.

Ah, sie hat also die Nachrichten gesehen. Meine Augen rollen an meinen Hinterkopf und ich knurre. Da ich in den letzten Jahren ständig über ihn gemeckert habe, weiß Mum, dass ich ihn nicht ausstehen kann. »Ich konnte ihn nicht ausschließen«, grummele ich.

»Ja, das haben wir gesehen. Kricket, warum musstest du so ein schreckliches Foto aussuchen? Es gibt doch so viele bessere Bilder, aus denen du wählen konntest.«

Ich rümpfe die Nase. »Mum, ich habe das Foto

nicht ausgesucht. Das waren die Nachrichtenleute.« Als ob ich ihnen ein Foto geben würde.

»Das Foto ist furchtbar. Dein Gesicht ist ganz rot und voller Pickel.«

Ich werfe meine Hände in die Luft und stöhne. »Mum, ich war sechzehn.«

Sie verengt die Augen und schaut mich an. »Mit sechzehn hast du bestimmt nicht so schlimm ausgesehen.«

Ich schnaufe. »Geht es dir gut, Dad? Du siehst ein bisschen blass aus.«

Jetzt ist Dad an der Reihe, Mum aus dem Weg zu schieben. »Es geht mir gut, Pumpkin. Ich habe mir Sorgen um dich gemacht, nach allem, was passiert ist. Es war eine lange Woche.«

Wem sagst du das. »Ich habe aus einem bestimmten Grund angerufen. Im Hauptschlafzimmer gibt es einen verzauberten Safe. Könnt ihr alle Amulette bitte wegschließen? Oh, und verkauft bitte keine. Ignoriert, was ich gesagt habe, als wir uns das letzte Mal gesehen haben. Es ist nicht sicher, sie zu verkaufen.«

»Natürlich können wir das tun. Das ist kein Problem. Es hat sich sowieso nicht richtig angefühlt, da du uns eh schon reichlich Geld gegeben hast.« Mum verzieht spöttisch das Gesicht.

Warum klingt Geld wie ein schmutziges Wort?

»Habt ihr irgendwelche Probleme gehabt?«

»Du meinst abgesehen von einem Team von Gargoyles und ein paar Handlangern der Stadtverwaltung, die das Haus beobachten? Nein, nichts. Ich kann nicht glauben, dass du dieses Haus gekauft hast«, sagt Mum.

»Warum? Ist es nicht gut?« Ich versuche, einen Blick hinter sie zu werfen. Es sieht schön aus. Ich hatte es sogar komplett eingerichtet. »Auf den Fotos und Videos war es wunderschön.«

»Jaja, es ist ein schönes Haus. Aber wie konntest du einen so großen Kauf ohne unsere Mitwirkung tätigen? Ich bin deine Mutter und habe mir Sorgen gemacht, weil du zu viel ausgegeben hast.« Sie senkt ihre Stimme. »Es bietet einen Blick auf den Park.«

»Warum ist das schlimm? Gibt es im Park abtrünnige Teenager?« Sie verzieht das Gesicht, und diesmal grinse ich. »Du weißt, dass ich es dir nicht sagen konnte, Mum. Es wäre doch kein großes Geheimnis gewesen, wenn ich es ausgeplaudert hätte.«

»Nun ja, genau darüber mache ich mir Sorgen. Du bist eine sehr geheimnisvolle junge Lady und sehr verschlagen. Das gefällt mir nicht. Ich frage mich, was du sonst noch verheimlicht hast.« Sie verengt ihre Augen und schaut hinter mich. »Hast du einen Freund oder einen Ehemann irgendwo versteckt, von dem wir nichts wissen? Als du jünger warst, haben wir über Verhütung gesprochen. Müssen wir wieder über dieses Thema reden?«

Ihre Augen funkeln bei meinem entsetzten Gesichtsausdruck.

»Aber ich sage es noch einmal: Ich bin zu jung, um Großmutter zu sein.« Sie redet von Verhütung, obwohl sie weiß, dass ich keinen Freund habe und es auch keinen Grund dafür gegeben hat, als wir noch in einer Stadt gelebt haben, in der niemand schwanger werden konnte. Trotzdem spüre ich, wie meine Wangen rosa werden, weil sie eine peinliche Hitze ausstrahlen.

»Ich bin erwachsen, Mum.«

»So gut wie. Deine Brüder vermissen dich und deine Nan hat sich große Sorgen gemacht.«

»Ich vermisse euch alle auch. Aber ich bin froh, dass es euch gut geht. Die Magie zieht an mir, also muss ich gehen.« Das ist nur eine kleine Notlüge.

»Ich weiß, ich bin hart zu dir. Es tut mir leid. Es ist, weil ich Angst habe.« Ihre Augen weiten sich und ich erkenne ihre Furcht, die sich hinter ihrem Spott und ihrer Wut verbirgt.

»Alles wird gut. Mir wird es gut gehen.«

»Vielleicht ...« Sie beißt sich auf die Lippe. »Vielleicht solltest du dich stellen?«

Mich stellen? »Mum, du weißt, dass ich das nicht tun kann. Ich habe dir nicht genau gesagt, was passiert ist, nachdem ihr gegangen seid, aber es war schlimm. Benutzt ihr den Schutzwall?« Ich weiß, dass sie es tun. Ich kann es spüren. Aber ich will, dass sie sich auf etwas anderes konzentriert.

»Ja, und wechsle nicht das Thema. Es ist meine Aufgabe, mich um dich zu kümmern, nicht andersherum. Uns allen geht es gut. Deine Nan ist gestern in die örtliche Bibliothek gegangen und kam mit einem Buch und einem Job wieder heraus.« Mum schüttelt den Kopf und ein reumütiges Lächeln umspielt ihre Lippen.

Ich grinse. Nan würde selbst in der Wüste Arbeit finden. Bibliotheken sind ihr Zufluchtsort.

»Ich weiß nicht, wie sie das macht. Jedenfalls geht es uns allen gut. Wir werden die Spione auf Trab halten. Tu nur nichts Heldenhaftes oder Dummes, Kricket. Bitte halte deinen Kopf unten! Wir lieben dich.«

»Das werde ich. Ich liebe euch. Ich liebe euch alle.«

»Ich liebe dich«, sagt Dad.

Sie winken und die Magie verblasst, als mein Dad Mum in eine Umarmung schließt und sie sich schniefend an seine Brust schmiegt.

Oh, Mum.

Kapitel Achtzehn

Das Telefon, das Emma mir dagelassen hat, klingelt, und ich gehe ran. »Was hast du getan?«, fragt sie direkt und kommt gleich zur Sache.

Mein Blick haftet immer noch an dem jetzt regulären Spiegel. Ich bin so blass. Die dunklen Ringe unter meinen Augen lassen mich schrecklich aussehen. »Hm?«

Sehr eloquent von mir, ich weiß.

Ich weiß auch, was ich getan habe. Meine Eltern zu kontaktieren, war ein großes Risiko und ich fühle mich schuldig.

»Du hast dich mit deinen Eltern in Verbindung

gesetzt. Wirklich, Kricket? Was hast du dir ... Weißt du was? Ist auch egal, es ist meine Schuld. Ich dachte, ich hätte mich klar ausgedrückt, als ich sagte, dass sie deine Eltern beobachten.«

»Ich habe ein Amulett benutzt«, sage ich leise und lasse mich auf das Bett sinken.

»Benutzt oder gemacht?«

Meine Güte, sie ist schlimmer als meine Mum. »Gemacht.«

»Du hast ein Amulett für die Kommunikation gemacht?«

»So ähnlich.« Ich reibe mir das Gesicht.

»Sie haben Kameras im Haus.«

»Was? Warum? Wie?« Ich springe auf. »Können wir sie entfernen? Du hast gesagt, sie sind sicher.«

»Sie sind ja auch sicher. Ich habe Freunde in hohen Positionen, die auch weiterhin für ihre Sicherheit sorgen werden. Deiner Familie wird nichts passieren, aber das, was du getan hast, hat alles noch viel schwieriger gemacht.«

»Es tut mir leid.« Ich setze mich wieder hin. »Können wir die Kameras entfernen?«

»Wir haben beschlossen, dass es besser ist, das nicht zu tun.«

Sie haben entschieden. Gut zu wissen.

Ich wünschte, Emma hätte mir schon früher gesagt, dass sie Kameras im Haus haben. Ich kann nicht anders, als mich zu fragen, was sie mir sonst noch verheimlicht.

Hätte ich das gewusst, hätte ich nicht einen solchen Fehler gemacht. Ich stöhne auf. Da bin ich wieder – übermütig mit meiner Magie und bringe alles durcheinander. Ich bin erst seit ein paar Stunden wach; es ist, als ob ich verflucht wäre oder so. Ich ziehe meine Knie an meine Brust und umarme sie. Um sicherzugehen, kläre ich lieber Dinge wie: »Meine Eltern, wissen sie es?«

»Ja.«

Ah, das ist gut zu wissen. Deshalb hat mich Mum ständig unterbrochen und von dem blöden Foto erzählt. Das war ihre Art, mich zu beschützen, mich zu verwirren, damit ich meinen Gedankengang vergesse und das Gespräch kurz halte.

Gute Show, Mum.

Ich glaube nicht, dass ich irgendetwas gesagt habe, um meinen Aufenthaltsort zu verraten, und ich weiß, dass ich nichts darüber gesagt habe, wer mir hilft. Aber ich habe von den Amuletten gesprochen, und wer auch immer zuhört, weiß jetzt, dass wir ein Versteck im Haus haben. *Gut gemacht, Kricket.* Ich stöhne auf. »Ich bin eine verdammte Idiotin.«

»Du bist keine Idiotin. Ich hätte dir das sagen sollen. Aber ich hätte nicht gedacht, dass du gleich nach dem Aufwachen aus einem magisch herbeigeführten Koma ein Amulett zur Kommunikation aus dem Hut zaubern würdest.« Ihre süße Stimme ist voller Tadel. »Bitte tu das nicht noch einmal. Keine Magie für eine Weile, denn wir wissen immer noch nicht, ob sie dich aufspüren können, wenn du ein neues Amulett zauberst.«

»Mich aufspüren? Wer? Der Rat der Kreaturen?«

Emma schweigt.

»Die Gargoyles?«

Keine Antwort.

Es müssen die Bösewichte sein. Es scheint, als würde sie alles für sich behalten. Es scheint auch, dass ich nichts über mein Leben oder die Gefahr, in der ich schwebe, wissen darf.

Ich weiß nicht, ob das ein Segen ist, aber nicht umsonst heißt es: *Gefahr erkannt, Gefahr gebannt.* »Emma, ich muss solche Sachen wissen.«

»Ja, das musst du wohl. Ich werde heute Abend mit dir reden und dir alles erzählen. Jemanden über diese Dinge im Dunkeln zu lassen, funktioniert normalerweise bei anderen Leuten, aber bei dir ...« Sie stöhnt. »Wir hatten noch nie mit jemandem zu tun, der Magie aus dem Nichts erschaffen kann. Sogar die Fae mit ihrer Runenmagie brauchen Pergamentpapier, und die, die das nicht brauchen, würden nie und nimmer unsere Hilfe in Anspruch nehmen müssen. Okay, ich werde dir heute Abend alles erzählen.«

»Danke.«

»Oh, und bevor ich es vergesse, gegen Mittag bekommst du eine Lebensmittellieferung vom örtlichen Supermarkt. Der Fahrer ist vertrauenswürdig.«

Als es klingelt, eile ich zur Haustür und schwinge sie auf. Der Lieferant ist groß, breit und grün – ein Troll. Er grinst und zeigt dabei scharfe, vergilbte Zähne mit ausgeprägten unteren Stoßzähnen. »Eine Lieferung für dich«, sagt er mit rauer Stimme und hält mir ein digitales Gerät zum Unterschreiben hin.

»Äh, danke.« Ich kritzle schnell eine willkürliche Unterschrift, da ich meine kaum benutzen kann.

Er nickt zufrieden und fängt an, die Kisten aus dem Kofferraum seines Lieferwagens zu laden. Trotz seiner massigen Statur ist jede Bewegung präzise und effizient. Er trägt meine Einkäufe mit Leichtigkeit bis zur Türschwelle.

»War es ein anstrengender Tag?«, frage ich, um die peinliche Stille zu durchbrechen.

Er lacht und in seinen Augen flackert Belustigung auf. »Das kann man wohl sagen. Trolle haben nicht viel Zeit für sich. Der Job im Supermarkt ist gar nicht so schlecht. Besser als unter einer Brücke zu leben.«

Ich lache, unsicher, ob er scherzt oder es ernst meint. »Ich denke, das leuchtet ein«, sage ich, um sicherzugehen. Ich schiebe die Taschen durch die Tür und staple sie in dem engen Flur.

Nachdem er die letzte Fuhre abgestellt hat, wartet der Troll, bis ich die restlichen Einkäufe ins Innere geschoben habe, dann stapelt er die blauen Lieferkisten zusammen und klemmt sie unter seinen Arm. »Ich wünsche dir einen schönen Rest des Tages.« Er wendet sich zum Gehen.

»Danke, dass du die Einkäufe bis vor die Tür gebracht hast.«

»Kein Problem«, sagt er. »Ich mache nur meinen Job.« Er winkt mir freundlich zu und klettert zurück in seinen Wagen. Ich sehe zu, wie er davonfährt.

Als ich die Tür schließen will, starrt mich eine Frau an, die auf der anderen Straßenseite aus ihrem Auto steigt. Ich schenke ihr ein kleines Lächeln, als sich unsere Augen treffen, und sie verengt die ihren.

»Du«, sagt sie.

Ich? Scheiße. *Ich.* Ein instinktiver Alarm geht in meinem Kopf los. Ich glaube, ich wurde erkannt.

Das wird nur bestätigt, als sie ihr Telefon herauszieht und die Tasten auf dem Display förmlich zertrümmert, während sie davon eilt.

Super!

Warum habe ich gedacht, dass es eine gute Idee ist, die Tür ohne Amulett zu öffnen? *Weil ich keins habe und Emma gesagt hat, dass ich auch keins machen darf.* Ich habe es wieder vermasselt und es sieht so aus, als ob der Unterschlupf aufgeflogen ist.

Während ich auf Autopilot überlege, was zu tun ist, räume ich alle Lebensmittel weg, die in den Kühl- oder Gefrierschrank müssen. *Die Meldestelle wird bestimmt mit falschen Hinweisen überschwemmt.* Ich lehne mich gegen den Küchentisch und klopfe mit den Fingern gegen die Oberfläche. Wahrscheinlich reagiere ich über, aber manchmal muss man auf sein Bauchgefühl hören, und mein Bauch schreit mich an.

Vielleicht habe ich bei all dem, was passiert ist, den Verstand verloren, aber es ist das Beste, erst einmal von hier zu verschwinden, auch wenn es nur für ein paar Stunden ist. Die Entscheidung ist gefallen. Ich benutze das Socken-Amulett, um meine Kleidung in Jeans und einen übergroßen Kapuzenpulli zu wechseln. Zugegeben, mein Bauchgefühl hat in letzter Zeit einiges mitgemacht, und ich bin paranoid und ängstlich.

Es ist keine Paranoia, wenn die Leute es auf einen abgesehen haben.

Als ich nach dem Telefon greife, sehe ich meine knallroten Haare im Spiegel. Ich muss mir ein Amulett zusammenbasteln, um mich zu maskieren. Ich habe nicht versprochen, dass ich kein neues Amulett basteln werde. Ich habe nur zugestimmt, dass es nicht die beste Idee ist. Die Situation hat sich geändert, und dieses Mal ist es ein Notfall.

Ich sende einen Impuls der Magie aus und bitte meine Materialien um Hilfe, damit ich mein Aussehen ändern kann. Am liebsten wäre mir ein schönes Stück Stein oder Holz, aber das wäre viel zu einfach. »Nicht schon wieder.« Ich stöhne auf, als ich den alten Deckel der Pilsflasche entdecke, der aufgeregt auf meinen Ruf hin bimmelt. Er steckt hinter dem Treteimer in einem

Schrank und der Geruch von Hopfen haftet immer noch an ihm.

Bäh.

Als ich die Haustür öffne, sind meine leuchtend roten Haare verschwunden und durch einen kurzen dunkelbraunen Pixie-Schnitt ersetzt worden. Mein Hautton ist dunkler, meine Nase ist schmaler und meine Augen stehen enger zusammen. Kleine Veränderungen sind einfacher zu pflegen, als etwas Auffälliges zu versuchen, das furchtbar schiefgehen könnte.

Mit den Händen in den Taschen mache ich mich aus dem Staub. Ich bin auf halbem Weg die Straße hinunter, als vier Autos an mir vorbeifahren und vor dem Unterschlupf zum Stehen kommen. Ich drehe meinen Kopf, um sie zu beobachten. Die Autotüren öffnen sich gleichzeitig, als wären sie choreografiert, und riesige dunkelgraue Männer steigen aus.

Gargoyles.

Ist der Wunsch nach nur *einer* riesigen Tötungsmaschine pro Fahrzeug zu viel verlangt? Ja? Ja! Es ist ein Team von Gargoyles – mindestens ein Dutzend von ihnen. Mit klopfendem Herzen drehe ich meinen Kopf herum und laufe weiter. Ich setze einen Fuß vor den anderen, ganz lässig. Wenn sich die Leute um mich herum beeilen, passe ich mich ihrem Tempo an – es gibt keinen Grund, aufzufallen.

»Du, bleib stehen!«, brüllt eine vertraute Stimme hinter mir.

Niemand sonst bleibt stehen, also gehe ich weiter.

Hier gibt es nichts zu sehen, Leute.

»Das ist sie. Ich kann sie riechen.« Oh. Gargoyles haben einen Supergeruchssinn. Wer hätte das gedacht? Ich auf jeden Fall nicht. »Nichts-Mädchen! Kricket Jones, du wirst zur Befragung gesucht.«

Ich biege um die Ecke und renne los.

Mist. Das war mein Gargoyle da hinten.

»Warum muss ich immer rennen?«, schnaufe ich aus. Wenn ich mit mir selbst rede, beruhigt das meine Nerven und gaukelt meinem Körper vor, ich würde nicht um mein Leben rennen. Wenn ich genug Sauerstoff zum Sprechen habe, ist alles in Ordnung. »Das ist so unfair. Warum kann ich nicht gemütlich vor den Bösewichten davonspazieren?«

Da sie so groß sind, hoffe ich, dass sie nicht schnell rennen können. »Wenn das alles vorbei ist und ich es lebendig überstehe, werde ich mit dem Laufsport anfangen – richtiges Laufen mit schicken Turnschuhen und allem, inklusive Leggings, die nicht scheuern«, füge ich hinzu, während die Jeans an den Innenseiten meiner Oberschenkel brennen.

Ich weiß nicht, wo ich bin, und ich habe keine Ahnung, wohin ich laufe. Ich biege in eine andere Straße ein und sprinte so schnell wie möglich eine Gasse entlang. Irgendwann muss ich anhalten und mein Gesicht, meinen Geruch und meine Klamotten ändern. Ich sprinte um eine Ecke und riskiere einen Blick hinter mich.

Ich glaube, ich habe sie abgehängt – ich habe ihn *abgehängt.*

Und schon rase ich direkt in jemanden hinein.

Ich treffe ihn hart und pralle an seinem massiven Körper ab. Mein Hintern prallt auf den Bürgersteig und ich zucke zusammen, als ich aufschlage. »Es tut mir so leid«, sage ich, während ich nach Luft schnappe.

Der Mann, mit dem ich zusammengestoßen bin, starrt auf mich herab. Sein Gesicht ist kantig, seine blonden Haare sind schlapp und seine Augen sind so blass, dass sie kaum noch Pigmente aufweisen. Er greift nach unten, packt mein Handgelenk und zieht mich hoch.

Ich stoße einen Laut des Entsetzens aus. Im Grunde brauche ich gar keine Hilfe, aber ich bin in ihn hineingelaufen und es wäre unhöflich, meine Hand wegzureißen, also lasse ich zu, dass er mich auf die Füße zieht – und bekomme leicht Panik, als er mich nicht sofort loslässt.

»Es geht mir gut. Sie können mich loslassen.« Ich versuche, mich zu befreien, aber sein Griff wird fester. So fest, dass die Knochen in meinem Handgelenk gegeneinander knirschen. »Aua«, zische ich. »Ich sagte, es tut mir leid. Bitte lassen Sie los. Sie tun mir weh.«

»Ah, meine fehlende Zeugin, das Drachenblut.« Seine Stimme hat einen seltsamen Tonfall. »Wehr dich nicht! Du würdest dir nur selbst wehtun.« Er zerrt mich auf die Straße, als gerade ein Auto anhält.

Die Reifen des Autos donnern über den Bordstein und die Hecktür fliegt auf. Ich stemme meine Fersen auf den Bürgersteig, aber das hält den Fremden nicht davon ab, mich mühelos in Richtung der offen stehenden Tür zu zerren. Ich schaue mich wild um und öffne den Mund, um nach Hilfe zu schreien, aber er schlägt mir mit der Hand auf den Hinterkopf.

Schwarze Punkte und schlängelnde Würmchen erfüllen meine Sicht, und bevor ich den Schlag abschütteln kann, bin ich im Auto und die Tür knallt zu.

Kapitel Neunzehn

»Ich bin einer von vielen. Wir haben alle möglichen Kreaturen getötet, um dich zu treffen, Kricket Jones«, sagt er mit einem Lächeln, während er seinen Sicherheitsgurt anlegt und einrastet.

Gut zu wissen, und das erklärt alles.

Einer von vielen. Ich hätte mich für die Gargoyles entscheiden sollen.

Er scheint ein bisschen angewidert zu sein, weil ich keinen Kommentar abgebe. Vielleicht will er Angst oder falsche Ehrfurcht. Mein armer Kopf pocht, und alles, was ich tun kann, ist ihn anzublinzeln. Ich werde meinen Mund halten. Ich will nicht noch einmal verhauen werden.

Nein, danke. Ich werde meinen Mund halten. Ich bin mir sicher, er will, dass ich die Opferrolle spiele und eine Menge Fragen stelle: *Warum hast du mich entführt? Was hast du vor?* Und nicht zu vergessen der Liebling eines jeden Serienmörders: *Bitte tu mir nicht weh.*

Ich war noch nie jemand, der bettelt.

Ich bin zu dickköpfig. Und ich bin es gewohnt, Fehler zu machen, das Falsche zu sagen und ins Fettnäpfchen zu treten.

Manchmal ist es besser, nichts zu sagen – überhaupt nichts.

Immerhin hat er mich entführt. Das ist sein Spiel. Erwischt zu werden, ist nicht das, was ich mir vorgestellt habe. Seit der ersten Explosion bin ich ihm völlig unterlegen, und jetzt, wo ich mit ihm in diesem Auto sitze, fühle ich mich so überwältigend jung wie noch nie. Ich bin es leid, Todesangst zu haben.

»Wir sind die Klauen-Bruderschaft.«

Klauen-Bruderschaft. Ich würde lachen, wenn ich mir nicht gerade in die Hose machen würde. Es ist offensichtlich, dass er ein Eindringling ist, ein Möchtegern-Drache, einer ohne eine dumme Maske, die sein dämliches Gesicht verbirgt. Ich weiß nicht, was er von mir erwartet, aber er fährt mit seiner kleinen Tirade fort. Ich habe das Gefühl, dass er sich gerade erst aufwärmt.

»Ich bin hier, um dafür zu sorgen, dass die Fehler der Natur korrigiert werden.«

Die Fehler der Natur, ich nehme an, das bin ich und jedes andere Drachenblut?

»Mein Name ist Damien Hass. Du kannst mich mit meinem Titel *Großkralle* ansprechen.«

Ähm ... das würde ich lieber nicht tun. Ich werfe einen Blick auf sein Gesicht und er meint das wirklich ernst. Das ist sein Titel. *Wow!*

»Meine Aufgabe ist es, herauszufinden, woher du die Amulette hast und sie zurückzuholen.«

Ich kann mich gerade noch davon abhalten, mit den Augen zu rollen. Schon wieder diese Amulette. Jeder will Informationen darüber haben. Ich frage mich, wann sie den Zusammenhang erkennen und mich sehen werden. Ich weiß nicht, was besser ist: dass die Leute mich für einen Dieb halten oder merken, dass ich die Schöpferin bin.

Ich drehe mich leicht auf dem Sitz. In weiser Voraussicht habe ich das Handy mit dem Ellbogen aus meiner Hoodie-Tasche gestoßen. Es ist in den Gully gefallen, gerade als ich ins Auto geschoben wurde. Meine Amulette befinden sich noch in der Innentasche meiner Jeans. Ich signalisiere ihnen sofort, dass sie still sein und sich verstecken sollen, und schon verschwinden ihre magischen Signaturen aus meinem Blickfeld. Ich schicke eine Genehmigung über unsere Verbindung mit dem zusätzlichen Befehl, sich zu schützen.

»Ich musste selbst kommen, da meine Brüder anscheinend nicht in der Lage sind, mit einem kleinen Mädchen fertigzuwerden. Du warst nicht schwer zu fangen, ganz und gar nicht, und diese ganze Reise war reine Zeitverschwendung. Ich muss diesen Gary Chappell jagen, nicht irgendeine Diebin.«

Das Auto ruckelt vorwärts in den Verkehr und der Schwung presst mich nach hinten in meinen Sitz. Ich wackle näher an die Tür heran.

Damien Hass – selbst in meinem Kopf kann ich ihn nicht die *Großkralle* nennen – schenkt mir ein fieses Lächeln und schnippt mit einem Finger. Ich erstarre.

Es ist, als wäre er Medusa und ich in Stein verwandelt worden.

Er betrachtet mein Gesicht finster und wedelt dann mit der gleichen Hand, woraufhin meine roten Haare um meine Schultern fallen, da er den Tarnungszauber aufgehoben hat. »Da haben wir es. Schon viel besser.« Er lehnt sich näher heran, hebt mein Kinn an und klemmt es zwischen Daumen und Zeigefinger. »Ich werde dich bald töten müssen, und weißt du was? Das ist wirklich eine Schande. Es ist eine absolute Verschwendung, denn du bist ein hübsches kleines Ding. Ich kann verstehen, warum Gary Zeit mit dir verbringen möchte. Aber wir können dich nicht am Leben lassen. Du weißt zu viel.« Er seufzt gruselig.

Ich möchte meine Nase rümpfen, da sein Atem würzig riecht, eine ekelhafte Kombination aus verfaulten Tomaten und Kaffee. Er sollte aufhören, mich anzuhauchen, und sich vielleicht mal die Zähne putzen.

»Du bist wunderschön, aber du solltest nicht existieren. Keiner von euch sollte das. Der Rat der Kreaturen hat versprochen, euch alle unter Kontrolle zu halten, aber dieses Versprechen wurde gebrochen. Wir haben das Problem jetzt gelöst, indem wir alle aussortiert haben.«

Aussortiert. Getötet. Will er damit sagen, dass er alle getötet hat? Ich glaube ihm nicht. Es ist ein Trick. Das muss es sein.

Er. Lügt.

Damien Hass und seine Freunde von der Klauen-Bruderschaft können nicht so weit gehen – nicht, wenn die ganze Welt zusieht. Ich habe Anton Hills schmieriges Gesicht heute Morgen live in den Nachrichten gesehen, und er sah gut aus – mehr als gut. Der Mann ist ein viel zu großer schleimiger Feigling, als dass man ihm das nicht ansehen könnte. Er sah weder gestresst noch verängstigt aus.

»Alle in dieser schicksalsverlassenen Stadt sind tot, und du wirst dich ihnen bald anschließen. Aber zuerst musst du mir sagen, wo du die Amulette gefunden hast.« Dann lächelt er. Es ist kein nettes Lächeln. »Ich muss mehr über Gary Chappell wissen und wie ich ihn finden kann. Laut unseren Quellen bist du sein Haupt-kontakt. Ist er dein Liebhaber?«

Erwartet er eine Antwort von mir? Spoiler-Alarm: Er hat mein verdammtes Gesicht eingefroren. Ich kann froh sein, dass ich noch atmen kann.

»Nein? Willst du mir nicht gestehen, wie eure Beziehung aussieht? Ah, Miss Jones, du steckst in einem ziemlich furchtbaren Schlamassel. Ein altes Sprichwort sagt: Folge dem Geld, und das Geld wird dir folgen. Hat dich dein Hexenfreund reingelegt?«

Will er, dass ich ihm den Kopf tätschle? Man muss kein Finanzgenie sein, um zu sehen, dass meine Familie in ein neues Haus eingezogen ist, das mir ganz allein gehört.

»Er muss sich Sorgen um dich machen. Deshalb ist er auch in die Stadt gekommen und hat meinen Zauber zerstört. Du bist der Schlüssel, um ihn aus seinem Versteck zu locken. Wenn du kooperierst, werde ich dich nicht töten. Ich lasse dich und deine Familie gehen, wenn du mir zwei Dinge verrätst. Wo hast du die Amulette gefunden und wo kann ich deinen Freund finden.«

Er lehnt sich zurück und der Ledersitz quietscht, während er mit den Knien wackelt und eine seltsame Melodie auf seinem Oberschenkel trommelt. Eine vertraute Melodie.

Und dann erinnere ich mich. Das ist die Melodie aus dem Rattenfänger-Zauber. Mein Herz hüpft und sinkt wie ein Stein auf meine Stiefel. Er ist der Hexer, der Magieanwender, der ihn gesprochen hat. Er war derjenige, der alle verzaubert hat.

Scheiße! Das alles ist eine Nummer zu groß für mich.

Wenn er auf eine Reaktion wartet, hat er mit dem Einfrieren meines Gesichts eine Fehlentscheidung getroffen. Niemals hätte ich meine Reaktion aufhalten können, als ich den Rhythmus dieses furchtbaren

Zaubers gehört habe. Er testet mich. Nur die Person, die den Spruch ausgesprochen oder entschlüsselt hat, würde die Melodie erkennen.

»Ich weiß nicht, welches gestohlene Amulett Gary Chappell benutzt hat, um meinen Zauber zu brechen, aber das wird er nicht noch einmal tun. Dieses Mal wird er dich nicht retten können, aber du kannst dich selbst retten.« In seiner Stimme schwingt Arroganz mit. Er ist stinksauer, und deshalb ist er gekommen, um mich persönlich abzuholen. Er ist außer sich vor Wut.

Das verheißt nichts Gutes für mich.

»Die Rattenfänger-Magie war ein Kunstwerk. Es war der beste Zauber, den ich je gesprochen habe. Ich hatte eine ganze Stadt in meiner Hand.« Er hört lange genug auf zu wackeln, um auf die besagte Hand zu starren. »Ich hatte noch nie jemanden, der sich in meine Arbeit eingemischt hat. Ich war überrascht, dass er das konnte. Er hat ein anderes Amulett benutzt, um den Zauber zu umgehen und zu entschlüsseln.« Er schüttelt den Kopf. »Er hat all diese Köpfe geheilt. Ich hätte nicht gedacht, dass das möglich ist. Es war ein Akt der Grausamkeit, sie zu retten. Sie wussten alle, dass sie sterben würden, wenn die Zeit gekommen ist. Du bist ihm keine Treue schuldig.«

Er brummt, als ich stumm bleibe. »Du bist mehr, als du zu sein scheinst, und ich freue mich darauf, *deinen* Verstand zu zerpflücken. Was ich alles mit dir anstellen werde, Mädchen. Wenn ich mit dir fertig bin, wird der Tod eine Gnade sein und du wirst betteln, mich anflehen, dein erbärmliches Leben zu beenden. Mit nur wenigen Worten kannst du dich retten.«

Sein Wackeln und *Tipp*, *Tipp*, *Tippen* macht mich wahnsinnig. Er braucht sich keine ausgeklügelten Foltermethoden auszudenken, denn er macht das jetzt schon ausgezeichnet.

»Die mächtigen Drachen sind unsere Götter. Die Bruderschaft dient ihnen, und du wirst es bereuen, ihre Magie jemals angerührt zu haben, Amulett-Diebin.«

Bingo. Religiöse Fanatiker. Ist es seltsam, dass ich enttäuscht bin? Ich dachte, es wären Berufssoldaten und nicht ein Haufen drachenanbetender Freaks. Und ich bin wieder eine Diebin. Mir ist es lieber, er glaubt, dass ich ein Langfinger bin, als dass er weiß, dass ich Drachenmagie erschaffen kann.

»Wir müssen sie anbeten und beschützen, während wir die Welt von ihren unwürdigen Nachkommen befreien. Der Rat der Kreaturen glaubt an unsere Rechtschaffenheit.«

Ja, es scheint so, als hätten sie euch erlaubt, unsere Stadt anzugreifen und unschuldige Leute und all diese Gargoyles zu ermorden.

Das ist es, was ich nicht kapiere. Die Gargoyles sind hinter mir her. Stattdessen sollten sie diesen Kerl jagen. Es ist, als wären alle verrückt geworden und hätten ihren gesunden Menschenverstand verloren.

»Du und dein Volk seid Freaks der Natur, die es wagen, so mächtiges Blut in euren Adern zu tragen. Wenn wir dich am Leben lassen, riskieren wir einen ausgewachsenen Krieg. Alle wollen das Problem genauso sehr beseitigen wie wir. Sobald der Rest der Nachzügler zur Strecke gebracht ist, wird dieser Schandfleck im Namen der Drachen verschwinden.«

Sobald die Nachzügler zur Strecke gebracht wurden ... wie meine Familie?

Ich würde ihm am liebsten den Kopf abreißen.

Er versucht wohl, mich zu ködern. Ich kann seine Lügen nicht glauben, denn es müssen Lügen sein. Seine nervöse Körpersprache stimmt nicht mit seinen Worten überein. Er redet von Völkermord und Massenvernichtung und zappelt dabei wie ein Kind. Nein, ich glaube ihm nicht.

Der Mann hat eine Macht, die ich nicht verstehe, aber wenn ich ihn ansehe, wirkt er wie ein ganz normaler Typ — als würde er dir bei deinen Steuern helfen. Ich verstehe es einfach nicht. Ich verstehe *ihn* nicht. Vielleicht bin ich noch nicht lange genug am Leben, um zu verstehen, dass böse Leute viele Verkleidungen haben, und seine ist nur eine davon.

Selbst wenn ich ihm geben könnte, was er will, würde er mich nie gehen lassen, sogar wenn ich mein Alter Ego produzieren könnte. Ich kann es in seinen Augen sehen. Auch nur ein einziges Drachenblut am Leben zu lassen, wäre zu viel.

Mit fanatischer Miene schwärmt er weiter von Drachen. Der Mann ist ein Zelot der Drachen. Ich habe diesen Blick schon bei Alkoholikern im Supermarkt gesehen. Egal, was er glaubt, Drachen werden nicht aus dem Boden sprießen, und wenn es noch mehr von ihnen gibt, kann ich mir nicht vorstellen, dass sie glücklich darüber wären, dass diese Idioten in ihrem Namen morden.

Kein Wunder, dass der General, der silberne Drache – der einzige bekannte Drache, der noch in dieser Welt lebt – weder seinen Aufenthaltsort noch persönliche Details bekannt gibt. Es ist unmöglich, ihn aufzuspüren, sonst würden diese Typen sicher vor seinem Haus kampieren.

Dieser Drache ist ein Kriegsheld. Es wurden Bücher über ihn geschrieben. Nein, er wäre nicht erfreut zu hören, was diese Männer vorhaben.

Sie tragen Masken und tun so, als wären sie Drachen, wobei sie sogar die Gargoyles überzeugen. Ich sage es nur ungern, aber sie sind ein Haufen Verrückter – zugegebenermaßen trainierte – professionelle, tödliche Verrückte mit einem einzigen Kerl, der exzellente, furchterregende Magie anwenden kann.

Ich kann meinen Kopf nicht bewegen, aber meine Augen, sodass ich nach draußen blicken kann. Ich bin fertig mit ihm. Die blauen Schilder der Autobahn peitschen vorbei und markieren Straßen und Städte, die für mich keine Bedeutung haben. Ich weiß nicht, wo wir sind oder wohin wir fahren. Wir könnten in einem fremden Land sein.

Außerdem musste ich noch nie so still sitzen, und es ist unerträglich, sich nicht bewegen zu können. Meine Haut und Muskeln brennen wie Feuer und mein linker

Knöchel pocht. Nadelstiche piken mich und mein ganzer linker Fuß fühlt sich an, als würde er gleich abfallen.

Das ist einfach nur großartig.

Ich brauche einen Plan, um mich zu retten. Ich habe Zeit, während wir fahren und Damien endlich aufgehört hat zu quasseln. Ich muss etwas mit diesem Zauber machen und irgendetwas tun, anstatt hier zu sitzen und darüber nachzudenken, wie sehr mir alles wehtut.

Mit einer kurzen Überprüfung der Magie, die mich in den Sitz drückt, kann ich feststellen, dass die magische Signatur dieselbe ist wie die des Rattenfänger-Zaubers. Wenigstens sagt er in diesem Punkt die Wahrheit.

Anders als der Rattenfänger-Zauber ist die Magie, die mich eingefroren hat, nicht so ausgeklügelt und sorgfältig gewebt. Sie ist simpel und schlampig. Meine metaphysischen Finger stupsen den Zauber an, zupfen daran herum und schaffen es, eine Ecke zu entwirren. Ich halte inne, um zu sehen, ob er es bemerkt hat. Das hat er nicht, also entwirre ich noch mehr, lockere und schwäche ihn.

Ich mache mir den Zauber zu eigen und warte auf den perfekten Zeitpunkt, um ihn zu benutzen.

Kapitel Zwanzig

Wir fahren knapp fünf Kilometer auf einer ruhigen Straße, bevor wir schließlich abrupt abbiegen, bevor ein Wachhaus und ein Tor auftauchen. Hinter dem Tor befindet sich ein Schutzwall, der mir bekannt vorkommt. Wenn ich mich bewegen könnte, würde ich vor Verzweiflung auf den Boden sinken. Wir sind wieder da, wo es angefangen hat.

Nach Tagen dieses Katz-und-Maus-Spiels – von denen ich drei schlafend verbracht habe – finde ich mich in dem gläsernen Gefängnis wieder.

Wir fahren an eine Schranke heran und halten neben einer Gruppe offiziell aussehender Männer, die das Tor bewachen. Die Wärter tragen Uniformen mit dem großen Abzeichen des Rates der Kreaturen am Arm und fragen nicht einmal nach einem Ausweis.

Sie sprechen mit dem Fahrer, nicken Damien zu und nehmen zur Kenntnis, dass ich hinten sitze. Mein Gesicht ist überall in den Nachrichten und sie zucken nicht einmal mit der Wimper. Dann wird das Auto durchgewunken. Der Schutzwall behindert das Fahrzeug nicht, und das sagt mir alles, was ich wissen muss.

Der Rat der Kreaturen weiß über alles Bescheid.

Wir fahren durch vertraute Straßen und das Auto hält auf dem Marktplatz.

Damien entfernt den Zauber – oder versucht es zumindest – und steigt aus dem Auto aus. Die Tür auf meiner Seite öffnet sich und ich stehe vor einem einzelnen stämmigen Wächter. Eine bessere Chance werde ich nie bekommen. Der Wachmann versucht, meinen Oberarm zu packen, aber bevor er ihn berühren kann, mache ich mich bereit, den Zauber von mir auf ihn zu schleudern und ...

Das ist zu einfach.

Was mache ich nur? Der Zauber ist einsatzbereit, aber ich kann ihn nicht benutzen. Sie werden wissen, dass ich Magie auch ohne ein Amulett anwenden kann, wenn ich dies tue. Er wird wissen, dass ich es war, der seine Magie verdreht hat, und Gary eine Fälschung ist. Es ist ein Test. Der schlampige, zusammengebastelte Zauber muss ein Test sein.

Es fällt mir so schwer, den Zauber loszulassen, und

als er sich harmlos auflöst, möchte ich mich für meine Paranoia ohrfeigen.

Der stämmige Wachmann zerrt mich aus dem Auto. Das wird unangenehm; mein Körper ist steif wie ein Brett. Ich schwanke, und er packt meinen Hoodie mit der Faust und knallt mich gegen den Fahrzeugrahmen. Meine Wirbelsäule und meine Beine knarren in der neuen Position.

Sechs massive Männer, drei vorn und drei hinten, umzingeln das Auto und stellen sich zwischen mich und die Freiheit. Ich habe das Richtige getan; ich wäre niemals entkommen. Ich erkenne alle magischen Signaturen der Wachen. Das war nicht so offensichtlich, als ich auf dem Marktplatz von Körpern umgeben und am Rande der erschöpften Panik war. Aber jetzt erkenne ich, dass sie alle mit derselben Magie belegt sind wie der Rattenfänger-Zauber – mit Damiens Magie.

Das letzte Mal, als ich diese Männer gesehen habe, waren sie schlafend hinter meinem Schutzwall gefangen und trugen ihre Scooby-Doo-Schurkenmasken. Die Erkenntnis lässt mein Inneres erschauern, als ich sie wahrnehme, wobei sich meine Augen mit wütenden Tränen füllen. Das ist eine weitere Sache, mit der Damien Hass recht hatte. Der Rat der Kreaturen muss davon wissen, und sie haben sie gehen lassen.

Ich hätte nie gedacht, dass ich bereuen würde, jemanden nicht getötet zu haben. Ich hätte nie gedacht, dass Mord die beste Wahl ist, aber jetzt bedauere ich, dass ich diese Bastarde nicht in die Aschemaschine gestopft habe. Es war ein Fehler. Mein Fehler.

Ich starre hinaus auf den Marktplatz. Ich wünschte, ich könnte zu diesem Tag zurückkehren.

Langsames Klatschen kommt von links.

»Bravo. Gut gemacht«, gurrt Damien, als er zu mir schlendert. »Du, Kricket Jones, bist sehr unterhaltsam. Ich habe noch nie jemanden gesehen, der *nicht* versucht hat, wegzulaufen. Sie fallen hin, und das ist urkomisch. Ich finde das jedes Mal zum Brüllen.« Er klopft sich auf die Brust und tippt mir dann auf die Nase. »Du bist eine, die man beobachten muss. Listiges kleines Mädchen. Was guckst du so?« Er beugt sich vor, drückt sein Gesicht an meines und starrt auf die mit Gebäuden vollgestopfte Straße und die Häuserreihen in der Ferne.

»Ah, deine Stadt. Ich sehe sie aus deiner Sicht, all diese Verstecke, all diese Gebäude und Wohnhäuser. Wenn du deine steifen Beine doch nur zum Arbeiten bringen könntest.« Damien winkt mit der Hand, um die Stadt zu umrahmen, dann dreht er sich um und schlendert davon.

»Komm, lass uns die Versuchung beseitigen. Ich ahne, dass ich eine mächtige Magie wirken werde. Bringt unseren Gast mit!«

Die Männer um mich herum kommen näher und ich werde auf die Straße und auf den Platz geführt – oder besser gesagt geschleppt –, wo vor Kurzem noch die ganze Stadt geschlafen hat.

Nach einer Minute des Schlurfens ist die Steifheit

aus meinen Gliedern gewichen, und ich habe keine Schmerzen mehr.

»Ausgezeichnet.« Er deutet den Wachen an, zurückzutreten, packt meine Oberarme und stellt mich ein Stück nach rechts. »So«, sagt er mit einem Lächeln und einem schmerzhaften Drücken meines Armes. »Von hier aus hast du einen perfekten Blick. Beweg dich jetzt bloß nicht.«

Ich könnte mich nicht bewegen, selbst wenn ich wollte, denn mit einem Schnippen seiner Finger bin ich wieder am Boden festgefroren. Dieser Zauber ist wesentlich besser als der letzte, und es würde ein paar Stunden dauern, ihn zu lösen – ein weiterer Test?

Er schnippt wieder mit den Fingern und zwei seiner Lakaien eilen zu den gegenüberliegenden Seiten der Straße und fangen an, einen großen Kreidekreis zu zeichnen. Es muss ein mächtiger Zauber sein, wenn es einen solchen braucht.

Die beiden müssen das schon oft gemacht haben, denn als der Kreis Gestalt annimmt, sieht er perfekt aus.

Ein anderer Mann holt einen Tisch hervor, stellt ihn in die Mitte und deckt ihn sorgfältig mit einem Tischtuch ab und legt eine Fülle von gefährlich aussehenden magischen Gegenständen darauf. Er zieht sich mit einer respektvollen Verbeugung zurück, als Damien vortritt und – nachdem er seinen linken Ärmel mit einer großen Show aufgerollt hat – ein gebogenes Zeremonienmesser auswählt.

Er hält es hoch, und die Klinge funkelt in der Sonne.

Sie sieht scharf aus. Sie ist scharf, denn mit einer Bewegung von links nach rechts schlitzt er seinen Unterarm auf, bevor er die nasse Klinge wieder auf den Tisch legt. Das Blut tropft zwischen seinen Fingern hindurch und er macht sich daran, im Uhrzeigersinn um den Kreis zu gehen.

Blutmagie ist nicht zwangsläufig böse. Aber Opfermagie erschreckt die Leute oft. Jeder, der einen Funken gesunden Menschenverstand hat und sich mit Magie auskennt, weiß, dass Magie an sich weder gut noch schlecht ist. Es sind die Absichten der Magieanwender, vor denen man sich in Acht nehmen muss.

Er bestreicht den Kreis mit seinem Blut, ohne sich darum zu kümmern, dass sein Arm immer noch undicht ist, und tut nichts, um den Fluss zu stoppen, während er sich in die Mitte begibt und zu rezitieren anfängt. Seine Arme strecken sich in den Himmel, eine Handfläche ist offen und die andere, die linke – die blutverschmierte –, hält einen Gegenstand fest. Irgendetwas an dem Gegenstand in seiner Hand hallt in mir nach. Ich verenge meine Augen, sehe schwarz durch seine Finger schimmern und erkenne mit Schrecken, dass es ein *Amulett* ist.

Da die Kreide und der Blutkreis den Zauber gleichzeitig blockieren und verstärken, sollte ich das Amulett eigentlich nicht spüren können, aber ich kann es.

Ich erkenne etwas sehr Tiefgreifendes: Die Magie, die Damien Hass benutzt, war nie seine eigene. Das Amulett ist die Quelle seiner Magie – die einzige Quelle seiner Magie. Das ist die Signatur, die alles mit Dunkelheit überzieht; sie hat ihre Krallen in ihn und die Wächter geschlagen und sie hat den Rattenfänger-Zauber erschaffen.

Nein, die Magie war schon immer dieses antike Amulett, und das ist der Grund, warum sich alle über meine Magie aufregen. Im Gegensatz zu meinen Amuletten, die nur eine einzige Aufgabe haben, ist die Magie dieses Dings riesig und endlos.

Dieses Amulett ist unglaublich gefährlich.

Es flüstert in meinem Kopf und sagt mir, dass es Blut, Schmerz und Opfer mag. Es ist ein schreckliches, blutrünstiges Ding, und ihm gefällt es, Dinge zu zerstören. Ich habe mich geirrt, als ich dachte, dass Magie nicht von Natur aus schlecht sein kann. Ich habe mich tatsächlich geirrt – dieses Ding, dieses Amulett, ist böse. Das Auge des Drachen will alles zerstören.

Das Auge des Drachen – das Amulett hat einen Namen.

Meine Macht und mein Amulett sind ganz anders als das. Sie sind ein Teil von mir und meiner Magie. Die meisten sind witzig, quirlig und leicht, aber stark genug, um zu heilen und zu schützen.

Das Ding in seiner Hand ist dunkel und verdorben. Alles in mir schreit, dass es falsch ist. Ich blockiere meinen Verstand und schiebe das Flüstern von mir weg. Ich will so schnell und weit weglaufen, wie ich nur kann. Hätte der Typ mich nicht mit den Füßen am Boden festgeklebt, wäre ich schon längst abgehauen.

Damien wirft den Kopf zurück, und das Tempo des Sprechgesangs nimmt zu. Ich spüre es, als das Auge des Drachen die Kontrolle übernimmt. Es hat nicht die gleiche Wirkung auf ihn wie meine Amulette. Anstatt mit ihm zusammenzuarbeiten und seine innere Kraft zu nutzen, um den Zauber zu nähren, gibt es keine innere Kraft – also zerrt er an seiner Lebensenergie.

Ich kann die Magie sehen und ich kann sehen, wie die Minuten und Stunden seines Lebens ausgesaugt werden.

Das ist entsetzlich.

Die Kraft wächst und knistert in der Luft. Die Magie baut sich auf, bis der Sprechgesang in einem Crescendo endet, und dann reißt er seinen Kiefer unvorstellbar weit auf. Der Zauber kommt aus seinem Mund und schießt eine Schwärze in die Luft, die sich über den Himmel ausbreitet, wie ich es noch nie gesehen habe.

Im ersten Moment denke ich, dass es sich bei dem Schwarz um Millionen von Insekten handelt – als hätte er eine Seuche entfesselt. Aber das ist nicht richtig. Es ist auch kein Rauch, er ist viel dicker als das. Es breitet sich immer weiter aus, und die Angst – o mein Gott, die Angst und der Schrecken, die die Magie hervorruft – berührt etwas Ursprüngliches in mir. Wenn ich die Chance hätte, würde ich gegen die Wachen kämpfen und mich selbst verletzen, um zu entkommen.

Mein Herz klopft so heftig, dass es in meinem Kiefer und in meinem Nacken schmerzt, und der vernünftige Teil von mir macht sich Sorgen, dass ich einen Herzinfarkt erleide. Ich weiß nicht, was passiert, während ich das schwarze Zeug herumtreiben sehe. Dann stürzen die Gebäude um uns herum ein. Risse entstehen und zerspringen, aber sie fallen nicht. Sie kommen nicht mit dem Boden in Berührung.

Die Magie *frisst* sie auf.

Sie ist hungrig und verschlingt alles, was ihr im Weg steht, alles, was sie berührt: Beton, Metall, Ziegel und Glas.

Wird sie auch mich fressen?

Seine Wachen zappeln vor Schreck. Jetzt befällt die Angst nicht nur mich. Einige von ihnen röcheln, als ob sie das Grauen der Magie schmecken könnten, als ob es ihnen in der Kehle stecken würde.

Ein Wimmern entweicht meinen erstarrten Lippen, während ich beobachte, wie die Magie die wunderschöne Bibliothek verschlingt, bis nichts mehr übrig ist. Dann zieht sie weiter und attackiert alles, was ihr im Weg steht – ein Haus und noch eins und noch eins und noch eins. Starr und entsetzt stehe ich da und beobachte, wie sie sich ihren Weg durch die Stadt bahnt, und in diesem Moment weiß ich, dass er nicht gelogen hat.

Es ist niemand hier.

Alle sind weg.

Entweder hat der Rat der Kreaturen alle heimlich herausgeholt und mehr als fünftausend Leute in neue Häuser gebracht, oder diese Monster haben alle ermordet. Galle rinnt mir die Kehle hinauf. Sie brennt, bevor ich sie wieder hinunterschlucke. Ich habe nicht den

Luxus, mich übergeben zu können. Ich kann mich nicht bewegen, und so würde ich ersticken.

Der Zauber rollt wie ein magischer Sturm immer weiter und ich kann nichts tun, außer ihn zu beobachten.

Alles, was sie hatten, alles, was sie waren, ist weg.

Jeder Beweis dafür, dass sie in dieser Stadt gelebt, geliebt und existiert haben, wurde gestohlen, und ich fühle mich gebrochen.

Kapitel Einundzwanzig

Nachdem Damien seinen Beweis geliefert hat, sieht er ein bisschen grün aus. Er tut zwar so, als ginge es ihm gut, während er seinen Männern den Befehl zubrüllt, mich ins Haus zu bringen, aber ich kann seine Seele sehen, und die Magie aus dem Auge des Drachen hat ihn wie einen schweizerischen Käse durchlöchert.

Ist die Großkralle eine kurzfristige Position?

Hoffentlich hat Damien keine Lust, mich erst noch ein paar Stunden zu quälen, bevor er ein Nickerchen macht.

»Bringt sie in den Würfel!«, befiehlt Damien den Wachen.

Ich werde nicht versuchen, wegzulaufen, also ist es nicht nötig, dass die Wachen mich in Richtung des *Würfels*, einer Zelle oder eines Zimmers, wo auch immer es ist, zerren. Obwohl ich von dem Bann befreit wurde, kann ich meine Beine nicht bewegen. Ich fühle mich, als hätte man mir mit etwas Hartem auf den Kopf geschlagen.

Ich weiß nicht, ob es an der Magie des Drachenauges liegt oder am Schock.

Wahrscheinlich am Schock.

Ich fühle mich wie betäubt. Es kommt nicht jeden Tag vor, dass man feststellt, dass seine ganze Heimatstadt zu Grunde gegangen ist.

Mein mit Spinnweben gefüllter Verstand klammert sich verzweifelt an die Umgebung um mich herum, anstatt zu versuchen, die neuen Informationen zu verarbeiten. Wenn ich mich darauf konzentrieren kann, meine Füße zu bewegen, kann ich alles andere ignorieren.

Ich habe mich geirrt. Nicht alle Gebäude in der Stadt sind weg. Das Büro des Stadtrats steht noch. Die Angreifer brauchen also immer noch ein Hauptquartier, und das Tor zur Ley-Linie befindet sich im Keller.

Es ist ein prächtiges viktorianisches Gebäude, in dem ich noch nie gewesen bin. Die Fassade ist mit großen Bogenfenstern und kunstvollen Schnitzereien von Fabelwesen und alten Symbolen geschmückt. Die schweren Eichentüren schwingen auf und der Duft von altem Holz und poliertem Messing empfängt mich, als ich mit meinem Gefolge von Wächtern hineingetrieben werde.

Es ist, als ob außerhalb dieser Mauern nichts passiert wäre und als ob das Böse dieses Gebäude nicht berührt hätte. Ich kann sehen, wohin unsere Steuern geflossen sind. Die Menschen in der Stadt haben jahrelang gekämpft, und der Rat hat das hier. Ist das eine Goldtapete?

Die Lobby ähnelt der zerstörten Bibliothek mit ihren hohen Decken, die von verzierten Säulen getragen werden. Anders als in der Bibliothek hängen hier Kronleuchter herab. Ihre Kristalle fangen das Licht ein und streuen es in tausend Richtungen, sodass ein faszinierendes Farbmuster auf dem Marmorboden entsteht.

Auf der linken Seite windet sich eine große Treppe nach oben, deren Geländer ein kunstvolles Geflecht aus Schmiedeeisen und dunklem Mahagoni ist. Wir steigen die Stufen hinauf und marschieren einen Korridor entlang, der von schweren Türen gesäumt ist. Dem Schild an der Tür nach zu urteilen, erreichen wir schließlich den großen Ratssaal.

Die Doppeltüren öffnen sich knarrend und geben den Blick auf einen riesigen Raum frei, der von einem langen, polierten Tisch dominiert wird. Stühle mit hohen Lehnen und kunstvollen Schnitzereien umgeben ihn, und die Wände sind mit Wandteppichen geschmückt, die längst vergessene Geschichten darstellen.

Das Sonnenlicht, das durch die hohen Fenster fällt,

wirft breite Schatten und taucht einen drei Meter großen Würfel aus Plexiglas in ein goldenes Licht. Der Würfel ist in einem Kreis aufgestellt. Ich zeichne ihn mit meinen Augen nach. Sie haben Kreide benutzt, um diesen Kreis zu zeichnen. Dann haben sie einige Kräuter, eine Blutmischung und Runen verwendet. Es muss sich um Drachenmagie handeln, denn die Runen, die ihn umgeben, sind sehr ungewöhnlich. Ich erkenne einige von ihnen instinktiv und sie rufen mich zu sich.

Es wäre wunderschön, wenn es nicht so unheilvoll wäre.

Kaum sind wir in der Nähe, werde ich dreist einfach hochgehoben – falls ich versuchen sollte, den Kreis zu beschädigen – und über die Linien in den Plexiglas-würfel geschleudert.

Als ich schwer auf den Knien lande, fliegen meine losen Haare nach vorn und verdecken mein Gesicht, während ich erschaudere, als die Tür zuschlägt. Ich fühle mich seltsam. Ich kann meine Magie nicht mehr berühren. Einer Hälfte von mir ist das egal. Die Magie, die ich habe, hat nichts als Probleme verursacht.

Ohne Magie bin ich einfach nur ein Mädchen.

Ich wippe auf meinen Fersen zurück und streiche mir die Haare aus dem Gesicht. Es gibt keine Möbel, keinen Komfort – nur eine Box und einen magischen Kreis in einem wunderschönen Raum. Ich setze mich auf meinen Hintern und umarme meine Knie. Ich muss an all die Fehler denken, die ich gemacht habe.

Mir geht immer wieder durch den Kopf, was der

Gargoyle gesagt hat: dass ich für die Todesfälle verantwortlich bin. Egal, ob ich selbst den Abzug gedrückt habe oder es die Angreifer waren. Es ist meine Schuld. Wenn ich die Amulette nicht verkauft hätte, wäre niemand verletzt worden. Niemand wäre tot. Hat mein Egoismus das verursacht? Oder wäre es so oder so passiert? Die Drachenblüter waren schon immer ein beliebtes Ziel, und es war nur eine Frage der Zeit.

Ich weiß es nicht.

Ich muss an alle meine Freunde denken – an die Leute aus dem Supermarkt und an die alte Lady, die mir eines Sonntagmorgens einen Fisch ins Gesicht geschlagen hat, weil sie ihn bei einem Preisnachlass gekauft und nicht gleich gegessen hat. Als sie ihn dann essen wollte, hat er gestunken. Ich weiß, dass er gestunken hat, denn ich habe ihn deutlich gerochen, als sie mir ins Gesicht geklatscht hat. Sie ist tot.

Die Lehrer aus der Schule.

Die Kollegen meiner Nan in der Bibliothek, die mir geholfen haben, die Welt kennenzulernen, und mich in die Belletristik eingeführt haben. Sie sind alle verdammt noch mal tot. Ich weiß nicht, wie ich damit klarkommen soll, am Leben zu sein, wenn so viele gute Leute ihren nächsten Atemzug nicht machen werden.

Ja, die Schuldgefühle in mir sind einfach nur ... Selbst wenn ich nichts getan hätte. Die Schuldgefühle, dass meine Familie am Leben ist, während alle anderen gestorben sind, ist eigentlich nur die Erleichterung, die ich empfinde. Ich hasse mich selbst und ich weiß nicht, wie ich damit umgehen soll.

Scheiße, ich bin ein komplettes Wrack.

Ich lasse mich zurückfallen, schaue auf das Licht, das durch das Fenster hereinfällt, und frage mich, ob dieser Würfel genug Luft hat. Wieder merke ich, dass es mir egal ist. Langsam zu ersticken ist wahrscheinlich das, was ich verdiene. Ich habe niemanden gerettet. Ich habe nichts getan, außer sie auf ihre Situation aufmerksam zu machen, bevor die Eindringlinge sie getötet haben.

Ich stöhne auf. Das bringt mich nicht weiter. Ich wische mir mit meinem Ärmel die Tränen und den Rotz aus dem Gesicht. Ich muss mich aufraffen und meinen nächsten Schritt planen, denn gleich wird Damien Hass durch diese Tür kommen und Fragen stellen, die ich beantworten muss – auch wenn es nicht die Wahrheit ist.

Wie sagt man doch gleich? Jeder, wer auch immer er ist, bricht unter der Folter zusammen.

Ich habe drei Optionen: Ich kann mich auf dem Boden wälzen und weinen, ich kann Damien Hass erlauben, mich und meine Familie zu foltern, um herauszufinden, wo die Amulette sind, oder ich kann aufstehen und dieses Chaos in Ordnung bringen. Ich muss einen Plan haben und ihm Informationen geben, die sinnvoll klingen.

Manchmal muss man das nutzen, was man hat.

Manchmal muss man mutig sein, auch wenn man

nicht weiß, ob man in der Geschichte der Bösewicht oder der Held ist. Ich denke, das wird die Zeit zeigen.

Die Magie, die Damien benutzt, gehört ihm nicht. Es ist ein von Drachen gemachtes Amulett und dieselbe Magie, mit der ich fast mein ganzes Leben lang gespielt habe.

Die Magie der Drachen ist der Grund, warum der Rat der Kreaturen jeden eingesperrt hat, der auch nur eine Spur von Drachenblut in sich trägt. Wenn Damien mit einem Amulett Zaubersprüche erschaffen kann, die den Verstand kontrollieren können, Zaubersprüche, die Gebäude und eine ganze Stadt verschlingen können, kann ich mir kaum ausmalen, was passieren würde, wenn er mich, meine Magie, benutzen würde. Mit mir könnte er die Welt zerstören.

Er darf nichts von mir wissen und darf niemals etwas über meine Magie herausfinden. Ich muss ihn auf eine wilde Verfolgungsjagd schicken, und dafür brauche ich Gary Chappell.

Kapitel Zweiundzwanzig

Die schwere Eichentür knarrt auf. Ich mache mir nicht einmal die Mühe, die Augen zu öffnen. Das Sonnenlicht fällt auf mein Gesicht und es fühlt sich gut an. Normalerweise versuche ich, die Sonne zu meiden, wegen meiner Hautfarbe. Ich werde rosa, vor allem auf den Wangenknochen, und auf der Nase bekomme ich Sommersprossen. Außerdem bekomme ich bei zu viel Sonne wunde Haut.

Das scheint nicht mehr wichtig zu sein.

Das Stampfen von Stiefeln kommt näher. Dann höre ich die schlimmste Stimme, die man sich vorstellen kann. Ich weiß nicht, ob ich wütend sein oder mich freuen soll, dass er noch am Leben ist. Ich wusste, dass der Typ wie eine menschliche Kakerlake ist, die alles überlebt – selbst eine Apokalypse, bei der alle anderen sterben. Das beweist die Theorie.

Anton Bloody Hill. Er steht da, die Hände in die Hüften gestemmt, und starrt mich an, als wäre ich ein Goldfisch in einem Fischbecken, dann gluckst er und ein breites Grinsen ziert sein Gesicht.

»Sieh dir das an«, sagt er. »Da hast du bekommen, was du verdient hast, was?«

Leck mich, leck mich, leck mich!

Ich halte meinen Mund geschlossen. Ich habe nicht mehr gesprochen, seit Damien mich am Handgelenk gepackt und von der Straße geholt hat und auch jetzt werde ich mein Schweigen nicht brechen. Anton Hill stört mich beim Nachdenken, auch wenn ein klitzekleiner Teil von mir froh ist, dass er noch am Leben ist.

Er schnappt sich einen Stuhl vom wunderschönen, verzierten Tisch und schleift ihn quer durch den Raum. Er schrammt über den Boden. Ich verziehe das Gesicht, weil ich befürchte, dass er etwas beschädigen könnte. Der Stuhl knarrt, als er sich setzt, und dann lehnt er sich nach vorn, wobei seine Hände zwischen den Beinen baumeln.

Er beobachtet mich. Ich richte mich auf und beobachte ihn zurück.

Er sieht gut aus für einen toten Mann.

Er ist nett gekleidet und sauber. Sein Outfit ist ein anderes als in den Nachrichten heute Morgen.

»Willst du nicht reden? Willst du nicht gestehen?

Die Typen da draußen glauben, dass du Magie besitzt und dass du Amulette gefunden hast – deshalb sind sie in unsere Stadt gekommen. Der Grund, warum sie alle umgebracht haben, ist, dass du etwas gefunden hast, was du nicht hättest finden sollen.«

Er lehnt sich auf dem Stuhl zurück und stützt seine Ferse auf sein Knie, während er sich auf diese typisch männliche Weise breitmacht. »Hat deine Nan irgendwas in der Bücherei gefunden? Ist es das? Sie hat was gefunden, was sie nicht hätte haben sollen, und du hast es gestohlen und benutzt. Angeblich kennst du Gary Chappell. Sie sagen, du stehst in Kontakt mit ihm und er hat diese Zaubersprüche verkauft.«

Sieh sich das mal einer an. Ich brauche gar nicht zu sprechen. Er macht die ganze Arbeit für mich.

»Was ich wissen will, ist, wo dieser Kerl ist. Wir wollen wissen, ob er eine Hexe ist. Oder ob er ein Mensch ist und nur dein Artefakthändler. Ich weiß, dass du mich in den Nachrichten gesehen hast und auch, dass ich gesagt habe, dass dieser Typ ein Held ist, aber er ist kein Held. Du musst dir eingestehen, was du getan hast, und du musst diese Scheiße in Ordnung bringen. Du hast schon genug Schaden angerichtet.«

Ich gähne und reibe mir die Augen.

»Chloe ist noch am Leben.«

Als er Chloe erwähnt, hüpft mein Herz vor Freude – und dann vor Angst um ihre Sicherheit. Ich schlucke und spreche wieder nicht.

»Ja, deine kleine Freundin, die süße Blondine. Sie ist

am Leben, aber nicht mehr lange. Mir wurde gesagt, dass sie ihr einen Zahn nach dem anderen ziehen werden. Jedes Mal, wenn du eine Frage nicht beantwortest. Jedes Mal, wenn du nicht kooperierst, werden sie ihr die Zähne ziehen. Und wenn sie keine Zähne mehr haben, werden sie mit ihren Nägeln anfangen.«

Ich hatte nicht gedacht, dass Anton Hill in meiner Wertschätzung noch weiter sinken könnte, aber er hat es geschafft. Unglaublich, dass er sie bedroht. Ich war darauf vorbereitet, dass sie mich foltern würden – ich hatte geplant, ihnen Informationen über den nicht existierenden Gary zu liefern, und jetzt redet Anton auf einmal davon, meine Freundin zu verletzen.

Chloe und ich stehen uns nicht nahe, aber sie war immer nett. Sie ist der Grund, warum ich in der Freundschaften-Chatgruppe war. Chloe hat immer alle über Mobbing belehrt und gesagt, dass es nicht nett ist, jemanden aus der Gemeinschaft auszuschließen.

»Chloe hat großartige Zähne. Willst du zulassen, dass sie für dich leidet? Gib ihnen, was sie wollen, Kricket. Gib ihnen, was sie wollen, denn sonst wirst du dir wünschen, dass du tot bist.«

Ich presse die Lippen zusammen.

Er schweigt, er wartet und beobachtet mich, und ich ignoriere ihn so gut ich kann. Dann lächelt er. »Du scherst dich um niemanden, außer um dich selbst, was? Hast du Hunger? Ich könnte dir was zu essen besorgen. Ich wette, du hast Lust auf einen leckeren Burger und ein paar Pommes. Bitte sag mir, was du willst, und wir besorgen dir was. Alles, was du dafür tun musst, ist, uns von den Amuletten zu erzählen. Wenn du mir diese Information gibst, erspart dir das eine Menge Kummer.«

Ich drehe mich weg.

Natürlich erwarte ich, dass er wütend wird. Ich erwarte, dass er herumbrüllt, gegen den Würfel schlägt und die Beherrschung verliert, aber er schnauft nur. Dann sagt er leise: »Ich kann dich hier rausholen. Ich kann uns beide hier rausholen, aber du musst tun, was ich sage. Lass mich dir helfen, Kricket. Gib mir nur irgendetwas; vertrau mir, ich bin die einzige Hilfe, die du bekommen wirst.«

Ich ignoriere ihn und schaue mir weiter das Bild eines Mannes an, der auf einem seltsam aussehenden Pferd reitet.

Der Stuhl klappt nach hinten, und Anton Hills Stiefel stapfen los. Die Tür zum Würfel klickt auf. Ich schnappe nach Luft und drehe meinen Kopf. Ein Gefühl des Entsetzens flattert in meinem Bauch herum. Was wird er jetzt tun? Hier reinkommen und mich verprügeln?

Aber Anton Hill kommt nicht herein. Stattdessen geht er weg, lässt die Tür weit offen und streift mit dem Absatz seines Fußes über die Linien des Kreises, um die Magie zu zerstören. »Verschwinde und schick die großen Jungs rein, ja?«, sagt er fast unhörbar.

Als der Kreis unterbrochen ist, fließt meine gefürchtete Magie wieder in mich hinein und ich starre schockiert auf die offene Tür und den abgewetzten Boden. Die große Eichentür schließt sich leise hinter ihm.

Vertraue ich ihm? Nein.

Sollte ich ihm vertrauen? Nein.

Aber ich vertraue darauf, dass er sich mehr um sich selbst kümmert als jeder andere. Er sorgt sich mehr um seinen Hals als um den von anderen. Deshalb hat er die Nachrichtenberichte gestaltet. Deshalb ist er überhaupt erst hierhergekommen. Wenn er also bereit ist, mir zu helfen, damit ich ihm im Gegenzug helfe, ergibt das einen Sinn.

Also noch mal: Vertraue ich ihm? Nein. Aber ich habe keine andere Wahl. Ich kann hierbleiben und gefoltert werden – oder zusehen, wie sie Chloe foltern. Oder – Chloe zuliebe – kann ich meinen Arsch aus diesem Würfel schaffen. Raus aus diesem Raum, raus aus dem Gebäude, durch den Schutzwall und Hilfe holen.

Ob sie mir glauben werden, wenn ich dort ankomme, ist eine andere Frage, aber ich kann es zumindest versuchen. Ich muss Hoffnung haben, und Anton Hill hat sie mir gegeben.

Was eine ziemliche Überraschung ist.

Es wird ein Albtraum sein, aus dem Gebäude zu kommen, und wenn ich dann erst mal draußen bin, erwartet mich kilometerlange Leere. Es gibt keine Gebäude, hinter denen ich mich verstecken könnte, und der Schutzwall ist unendlich weit weg. Soweit ich mich erinnern kann, gibt es am oberen Ende der Stadt noch Bäume. Der Zauber hat sie nicht verschlungen, also habe ich etwas Deckung, wenn ich in diese Richtung laufe.

Leider muss ich etwas Neues erschaffen und meine magische Signatur niedrig halten, damit niemand, weder Damien Hass noch sein Auge des Drachen, mich bemerkt, wenn ich supervorsichtig bin. Ich brauche ein Amulett. Die Materialien, die ich bei mir hatte, wurden mir abgenommen, als die Wachen mich abgetastet haben; sie haben keines meiner versteckten Amulette finden können.

Für den Fall, dass ich beobachtet werde, halte ich meine Augen offen und schaue nachdenklich und verwirrt drein, anstatt die Augen zu schließen. Ich bitte um Hilfe und bekomme ein *Ping* von einem kleinen Metallstück. Ein abgebrochenes Stück Kugelschreiber, das jemand unter dem massiven Tisch weggeworfen hat, singt eine kleine, zurückhaltende Melodie, die wunderbar funktionieren wird. Ich füttere es sanft mit Magie, einem Hauch von Macht, nichts, was ich normalerweise tun würde, aber gerade genug, um einen einfachen Jetzt-siehst-du-mich-nicht-Zauber zu erzeugen.

Um hier rauszukommen, musst du wie bei dem Spiel *Rotes Licht, grünes Licht* rennen und immer mal wieder anhalten und stehen bleiben. Wenn man sich bewegt, während die zählende Person einen ansieht, ist man raus aus dem Spiel. Bewegen und dann einfrieren, wenn es nötig ist.

Wenn das eine weitere Falle ist, kann ich davon ausgehen, dass ich beobachtet werde. Ich trete über den

Kreis und gehe zum Schreibtisch in der Ecke, um dort zu wühlen. Wie es der Zufall will, befinden sich in einer Schublade ein paar Zaubersprüche. Es sind die typischen beschissenen Ratszaubersprüche. Ich bewege meine Hand so, als ob ich mir ein paar davon nehmen würde. Dann gehe ich um den Tisch herum, schaue stirnrunzelnd auf meine Turnschuhe und gehe auf ein Knie, um meine Schnürsenkel zu binden. Ich schnappe mir dabei schnell heimlich das Kugelschreiber-Amulett und steuere auf die große Eichentür zu.

Ich öffne die Tür nur einen Spalt und spähe hindurch. Der Korridor ist still. Ich lausche. Nichts. In meiner Tasche verfeinere und verbessere ich das Ohr-Amulett, damit ich auch die leisesten Schritte und das geringste Einatmen wahrnehmen kann.

Als ich wieder lausche, weiß ich genau, dass ich gerade allein bin. Ich schleiche mich hinaus.

Vielleicht hätte ich mindestens zehn Minuten, nachdem Anton den Raum verlassen hat, warten sollen, um ihn nicht zu belasten, aber ich weiß nicht, ob er seine Meinung ändern wird. Jetzt ist nicht der Moment für Spielchen.

Ich laufe die Treppe hinunter und in die Lobby, und wieder ist es vollkommen still. Zu still. Aber ich denke nicht zu viel darüber nach. Es waren nur acht Wachen anwesend vorhin, und ich nehme das als Chance. Ich muss mich glücklich schätzen, dass ich ihnen aus dem Weg gegangen bin. Vielleicht sind sie alle zum Essen verschwunden?

Mit einem Klicken öffne ich die Eingangstür und schleiche mich auf das, was einst die Straße war. Jetzt ist es nur noch Dreck. Überall liegt nur noch Erde. In der Ferne sehe ich die Bäume. Sie müssen noch etwa anderthalb Kilometer entfernt sein. Ich schaue mich um, lausche und wieder ist niemand zu sehen, also renne ich.

Ich renne immer weiter, lausche ständig und bleibe in Bewegung.

Als ich die Bäume erreiche, halte ich an. Mit brennender Brust lehne ich mich gegen einen Baumstamm und mir ist ein bisschen schwindelig. Ich brauche etwas Wasser. Ich brauche etwas zu essen. Seit heute Morgen habe ich nichts mehr zu mir genommen, und das Sandwich war das erste, was ich seit Tagen gegessen habe.

Die Klauen-Bruderschaft-Diät bekommt von mir nur einen Stern. Kann ich echt nicht weiterempfehlen.

Es ertönt ein Geräusch – ein Rufen – und mein Herz schlägt mir bis zum Hals. Sie haben schon gemerkt, dass ich weg bin. Ich blicke zurück auf das einsame Gebäude, den Schutzwall und die Bäume. Sie werden erwarten, dass ich den Schutzwall ansteuere. Was passiert, wenn ich mir ein paar Stunden Zeit lasse? Wenn ich das *Jetzt-siehst-du-mich-nicht*-Amulett verwende. Wenn ich auf einem Baum warte.

Okay, dann wollen wir doch mal den Baum hochklettern. Scheiße! Ich bin nicht mehr auf einen Baum geklettert, seit ich zehn Jahre alt war, und selbst da war ich nicht besonders gut darin. Meine Koordination ist nicht gerade die beste. Am unteren Teil des Baumes ist ein Ast, an dem ich mich hochziehe, wobei ich mit den Beinen strample, bis ich Halt finde, und dann geht's hoch, hoch, hoch. Ich steige nur etwas mehr als zwei Meter hinauf, und selbst das ist schon zu viel. Ich habe Höhenangst und traue mich nicht, die höheren Äste auszuprobieren.

Außerdem will ich nicht in die gleiche Situation kommen wie bei dem Vorfall am Klettergerüst. Das ist eine meiner ersten Erinnerungen. Damals war ich etwa fünf Jahre alt und bin an einem Turngerät hängen geblieben, von dem ich nicht mehr loskam. Ich erinnere mich, dass ich feststeckte und meine Hände sich in das grobe Seil eines aufgehängten Netzes gegraben haben – zu verängstigt, um weiterzugehen, aber auch zu verängstigt, um zurückzugehen. Mein Dad musste hochklettern und mich retten.

Der Baum ist solide und der Stamm formt ein *V* in der Mitte, wo sich die beiden Hauptarme treffen. Ich klettere ein Stück weiter nach oben und schiebe vorsichtig mein Bein darüber, sodass ich mit gespreizten Beinen auf dem dickeren der beiden Äste sitze und den anderen umarme.

Der *Jetzt-siehst-du-mich-nicht*-Zauber wird aktiviert und ich verschwinde.

Kapitel Dreiundzwanzig

Das Geräusch von heulenden Wölfen lässt mich zusammenzucken, und die raue Rinde verbrennt meine Handgelenke, während ich unsicher wanke und mich krampfhaft am Baum festhalten muss. Wolfswandler. Ah, ich hätte mir denken können, dass sie zum Team Fake-Drachen gehören. Das ergibt Sinn, denn die Wächter sind riesig. Der Gestank der magischen Signatur des Amuletts hat mich verwirrt; es verbirgt eine Vielzahl von Dingen.

Wenn sie Wölfe haben, habe ich einen kolossalen Fehler gemacht, denn ich habe die Macht ihrer Sinne unterschätzt. Die Nasen von Wandlern sind wirklich unglaublich, und jetzt stecke ich in der Klemme, weil ich nicht versucht habe, meinen Geruch zu verbergen. Es spielt keine Rolle, dass ich versteckt bin. Die Spur wird sie direkt zu diesem Baum führen.

Ich habe das Amulett in meiner Tasche und es wird nicht viel brauchen – ein kleiner Schub der Magie, selbst auf diese Entfernung –, um meinen Geruch zu entfernen. Wenn ich darauf achte, nur einen Hauch von Magie zu benutzen. Ich kann sogar alles um das Gebäude herumwirbeln, um es noch verwirrender zu machen.

Das kann ich nicht.

Dann kann ich den Verkleidungszauber benutzen, um meinen Geruch zu verbergen, damit mich niemand riechen kann.

Das kann ich verdammt noch mal nicht. Ich treibe es jetzt schon zu weit, und wenn ich erwischt werde, werden sie Verdacht schöpfen. Vielleicht sollte ich alles geben, meine Magie einsetzen und mir eine echte Chance zur Flucht geben, aber andererseits darf ich mich nicht verraten. Das Geheimnis meiner Magie ist zu wichtig, um meine Rettung zu riskieren.

Ich drücke mein Gesicht gegen den Baumstamm und warte auf den richtigen Zeitpunkt, um zum Schutzwall zu rennen. Vielleicht ist es am besten, zu warten, bis es dunkel wird.

Ein trockener Ast knackt und dann raschelt das Laub. Irgendetwas packt mich am Fuß und ich werde heruntergezogen. Ein Schrei entfährt mir. Ich falle auf seltsame Weise, fast schon kopfüber, schramme mit dem

Bauch an der Seite des Baumstamms entlang und stoße auf dem Weg nach unten gegen jeden einzelnen Ast.

Es knackt, irgendetwas bricht in meinem Arm und es dauert einen Moment, bis ich den Schmerz wahrnehme.

Aua. Aua. Aua.

Verdammt, ich habe mir den Arm gebrochen. Damien wirft mir einen angewiderten Blick zu, während ich zusammengesunken auf dem Waldboden liege. Keiner hat sich die Mühe gemacht, mich aufzufangen.

»Tja«, sagt er, »das war ja wirklich sehr aufregend. Du hast nur etwa zwanzig Minuten durchgehalten. Du hast dich nicht mal in Richtung Schutzwall bewegt. Du saßt einfach nur da und hast dich an den Baum geklammert wie ein Primat. Als ob ich diesen grottenschlechten Zauber nicht durchschauen könnte.«

Ich blinzle zu ihm und seinen Wächtern hoch.

Ah, es war richtig, dass ich vorsichtig gewesen bin – sie haben mich die ganze Zeit beobachtet. Ich wünschte, ich könnte tief durchatmen. Meine armen Rippen schmerzen so sehr. Ich fühle mich, als hätte mir jemand ein Loch ins Zwerchfell geschlagen. Ich liege einfach da und schnappe nach Luft.

»Irgendeiner von euch wird sie zurück in ihren Würfel bringen. Um ehrlich zu sein, sollte das hier eine lustige Trainingsübung sein; stattdessen war es Zeitverschwendung. *Du* bist eine Zeitverschwendung, eine solche Enttäuschung. Die Magie, die du gefunden hast, ist furchtbar. Primitiv. Ich habe gedacht, du wärst etwas

Besonderes, aber anscheinend habe ich mich geirrt. Warum sollte die Hexe, Gary Chappell, dich wollen? Du bist erbärmlich. Wir werden bald über den Aufenthaltsort deines Freundes sprechen. Bringt sie weg. Ich will sie nicht mehr sehen. Sie geht mir auf die Nerven.« Er wirft mir noch einen angewiderten Blick zu und tritt mir im Vorbeigehen in die Rippen.

Man hilft mir ins Haus – oder sollte ich sagen, man *zerrt* mich ins Haus? Ich habe keine Zeit, ein Amulett zu benutzen, um mich zu heilen, bevor ich wieder über den reparierten und verbesserten Kreis in die Plexiglasbox geschubst werde.

Ich halte mir den Arm vor die Brust; er pocht. Meine Finger sind geschwollen und sehen aus wie Würstchen mit einer lila Färbung. Wenigstens ist der Knochen nicht durch die Haut gedrungen und sieht nicht schief aus, also glaube ich nicht, dass er gerichtet werden muss. Es ist einfach nur sehr schmerzhaft, und meine Atmung hat sich nicht verbessert, daher nehme ich an, dass ich mir die Rippen geprellt habe.

Es gibt noch ein weiteres großes Problem: Ich habe eine große Wunde an der Seite. Einer der Äste oder mehrere haben das Fleisch direkt über meiner Hüfte durchbohrt. Ich glaube nicht, dass etwas Lebenswichtiges getroffen wurde, aber ich blute, und es tut weh.

Alles tut weh.

»Kann ich bitte erste Hilfe bekommen?« Ich breche mein Schweigen. Ich muss das fragen, denn der gebrochene Arm muss versorgt werden und die Wunde könnte böse enden, wenn sie nicht bald behandelt wird. Die Wachen marschieren alle zur Tür hinaus; sie schauen nicht zurück. Können sie mich hören? Mit meiner guten Hand klopfe ich an das Plexiglas. »Hallo? Ich brauche dringend Hilfe.« Die Tür schließt sich hinter ihnen, und ich stehe einfach nur da und starre ihnen hinterher. Ich schaue wieder auf meinen Arm. »Na, das lief ja gut.«

Die Tür fliegt auf und Anton Hill kommt herein. Er hat einen schwungvollen Schritt und ein breites Grinsen im Gesicht, als ob er sich prächtig amüsieren würde.

Natürlich amüsiert er sich prächtig, schließlich hat er mich reingelegt.

Diese kleine geflüsterte Rede, das Öffnen der Tür und das Scharren am Kreis. Ich bin eine Idiotin. Er hat mich reingelegt. Damien wollte sehen, ob ich Magie beherrsche, und weil ich auf meiner Flucht keine großen Zaubertricks vorgeführt habe, wurde ich nutzlos. Es ist wahrscheinlich nur eine Frage der Zeit, bis sie mich töten. Aber das ist besser als die Alternative.

Ich will nicht sterben. Ich will keine Märtyrerin sein, aber es ist besser, wenn meine Magie mit mir stirbt.

Wenigstens weiß ich jetzt, dass sie meine Macht nicht aufspüren können, wenn ich vorsichtig bin. Falls ich die Chance bekomme, muss ich meine Magie noch mehr verfeinern und heimlich vorgehen, immerhin bin ich seit meinem dreitägigen Nickerchen wieder voll erholt. Ich runzle die Stirn. Zumindest war ich das, bevor ich aus einem Baum gezerrt wurde.

Anton Hill zieht ein trauriges Gesicht, als er sieht, dass ich ihn anstarre. Seine Unterlippe verzieht sich zu einem übertriebenen Schmollmund. »Oh, hast du dich verletzt? Brauchst du einen Gips? Ich habe gehört, dass du ein Affe im Baum warst« – er macht ein Affengeräusch und kratzt sich unter den Achseln – »und dass du nur so weit gekommen bist, bevor du dich eingeschissen und versteckt hast. Das ist zum Totlachen. Was? Was ist denn los?« Seine Stiefel stampfen über den Boden und er kommt näher an den Kreis heran. Seine Zehen streifen den Rand der Kreide.

»Dachtest du, ich würde dir zur Flucht verhelfen? Dachtest du, die Klauen-Bruderschaft hätte keinen Mann als Insider? Ich bin der Insider.« Er klopft sich auf die Brust. »Der Boss hat gesagt, wir müssen dir deinen Stolz und dein Selbstvertrauen rausprügeln. Was gibt es Besseres, als dir Hoffnung zu geben und sie dir dann wieder zu nehmen?« Er lächelt strahlend und lässt seine eckigen Kaugummizähne aufblitzen.

Es gibt in der Tat keinen besseren Weg.

Ich schlurfe herum und drehe mich um. Ich kann es einfach nicht. Es tut mir zu sehr weh, wenn er mir gesteht, dass er der Insider in der Stadt war. Ich kann es nicht. Ich kann es einfach nicht. Alle waren hier gefangen, und er hat sich mit Absicht hierher begeben. Um zu spionieren.

Mehr und mehr denke ich, dass es nicht um mich geht. Es hat nichts mit meiner Magie zu tun. Ich war nicht der Auslöser, nicht wirklich. Sie haben auf den richtigen Zeitpunkt gewartet und die Amulette als Vorwand benutzt, um zu handeln, und jetzt ist Anton selbstgefällig und glücklich, dass er wieder bei seinen Kumpanen der Klauen-Bruderschaft ist.

Mit dem Rücken zu ihm humple ich in die Ecke, rutsche langsam die Wand hinunter und setze mich. Die Seiten des Würfels halten mich hervorragend aufrecht. Ich werde mich nicht hinlegen können. Ich muss den Arm hochhalten.

»Willst du keine Fragen stellen? Willst du nicht darüber reden, was ich alles erfahren habe? Was ich getan habe? Wer ich bin?« Er beobachtet mich von oben herab und seine Stimme ertönt langsam. »Ignoriere mich nicht, Kricket! Ich will es wissen. Ich will wissen, was du denkst. Ich habe gewonnen. Ich bin der Gewinner.«

»Ja, ja, ja, du hast gewonnen. Du bist der Gewinner«, zische ich. Ich würde sarkastisch klatschen, aber ich habe keine Lust, es einhändig zu tun.

Überrascht, dass ich ihm geantwortet habe, holt er tief Luft und schweigt dann abwartend.

»Du bist ein so großer Mann, der verängstigte, unschuldige Leute tötet – unsere Freunde und Nachbarn. Du hast dir diesen Schulterklopfer wirklich verdient. Gute Arbeit ...« Meine Stimme bricht. Ich muss ein paar Mal schlucken, um den dicken Kloß in meinem Hals loszuwerden. »Ich hoffe, dass du dich mitten in der Nacht, wenn du versuchst zu schlafen, an die Gesichter der Leute erinnerst, die nett zu dir waren.

Nett, auch wenn du selbstsüchtig und grausam warst. Du bist nicht nur in die Stadt gekommen, um im Hintergrund zu sitzen und zu spionieren. Während du hier warst, hast du allen das Leben zur Hölle gemacht und dann zugesehen, wie sie sterben.«

»Das darfst du nicht sagen. Du musst nett zu mir sein, sonst bekommst du nichts zu essen. Ich bin mir sicher, du hast Durst. Ich bin mir sicher, du brauchst Hilfe mit deinem Arm. Du musst nett zu mir sein. Ich … ich bin … Du …«, stottert er. »Ich werde dafür sorgen, dass du nett bist«, knurrt er und stapft aus dem Zimmer.

Die Eichentür knallt zu.

Kapitel Vierundzwanzig

Ich schmore mit meinen Verletzungen. Damien und Anton sind noch nicht zurückgekehrt; der Vorfall mit dem Baum hat mich uninteressant gemacht, und ich muss mich jetzt echt besser als Köder anstellen. Ich wette, sie hoffen, dass sie Gary Chappell zu sich locken können. *Viel Glück dabei.* Ich sollte nicht so amüsiert sein.

Mein Arm sieht furchtbar aus, aber die Schwellung ist am zweiten Tag zurückgegangen. Ich habe die Hoffnung, dass ich, wenn ich auf die Toilette muss, lange genug vom Kreis weg bin, um mich zu heilen. Aber als ich in den Würfel zurückgekommen bin, habe ich gesehen, dass sie die Magie verbessert und erweitert und eine zweite Tür mit einer Toilette und einem kleinen Waschbecken eingebaut haben.

Mit der klaffenden Stelle an meiner Seite habe ich mein Bestes getan, um die Wunde mit Wasser zu spülen, obwohl es wie verrückt wehtut. Ich habe keine medizinische Erfahrung. Ich bin mir sicher, dass immer noch kleine Holzstücke in der Wunde stecken, und mein Körper denkt das auch, denn er produziert literweise ekligen Eiter. Zur Eindämmung des Schlamassels benutze ich eine Toilettenpapierrolle. Nicht gerade hygienisch, aber das ist alles, was ich zur Verfügung habe.

Hinter den Kulissen tut sich einiges. Es wird geschrien und die Wachen, die Wasser und Erdnussbutterbrote abliefern, haben ihren Übermut verloren. Sie scheinen nervös zu sein.

Ich habe Angst, dass sie vergessen werden, dass ich hier bin.

Ich muss einen Weg aus diesem Würfel herausfinden.

Ein weiterer Tag, mein Blutdruck ist gesunken, ich komme nicht vom Boden hoch und meine Sicht flackert wie ein alter Fernseher. Ich denke nicht an Flucht, sondern nur daran, meinen nächsten Atemzug zu nehmen. Ich habe schon eine Weile nichts mehr gegessen und in meinem Würfel stapeln sich mehrere Teller mit Brot in verschiedenen Stadien der Schimmelbildung.

Eigentlich möchte ich mich nur zusammenrollen und schlafen ... und das mache ich auch. In die Ecke gekauert, drücke ich meine schlechte Seite auf den harten Boden, da ich wegen meines Arms nicht anders herum liegen kann. Das Gewicht und der Druck meines Körpers helfen, den Geruch der Wunde einzudämmen. Von dem Geruch wird mir schlecht – von allem wird mir schlecht.

Wenigstens tut es nicht mehr weh.

Es GIBT eine gewaltige Explosion und das Gebäude bebt. *Oh oh.* Das hörte sich gar nicht gut an. Nur mit Mühe kann ich mich auf den Rücken rollen und sehe zu, wie die verschnörkelten Lichter an der Decke tanzen und der Tisch mit seinen dicken, riesigen Beinen zur Seite kippt und einige Stühle umwirft. Alles, was ich tun kann, ist hier zu liegen.

Das Schwanken der Lichter macht mich schwindelig, also schließe ich die Augen.

Als ich wieder zu mir komme, höre ich einen Kampf. Es knallt gewaltig, es kracht und ein gurgelnder Schrei ertönt. Die großen Eichentüren werden aufgeschlagen und es folgt ein dumpfer Aufprall, sie treffen auf die Wand und dann stapfen mehrere schwere Schritte in den Raum.

»Was zur Hölle? Wir haben sie gefunden!«

Große Füße bewegen sich in den Würfel, und Teller gehen zu Bruch, als sie aus dem Weg getreten werden. »Es ist alles in Ordnung. Ich bin bei dir.« Sanfte Finger streichen mir über die Wange und schieben mir die verschwitzten Haare aus dem Gesicht.

Ich stöhne auf. Unglaublich, dass mich jemand anfasst. Ich stinke.

»Hey, Nichts-Mädchen. Du siehst irgendwie ziemlich mitgenommen aus.«

Wo habe ich diesen Spitznamen schon mal gehört? Die Stimme kommt mir bekannt vor, wie ein Rumpeln von Steinen. Das ist nicht real. Ich muss träumen. Es klingt wie der gemeine Gargoyle, der versucht, nett zu sein. Diese sanfte, besorgte Stimme passt nicht zu ihm.

Ein weiteres kleines Stöhnen entweicht mir, und ich hebe den guten Arm, um seine Hand wegzuschlagen. Er nimmt sie und hält sanft mein Handgelenk fest. Ich runzle die Stirn.

»Hat jemand einen Verbandskasten dabei?«

»Spürst du es nicht? Das ganze Gebiet ist eine tote Zone. Der Kreis ist mit Blut und Silber durchzogen. Es kann keine Magie eingesetzt werden, und keiner unserer Heilzauber wird funktionieren. Wir müssen sie wegbringen.«

Meine Augen funktionieren nicht, aber ich versuche zu sprechen. Meine Kehle brennt, aber ich bringe die

Worte heraus. »Die anderen Gefangenen? Chloe?«, frage ich.

»Es gibt keine anderen Gefangenen. Wir haben das ganze Gebäude durchsucht und außer dir und den Wachen ist niemand hier.«

»Er hat gesagt, Chloe ist hier.« Es ist keine große Überraschung, dass Anton Bloody Hill gelogen hat.

»Was haben sie mit dir gemacht?«

»Ich bin von einem Baum gefallen.«

Er stößt ein angestrengtes Lachen aus. »Vielleicht sollten wir das Klettern auf Bäume anderen Leuten überlassen. Kann jemand das Tor vorbereiten? Hier ist es nicht sicher. Wir brauchen schnell einen Ausgang. Jeff, gib mir das Set. Ich brauche etwas von dem Verbandszeug.«

»Vorsichtig, sie hat einen gebrochenen Arm.«

»Das sehe ich. Stütze die Gliedmaße!«

Ich werde vorsichtig auf die Seite gerollt und kühle Hände fixieren meinen Arm, damit er nicht auf den Boden fällt. Etwas Weiches wird gegen meine Seite gedrückt, dann werde ich hochgehoben, bevor mein Arm sanft über meine Brust gelegt wird.

»Es ist alles gut, Kricket. Atme noch ein bisschen weiter für mich, bis wir dich wieder in Ordnung gebracht haben. Jeff, wir brauchen einen Arzt. Halte einen in Bereitschaft.«

»Sss o-okay, nicht lange ... Schmerzen.« Meine Worte kommen nur verstümmelt heraus.

»Jeff, sorge dafür, dass der Weg frei ist. Lasst uns abhauen.«

Er schüttelt mich herum. Nach seinen gemurmelten Entschuldigungen zu urteilen, gibt er sich große Mühe, das nicht zu tun, aber es geht eben nicht anders, wenn man so groß ist wie er und eine schmale, verschnörkelte Treppe hinunter stürmen muss, während man eine halb-fremde Frau trägt.

Waffengeklirr, Gepolter und gedämpfte Schmerzensschreie ertönen, und als sie Entwarnung geben, sind wir an der Reihe, eine weitere Treppe hinunter in den Keller zu stürmen. Ich spüre das Portal und die Magie der Ley-Linie, und die Kraft summt auf meiner Haut.

Dann ist da nichts mehr.

Kapitel Fünfundzwanzig

Meine Augen öffnen sich blinzelnd. Orientierungslos stütze ich mich auf meine Ellbogen und nehme meine Umgebung in Augenschein. Der Raum ist unvertraut, aber in seiner Schlichtheit irgendwie beruhigend. Die Wände sind in einem angenehmen Blauton gestrichen. Gegenüber vom Bett befindet sich ein einzelnes Fenster, dessen blaue Vorhänge sich sanft im Wind wiegen.

Ich wache wieder in einem fremden Bett auf.

Das gerät außer Kontrolle und wird zur Gewohnheit.

Ich kann nicht glauben, dass ich noch am Leben bin und mich gut fühle – mehr als gut. Vorsichtig schaue ich mich um. Ich bin wieder in meinem schwarzen Pullover und meiner Jogginghose; die Socke hat es schon wieder geschafft. Außerdem bin ich blitzsauber und rieche nach Vanille, also hat das Mopp-Amulett auch gute Arbeit geleistet. Mein Lächeln verblasst, als ich unwillkürlich an den Hoodie zurückdenke, der sich an die eklige Wunde an meiner Seite geklebt hat. Ich ziehe das Oberteil hoch und finde glatte, blasse Haut. Es tut nichts weh. Da ist nicht einmal eine Narbe.

Der Arzt hat auch meinen Arm repariert, es sei denn ... Ein Geräusch ertönt – das Knarren einer Bodendiele. Ich lasse den Pullover fallen und drehe mich um, um nachzusehen. Wie konnte ich die Tür übersehen, die einen Spalt offen steht, und den riesigen grauen Mann, der auf dem Boden sitzt und an der Wand des Flurs lehnt?

Er starrt mich an.

Oh.

Ich registriere, dass der Schutzwall an den Wänden des Raumes knistert und ihn fernhält. Im Gegensatz zu Emma kann er sich nicht hineinschleichen. Mit einem mulmigen Gefühl ziehe ich die Decke zurück und räuspere mich. »Hallo.«

»Hallo, Nichts-Mädchen. Ich bin froh, dass du wach bist.« Der Gargoyle reibt sich das Gesicht. Er sieht müde aus.

»Das sieht nicht wie eine Zelle aus.«

Er lässt die Hand sinken und seine Mundwinkel zucken, als er den Kopf schüttelt. »Nein, das ist sie nicht.«

»Wie lange war ich weggetreten?«, frage ich.

»Vier Tage.«

»Vier. Wow.« Vier Tage dieses Mal. Es wird immer länger, obwohl es dieses Mal nicht der übermäßige Einsatz von Magie war, der mir den Garaus machen wollte. Nein, dieses Mal war es ein Baum.

Scheiß auf mein Leben!

»Als wir dich aus dem magischen Kreis geholt hatten, hat deine Magie angefangen, dich zu heilen. Als wir im Krankenhaus ankamen, hat sie schon seltsame Sachen gemacht, also hielten die Ärzte es für das Beste, dich in Sicherheit zu bringen.«

»Sicherheit? Wo sind wir denn?«

»Bei mir zu Hause.«

»Du hast mich zu dir nach Hause gebracht?«, quietsche ich. Mein Blick schweift durch das hübsche Schlafzimmer und dann zurück zu ihm. »Warum solltest du das tun?«

»Ich hatte keine andere Wahl. Es gab keine Möglichkeit, dich in einem öffentlichen Gebäude in Sicherheit zu bringen.«

»Ach, so schlimm bin ich also, ja? Warum solltest du mich in Sicherheit bringen wollen?«

»Deine Magie ist freakig.«

Ich schnaube. Das habe ich schon mal gehört.

»Dein heilendes Amulett hat dich zusammengeflickt, und das reinigende Amulett hat dich gesäubert. Der Arzt hat durch den Schutzwall, der aus dem Nichts aufgetaucht ist, einen Blick auf dich geworfen. Er hat festgestellt, dass sich dein Arm innerhalb von Minuten selbst repariert und sich deine Gesichtsfarbe nach ein paar Stunden verbessert hat. Er meinte, ohne Flüssigkeitszufuhr wärst du wahrscheinlich tot.« Er reibt sich die Augenbraue und starrt an die Decke. »Du bist die einzig Wahre, nicht wahr?«

Die einzig Wahre?

»Was?« Ich weiß nicht, was er damit sagen will, aber ich versuche zu ignorieren, was er über meine Magie behauptet hat. »Ähm.« Ich mache große und unschuldige Augen und sage: »Ich weiß nicht, wovon du redest. Denk dran, ich bin nur eine Diebin.«

Vergiss nicht, dass er ein Arschloch ist, Kricket.

»Ja, klar, natürlich weißt du nicht, wovon ich rede.« Er schüttelt den Kopf und lässt sich zurück an die Wand sinken. »Das mit der Diebin wirst du mich nie vergessen lassen, was?«, stöhnt er.

»Danke, dass du mich da rausgeholt hast ...« Ich knabbere an meiner Unterlippe. »Es tut mir leid, aber ich kenne deinen Namen nicht.«

»Soren.«

Soren. Mein Herz flattert und ich ignoriere es beharrlich. Immerhin ist das besser, als ihn in meinem Kopf Gargoyle oder Schwachkopf zu nennen. Ich grinse. »Soren, ich weiß nicht, ob du gekommen bist, um mich zu verhaften oder zu töten, aber du hast mir das Leben gerettet. Ich danke dir.«

»Ich revanchiere mich nur für den Gefallen. Ich war nach der Explosion so gut wie tot, und du hast mich mit deiner verrückten Magie aus der Asche geholt.«

Ah, das hat er also herausgefunden. Peinlich berührt fummle ich an der Bettdecke herum. Ich erwarte keine Entschuldigung, aber das Eingeständnis wäre schon nett. »Ich habe dich nicht zurückgebracht, weil du nicht tot warst.«

»Nein? Bist du dir da sicher?«

Ich zucke mit den Schultern. Ich habe keine Ahnung. »Ich bin keine Nekromantin.« Zumindest habe ich noch nie versucht, Tote wieder zum Leben zu erwecken. Die Toten sind in den Händen des Schicksals, und da mische ich mich nicht ein. Man stichelt den Sensenmann nicht.

»Also, Kricket, willst du mir etwas über deine Magie erzählen? Hast du die Drachenamulette gefunden? Oder hast du sie erschaffen?«

Der Gargoyle macht eine peinliche Pause, während er darauf wartet, dass ich etwas gestehe, und ich fummle nur weiter an meiner Decke herum. Mein Magen nutzt die Gelegenheit, um zu knurren. Er schüttelt den Kopf und erhebt sich. Sieht so aus, als würde mein leerer Magen den Tag retten – das Magenmonster holt den Sieg.

»Es tut mir leid. Ich bin ein schrecklicher Gastgeber. Lass uns das Verhör auf später verschieben, wenn du gegessen hast. Gibt es irgendwas Bestimmtes, was du willst?«

Ich zucke wieder mit den Schultern. Ich bin ziemlich aufgeregt. Bisher habe ich diese blassgrünen Augen immer nur wütend gesehen, und jetzt sieht er mich mit einer Sanftheit an, die ich nicht verstehe. Sei nett zu der Amulettmacherin. Vielleicht verrät sie dir alle ihre Geheimnisse. *Ja, das könnte gut hinkommen.*

»Vielleicht sollten wir eine Suppe probieren. Du hast schon seit Tagen nichts mehr gegessen und ich habe Angst, dass dein Magen rebelliert.« Er nickt in Richtung einer Tür im Flur. »Das Bad ist gleich den Flur entlang. Wir treffen uns dann in der Küche. Wann immer du bereit bist.«

»Okay, danke.«

Mit einem Nicken geht er.

Dafür, dass er so groß ist, bewegt er sich sehr leise. Ich höre ihn nicht die Treppe hinuntergehen, aber ich spüre seine Abwesenheit trotzdem. Er ist ein Raubtier und hinterlässt ein kribbelndes Gefühl in seinem Gefolge.

Ich stehe auf. Der graue Teppich ist weich unter meinen Füßen, und der Schutzwall verschwindet im Regenschirm-Amulett, als ich die Schlafzimmertür erreiche. Ich tätschele meine Tasche. Ich bin dankbar für meine Amulette. Zweimal haben sie mir schon das Leben gerettet – ohne sie wäre ich jetzt tot.

Macht es mir etwas aus, dass sie tun, was sie wollen, während ich bewusstlos bin? Nein, nicht wirklich. Als ich in der Zelle im Sterben lag, habe ich beschlossen, mir meine Magie zu eigen zu machen und mir selbst zu vertrauen. Bevor ich Damien Hass getroffen habe, hatte ich Todesangst davor, dass meine Magie böse sein könnte, aber ich habe das Auge des Drachen gesehen und gefühlt – und im Vergleich zu dem bösen Amulett weiß ich, dass meine Magie nichts Vergleichbares ist.

Jetzt muss ich herausfinden, was hier passiert und was der Gargoyle weiß. Ich gehe ins Bad, mache mich zurecht und schlurfe dann die Treppe hinunter. Meine Nase führt mich in die Küche.

Kapitel Sechsundzwanzig

Ich stehe in der Tür. Die Küche hat klare Formen und ein modernes Design. Die Schränke sind im schlichten, weißen Shaker-Stil gehalten und die Arbeitsplatten sind aus kühlem, gesprenkeltem, grauem Granit, der glatt und poliert ist und das sanfte Licht von oben reflektiert.

Auf der einen Seite steht ein weißer Kühlschrank, dessen Oberfläche mit ein paar verstreuten Magneten und ein paar Fotos geschmückt ist. Der schlichte Einbauofen und das passende Elektrokochfeld sind an der gegenüberliegenden Wand.

Es ist alles so normal.

In der Mitte des Raumes befindet sich eine Kücheninsel, die mit einem Holzbrett und zwei hohen Hockern als Frühstücksplatz dient. Ich lasse mich auf einem der Hocker nieder, stütze mein Kinn auf meine Faust und sehe zu, wie Soren, der Gargoyle, Gemüse schneidet.

Er kocht mir eine Suppe, anstatt eine aus der Dose zu nehmen. Er schnippelt wie ein Küchenchef, hält das Messer richtig und benutzt seinen ersten Fingerknöchel als Führung. Außerdem macht er genug Essen für eine ganze Armee.

»Das ging schnell«, sagt er, wobei er nicht von seiner Aufgabe aufschaut.

»Ich bin ziemlich sauber.« Das verdanke ich meinem Amulett, aber das sage ich nicht. »Ich hätte gern ein paar Antworten, bitte.« Meine Stimme ist immer noch ein wenig heiser.

»Natürlich möchtest du das.«

Er hackt weiter und ich schaue weiter zu.

Er ist ein massiver Mann mit Flügeln, breiten Schultern, schmalen Hüften und einem wunderschönen Gesicht. Seine Flügel haben ein sattes Schiefergrau mit silbernen Adern, die im Licht glitzern. Meine Finger zucken vor Verlangen, sie anzufassen. *Ich frage mich, wie sie sich wohl anfühlen.* Jede Bewegung, die Soren macht, ist wohlüberlegt, fast anmutig und verbirgt die rohe Kraft, die in einem so muskulösen Körper steckt.

Kein anderer Gargoyle in der Stadt sieht so aus. Nicht, dass ich in ihre Nähe gekommen wäre – und ich weiß jetzt, dass sie mich erschnüffeln können. Ich bin froh, dass ich mich immer von ihnen ferngehalten habe, sonst wäre ich schon viel früher in Schwierigkeiten geraten.

Soren schiebt jeden Haufen geschnittenes Gemüse in einen Topf und fährt mit der Zubereitung fort. Dem erdigen Geruch nach zu urteilen, brodeln die Kartoffeln bereits auf der Herdplatte. In einem anderen Topf macht er irgendetwas mit den Zwiebeln.

Das ist ein eigenartiges Gefühl. Es ist wie häusliches Glück, aber statt eines Partners ist es ein Typ, der mich vor ein paar Tagen umbringen wollte. Waren es Tage? Nein, es war wahrscheinlich mindestens eine Woche, vielleicht mehr. Ich bin ganz verwirrt. Es könnten sogar Jahre sein.

»Könnte ich mit meiner Familie und meinen Freunden sprechen? Sie werden sich Sorgen um mich machen.«

»Natürlich. Ich werde dir ein Telefon besorgen, nachdem du meine Fragen beantwortet hast.«

Ah, da haben wir es. Er braucht Antworten auf seine Fragen. Dramatisch atme ich aus und schlage mir eine Hand an die Stirn. »Oh, dem Schicksal sei Dank. Du warst zu nett und ich hatte schon Angst, dass jemand deinen Körper übernommen hat.« Ich fahre mir mit der Hand übers Gesicht, um mein Lächeln zu verbergen. »Ich dachte, du würdest mich zuerst füttern.«

»Du kannst reden, während du isst.« Ohne aufzusehen, schiebt er mir einen Teller hin. *Herrisch.* Darauf liegt eine Scheibe warmes, knuspriges Brot. »Hoffentlich wird das deinen Magen nicht zu sehr belasten«, sagt er.

»Danke.« Ich nehme es in die Hand und knabbere an dem Ende. Ein Becher mit frischem Orangensaft und ein Glas Wasser landen neben meinem Ellenbogen. Ich nehme einen Schluck Wasser. »Was möchtest du von mir hören? Was weißt du und die Gargoyles?« Unverblümt zu fragen ist vielleicht gefährlich, aber er hat genug Andeutungen gemacht, dass er es weiß. Außerdem habe ich keine Lust auf diese Geheimnistuerei. Ich werde es vermasseln und am Ende dumm dastehen.

»Ich weiß, dass es keinen Gary Chappell gibt, du ihn als Pseudonym benutzt und Amulette herstellst, seit du vierzehn bist.«

Oh-oh.

Er weiß also fast alles. Ich nehme einen weiteren Schluck Wasser, um das Unvermeidliche hinauszuzögern. »Ich habe mein erstes Amulett mit zehn gemacht«, korrigiere ich ihn. »Wirst du das aufschreiben?«

Ich erhasche etwas in Sorens Blick und merke, dass er sehr amüsiert ist – auch wenn man es seinem Gesicht nicht ansieht, außer dass seine Augenbraue zuckt. Aber ich bin mir sicher, dass ich recht habe.

»Ich weiß, dass du Drachenmagie benutzt, und du wusstest nicht, dass du sie benutzt, bis die Stadt angegriffen wurde. Die Überraschung in deinem Gesicht und die Angst in deinem Geruch haben das bestätigt.

Sonst würdest du keine Amulette an jedermann verkaufen.«

»Ich habe Amulette nicht an jedermann verkauft«, murmele ich.

»Nein? Nur jedem, der bezahlen kann.«

»Ich wette, du arbeitest auch nicht umsonst.« Ich lasse die Worte wirken.

Er kann doch nicht seine Fähigkeiten als Gargoyle nutzen, um Geld zu verdienen, und sich dann aufspielen, wenn ich meine Magie benutze.

»Ich habe das, was ich hatte, benutzt, um meine Familie zu beschützen. Was würdest du tun, um deine Familie zu beschützen?«

»Alles. Aber ich würde nicht gegen das Gesetz verstoßen.«

»Nein?« Ich stoße einen spöttischen Laut aus und wackle auf dem Hocker. Jetzt macht er mich richtig wütend. »Wessen Gesetze?« Ich nehme einen großen Bissen von dem Brot und kaue wütend darauf herum. »Es tut mir leid, dass ich mich in deiner Welt nicht auskenne. Meinst du die Gesetze dieses Landes oder die Gesetze der Stadt, in der wir verrotten mussten? Sie haben Mrs. Harris getötet, weil sie einen nicht zugelassenen Heiltrank gekauft hat. Wusstest du das?«

»Nein.« Er lehnt sich gegen den Tresen, verschränkt Arme und Beine und schenkt mir seine volle Aufmerksamkeit.

»Sie war dreiundsiebzig Jahre alt. Ihr Mann hatte eine

böse, infizierte Wunde am Bein; als sie ermordet wurde, ist auch er gestorben. Sind das die Gesetze, die du meinst?« Ich lasse das Brot auf den Teller fallen und schiebe ihn weg. Mir ist der Appetit vergangen. »Oder sollen wir über die Sklavenarbeit sprechen? Ich wurde gezwungen, für zwei britische Pfund und acht Pence pro Stunde zu arbeiten, und im Durchschnitt arbeitete ich sechsundneunzig Stunden pro Woche. Nachdem sie mir die Steuern und meine Unterkunft abgezogen haben, hatte ich kaum genug Geld, um mir ein Päckchen Kaugummi zu kaufen.«

Ich nehme einen Schluck Wasser und starre aus dem Fenster. »Ist das fair? Man hat mir nie die Wahl gelassen, welchen Job ich machen oder wo ich wohnen will. Keiner hatte eine Wahl. Ich konnte mich nicht äußern, konnte keine Meinung haben, weil mich sonst jemand ermordet hätte. Ich habe einen Weg gefunden, meine Magie an die Außenwelt zu verkaufen, die nicht wusste, dass es uns gibt, und es war alles legal. Ich habe eine Akkreditierung und eine Lizenz, um sie zu verkaufen, und ich habe auch ihre Steuern bezahlt.«

Der Gargoyle sieht mich an und wischt sich die Hände an einem Handtuch ab.

»Ich habe die Nachrichten und die Vertuschung gesehen. Der Rat der Kreaturen hat ihnen erlaubt, die Stadt zu übernehmen, und alle Beweise für das Verbrechen sind verschwunden.« Meine Stimme bricht vor Emotionen. Ich möchte über ihren Tod schreien, aber wenn ich zu emotional werde, verlieren die Worte ihre

Wirkung. »*Puff*, als wäre das nie passiert.« Ich schnippe mit den Fingern.

»Wenn du diesen Gedankengang weiterverfolgst, werden sie dich als Bedrohung ausschalten.«

Ach, was du nicht sagst. Das ist mir klar.

»Erfahrene Leute kümmern sich um die Sache. Die Schuldigen werden nicht ungestraft bleiben.«

»Das glaube ich dir nicht.«

»Das ist deine Entscheidung. Es wird keine großen Rachepläne in deiner Zukunft geben, Kricket. Du musst deinen Kopf einziehen und dankbar sein, dass du noch lebst.«

Dankbar. Der Gargoyle ist unglaublich vorsichtig mit seinen Worten. Was er nicht sagt, was aber angedeutet wird, ist, dass es keine großen Rachepläne geben wird, weil er mich nicht lassen wird. »Du wirst mich also nicht einfach mein Leben leben lassen, was?«

Sorens Gesicht bleibt ausdruckslos.

Was der Gargoyle zu sagen hat und was er von mir hält, sollte keine Rolle spielen, und jetzt fühle ich mich schlecht, weil ich die Fassung verloren habe. Es war der falsche Zeitpunkt, um mit all dem herauszuplatzen. Er kennt mich nicht und ich hätte schlauer sein sollen, es besser abpassen und mir überlegen sollen, was ich sagen würde.

Er könnte mich genauso leicht umbringen, wie er mich ansieht.

Ich muss ihm den kleinen Finger reichen. »Ich hätte die Amulette nicht verkauft, wenn ich gewusst hätte, dass die Hölle losbrechen würde. Ich hatte keine Ahnung, dass es sich um Drachenmagie handelt. In die Zukunft zu sehen, gehört nicht zu meinen Fähigkeiten.«

»Das glaube ich dir, denn du bist nicht lebensmüde. Ich hätte gedacht, dass Ava Larson mehr gesunden Menschenverstand hat. Sie kommt aus einer Familie von Hexen.«

»Genau wie ich.«

Er brummt und fummelt dann an den Zwiebeln herum.

»Also, was ist das?« Ich wedle mit der Hand durch die Küche und betrachte das selbst gebackene Brot und die blubbernde Suppe. »Willst du immer noch, dass ich ins Gefängnis gehe und leide, weil du denkst, ich hätte alle deine Freunde umgebracht?« Ich kippe den Orangensaft in mich und halte diesmal den Kopf gesenkt, damit ich ihm nicht in die Augen schauen muss.

»Nein, ich war wütend. Trauer ist ein schreckliches Gefühl, und ich habe mich unpassend ausgedrückt. Dafür möchte ich mich entschuldigen. Ich dachte ... ich nahm an, du wärst nur ein Kind, das ein paar Drachenartefakte in die Hände bekommen und sie verkauft hat. Ich wusste nicht, dass es deine Zauber sind, bis wir ein paar von ihnen in die Hände bekommen haben.«

»Ihr habt ein paar meiner Amulette?«

»Ja, und wir haben sie getestet. Sie sind nicht wie die übliche Drachenmagie. Drachenmagie ist unbeschreiblich gefährlich. Mit Drachenmagie kann man nicht im Dunkeln sehen oder verborgene Texte lesen –

all diese unschuldigen Dinge, die deine Amulette können.«

Er fährt fort. »Wir haben festgestellt, dass es kein uralter Drache war, der sie gemacht hat. Es war irgendein Drachenblut, das ihre Magie angezapft hatte. Das ist unmöglich. Es ergibt keinen Sinn, dass du die Magie so wirken kannst, wie du es tust, aber so ist es. Verstehst du, was ich meine? Es ist, es ist ...« Er wirft die Hände in die Luft und erinnert damit seltsamerweise an Emmas Ausführungen. »Es ist schräg.«

»Was meinst du damit, es ist schräg?« Ist *schräg* besser als *freakig*? Ich werde bald einen Komplex bekommen. Ich schnappe mir das Brot vom Teller und kaue leise.

»Wenn du so mächtig bist und alles machen kannst, warum machst du dann ein Amulett in Form einer Karotte? Warum machst du nicht so etwas wie ein Todes-Amulett?«

Ein Todes-Amulett? Das Brot bleibt mir in der Kehle stecken. »Oder vielleicht so was Schönes, wie ein Amulett, das eine ganze Stadt in Stücke reißen kann? Der Klauen-Typ hat ein Amulett gemacht, das die ganze Stadt zerstört hat. Du warst dort, also musst du die Nachwirkungen gesehen haben. Die Häuser, die Gebäude, sie sind alle weg. Die Magie hat sie aufgefressen. Die Magie floss aus seinem verdammten Mund wie eine Plage schwarzer Fliegen und hat alles zerstört. Sie hat alles zerfressen. Und du findest es schade, dass ich keine Todes-Amulette herstelle? Todes-Amulette? Ich fertige diese Art von Magie nicht an.« *Und das werde ich auch nie.*

Seine Nasenlöcher weiten sich, zweifellos hat er die Angst und die Wut gespürt, die mir den Schweiß auf die Stirn treiben.

»Nein, natürlich willst du diese Art von Magie nicht machen«, beschwichtigt er mich. »Niemand, der bei Verstand ist, würde diese Art von Magie machen wollen. Aber eine Karotte, wirklich?«

Ich verenge meine Augen und starre ihn an. »Was ist denn an der Karotte so schlimm? Ich dachte, sie wäre niedlich und praktisch.«

Okay, als Nächstes mache ich einen Gargoyle, der die Haut der Person undurchdringlich macht. Fast hätte ich es laut gesagt, aber mein Selbsterhaltungstrieb meldet sich und ich halte meinen Mund geschlossen.

Ich habe schon viel zu viel zu diesem Fremden gesagt, und man muss kein Genie sein, um zu erkennen, dass er es nicht mögen würde, wenn jemand anders eine Fähigkeit besitzt, die die Gargoyles so besonders macht.

Soren rührt im Topf, bevor er den Löffel ablegt und sich zwei Schüsseln schnappt. »Das Problem ist, dass du Magie und Potenzial in dir trägst, und schlechte Leute werden diese Magie haben wollen. Böse Leute wollen, dass du böse Dinge für sie tust und werden dich verletzen. Sie werden deine Familie verletzen, wenn du dich weigerst.« Er schöpft die Suppe in eine Schüssel und stellt sie mit einem Löffel vor mich hin. Der Dampf steigt in sanften Kringeln auf. »Iss!«

Ja, lecker, lecker. Nachdem er mich zu Tode erschreckt hat, bin ich richtig hungrig.

Ein Themenwechsel ist das Beste. »Das ist also dein Haus. Du wohnst hier. Heißt das, du hast nicht im Gebäude der Friedenswächter gelebt?«

Soren verengt seine Augen und ich habe den Eindruck, dass er nicht gerne Fragen beantwortet. Tja, Pech gehabt. Er kann nicht beides haben. Er kann nicht herrisch sein und alles über mich wissen wollen, aber gleichzeitig die Nase rümpfen, wenn ich die Fragen stelle. Das ist eine Doppelmoral, wie aus dem Bilderbuch.

Er mag das nicht. Also fahre ich fort. »Ich hatte dich noch nie gesehen. Ich habe dich an dem Abend im Supermarkt gesehen, als alles den Bach runterging. Du wohnst also hier und pendelst in die Stadt?« Ich weiß ja gar nicht, wie weit sein Haus entfernt ist. Vermutlich ist es nicht um die Ecke.

»Nein.« Sein Tonfall sagt mir, dass er keine weiteren Fragen will.

Ich lächle. »Bist du ein alter Gargoyle?«

»Nein, ich bin nicht besonders alt.« Er knurrt und schiebt die Schüssel mit der Suppe näher an mich heran. Sie ist randvoll und es schwappt ein wenig davon auf den Tresen.

Ich nehme den Löffel, schenke ihm ein kleines Lächeln und fische dann ein Stück Kartoffel heraus. »Das sieht lecker aus, danke.« Ich schaufle es in meinen Mund.

»Du hattest Glück, dass die Typen, die dich festgehalten haben, nicht sehr schlau waren und nicht gemerkt haben, wer du bist. Du hattest echt unglaubliches Glück. Sie haben dich zum Sterben in einem Käfig gelassen, aber es hätte so leicht schiefgehen können.«

Ja, klar, Glück. »Warum ist mir das nicht eingefallen? Ich hatte so viel Glück, dass ich fast gestorben wäre. Das ist gut zu wissen. Ich sollte diese Segnungen schätzen.«

»Die Reichen können sich glücklich schätzen, dass sie nicht in den Besitz deiner Magie gekommen sind. Du kannst jetzt gerne versuchen, den Kopf in den Sand zu stecken und das alles zu ignorieren. Aber man kann es nicht ignorieren, Kricket. Du musst dir klar machen, dass du Drachenmagie hast und sie dich und andere Leute umbringen kann.«

Ich säße echt in der Klemme, wenn er mir das nicht alles *herrklären* würde – oder eher *gargoyleklären*. Wie würde ich das sonst nur alles verstehen? »Wie kann ich mich also schützen?« Ich bin sicher, er hat alle Antworten.

Vielleicht hätte er mich vom Baum umbringen lassen sollen.

»Du hast ein Team, das sich um dich kümmert.«

Na toll. »Ein Team? Ein Team von Gargoyles?«

»Nein. Der General ist eingesprungen und schickt ein Eliteteam als Bodyguards.«

Ich sacke schwer in mich zusammen, und durch die plötzliche Bewegung wird der Hocker verschoben, sodass er auf dem Boden quietscht. Ich klammere mich an die Kante des Tresens, und meine Finger werden unter dem Druck bleich. »Der General. Der silberne Drache. Er weiß von mir?«, krächze ich. »Er weiß von der Stadt mit dem Drachenblut? Ich wette, das kam nicht gut an.«

»Ja, er weiß von dir und er schickt ein Team von Hellhounds, um dich zu beschützen, während er sich mit dem Rat der Kreaturen auseinandersetzt. Ich versichere dir, dass Köpfe rollen werden. Die Gargoyles werden den Rest deiner Klauen-Bruderschaft zur Strecke bringen.«

Mir ist ein bisschen schwindlig. Der Silberdrache schickt Hellhounds.

Hellhounds.

Kapitel Siebenundzwanzig

Hellhounds kommen nicht aus der Hölle oder so – also nicht, wie die echten Höllenhunde. Sie sind Wandler, aber nicht irgendeine Art von Wandler. Sie sind sechs- bis achthundert Jahre alt und erreichen dadurch ein gewisses Machtniveau. Man kann sich das vorstellen wie ein Wandler-Terminator. Oh, und wir dürfen die Magie nicht vergessen – Feuermagie, daher auch der Höllenteil ihres Spitznamens.

Wandler sind an sich unsterblich, denn wenn sie sich wandeln, regenerieren sich ihre Zellen. Wie die meisten Kreaturen können sie jedoch getötet werden, und aufgrund ihres hitzigen Gemüts ist es unwahrscheinlich, dass sie ein Alter erreichen, in dem sie Feuermagie entwickeln können – weshalb sie auch so selten sind.

Um zu existieren, müssen Hellhounds stark und emotional intelligent sein, was sie furchterregend macht.

»Das ist nicht *meine* Klauen-Bruderschaft«, murmle ich. »Gibt es noch mehr von ihnen?«

»Es gibt immer mehr von ihnen, aber darum musst du dir keine Sorgen machen.«

Mein *hübsches Köpfchen* muss sich keine Sorgen machen, oder? Das will er doch damit sagen, nicht wahr? Ich habe keine Ahnung, was er glaubt, mit wem er hier redet. Ich habe mich selbst um die Klauen-Bruderschaft gekümmert, sie alle ausgeknockt und hätte sie ganz allein töten können, während er im Parkhaus ein Nickerchen gemacht hat.

Damit ich nicht durchdrehe oder den Mund aufmache, zähle ich in meinem Kopf bis zehn. Bei diesem Kerl kann ich das nicht, denn wir schleichen immer noch auf Zehenspitzen umeinander herum. Außerdem brauche ich seine Hilfe. Ich schaue ihn von der Seite an. *Guck mal bitte, wie groß er ist.* Er würde mich wahrscheinlich umbringen, wenn ich etwas Falsches sage.

Ein Teil von mir wünscht sich, ich könnte mich in einen Drachen verwandeln und Menschen fressen. Die andere Hälfte will keine anderen Lebewesen essen. Ich müsste sie ja nicht einmal fressen; ich könnte sie einfach zerkauen und wieder ausspucken. Ich müsste nichts herunterschlucken.

Ich würde meine riesigen Drachenbeißer benutzen

und sie ein bisschen zermalmen. Oder, wenn ich so groß bin wie der Silberdrache, könnte ich sie mit meinen Füßen zerquetschen.

Ja, das wäre ziemlich cool. »Aber natürlich habe ich die Drachenmagie ohne DIE Drachenmagie.«

»Ich wünschte, du wärst ein Drache«, sagt Soren.

Verdammt, ich muss den letzten Satz laut ausgesprochen haben. Ich bin immer noch nicht richtig im Kopf und meine Filter sind kaputt.

»Wenn du dich in einen Drachen wandeln könntest, würde das viele unserer Probleme lösen. Dann würde sich niemand mehr mit dir anlegen.«

Ich stoße ein kleines Lachen aus. »Nein, das würde niemand.« Schon gar nicht Anton Hill. »Hey, hast du Damien Hass erwischt?«, frage ich und nehme einen großen Löffel voll von der Suppe.

»Damien Hass?«

Super. Ich hätte ihm gleich nach dem Aufwachen von Damien erzählen sollen. Das ist die Information, die die guten Jungs brauchen. Falls sie die Guten sind. Ich schlucke. »Ja, er nennt sich die Großkralle.« Ich verdrehe die Augen über diesen blöden Titel. »Er ist der Anführer. Er war der Typ, der mich von der Straße entführt hat – schlaffe blonde Haare, eine große Nase und über zwei Meter groß.«

Er benutzt ein fieses Amulett namens *Das Auge des Drachen* und gibt vor, dass es seine Magie ist. Ein Amulett, das so böse ist, dass es ein Stück seiner Seele auffrisst. Den letzten Teil sage ich natürlich nicht laut.

»Nein, den haben wir nicht erwischt. Dieser sogenannte Anführer war nicht da, als wir dich geholt haben, aber mach dir keine Sorgen, wir werden ihn kriegen. Das ist nur eine Frage der Zeit. Es wird dir nichts passieren. Du wirst sicher sein mit deinem Rund-um-die-Uhr-Sicherheitsdienst.«

Das hört sich echt richtig nach Spaß an … Rund-um-die-Uhr-Sicherheitsdienst. Ein herrischer Gargoyle und wahrscheinlich ebenso herrische Hellhounds, die mir alle sagen, was ich zu tun habe, während sie versuchen, mich zu beschützen.

Gleichzeitig aber werden sie mich in die gewünschte Richtung schubsen, damit ich Zauber erschaffe. Amulette, die ich wahrscheinlich gar nicht machen will. Oh, ich weiß. Ich werde mit Sicherheit ein Stockholm-Syndrom entwickeln und anfangen, diese Leute zu mögen, und dann wird es ein rutschiger Abstieg für mich.

Ich lasse meinen Kopf hängen und starre in die Suppe, während ich in der Schüssel nach Antworten auf meine Zukunft suche. »Ich muss meine Mum und meinen Dad anrufen und ihnen sagen, was passiert ist. Na ja, nicht sagen, was passiert ist. Ich kann nicht alles am Telefon ausplaudern, aber ich möchte ihnen sagen, dass es mir gut geht und mich dafür entschuldigen, dass ich so lange keinen Kontakt aufgenommen habe.«

Soren rückt seine Schüssel zurecht und klopft mit seinem Löffel darauf. »Ich habe vor ein paar Tagen mit ihnen gesprochen. Ich habe sie wissen lassen, dass es dir nicht gut geht. Du kannst sie heute Nachmittag sehen, falls du dazu bereit bist.«

»Wirklich?« Ich sacke auf meinem Hocker zusammen. »Du lässt mich sie persönlich sehen? Was ist mit den Leuten, die sie beobachten, und den Kameras?«

»Es gibt jetzt keine Kameras.«

Woher weiß er das? Vielleicht ... »Die Gargoyles haben sie entfernt?«

Er nickt beschämt. »Aber vielleicht solltest du zuerst mit Emma sprechen.« Er holt ein Telefon heraus, drückt ein paar Tasten und legt es vorsichtig auf den Tresen. »Sie hat alle paar Stunden angerufen, und ihr Gefährte wird langsam wütend. Er ist sehr besorgt um sie und ihr ungeborenes Kind.«

»Hast du ihre Nummer?«

Er tippt auf den Tresen. »Sie ist schon bereit, damit du sie anrufen kannst.«

»Danke.«

Das Telefon klingelt zweimal und dann meldet sich eine weiche, sanfte Stimme. »Geht es ihr gut?«

»Hi, Emma, ich bin's. Es geht mir gut.« Ich drehe den Löffel in der Suppe und fühle mich ein wenig unbeholfen. Ich kenne sie noch nicht lange, aber sie ist schnell zu einer Art Freundin geworden.

Sie seufzt erleichtert auf. »Oh, dem Schicksal sei Dank. Ich habe mir solche Sorgen um dich gemacht. Sie haben gesagt, du wärst fast gestorben und dass dein Herz aufgehört hat zu schlagen.«

Ich starre den Gargoyle an, der zweifellos beide

Seiten des Gesprächs hören kann. »Mein Herz hat aufgehört zu schlagen? Wirklich?« Ich ziehe eine Augenbraue hoch. »Das hat er mir nicht gesagt.«

»Zwei Minuten und fünfzehn Sekunden. Dein heilendes Amulett hat deinem Herz einen Stromstoß verpasst, genau wie dem Arzt, der dir helfen wollte, dich zurückzuholen.«

»Wow, das tut mir leid. Geht es ihm gut?«

Soren räumt meine Schüssel und den Löffel weg und wischt die Kochinsel ab. »Der Arzt ist ein Wandler, und es geht ihm gut. Er sagte, es hat gekitzelt.«

»Gekitzelt. Scheiße.« Ich verziehe das Gesicht und setze dann das Gespräch mit Emma fort. »Das tut mir leid. Ich habe mich ablenken lassen. Es geht mir gut. Ich fühle mich großartig. Ich bin nur ein bisschen müde, was lächerlich ist, weil ich vier Tage lang geschlafen habe. Ähm, sag das bitte nicht meiner Mum.«

»Ich werde es ihr ganz sicher nicht sagen«, quietscht Emma. »Ich habe keinen Todeswunsch, danke. Deine Mum ist furchterregend.«

Ich kichere. »Ja, das ist sie ein bisschen. Du solltest sie mal mit meinen Brüdern und meinem Dad sehen. Sie hält uns alle auf Trab.«

Kapitel Achtundzwanzig

Wir nähern uns dem eingezäunten Anwesen, das nur einen Katzensprung von dem weitläufigen öffentlichen Park entfernt ist, der sich hinter der Grenze ausdehnt. Die Fassade des Einfamilienhauses sieht genauso aus wie auf den Bildern – eine geschmackvolle Mischung aus glattem weißen Putz und roten Ziegeln.

Als wir das Gartentor öffnen, den verschlungenen, von Hecken gesäumten Weg hinaufgehen und an die schwarze Haustür klopfen, werde ich nervös. Sie wird sofort geöffnet, und Dad steht da. »Du brauchst nicht zu klopfen.« Er packt mich an den Armen, zieht mich in eine Umarmung, küsst mich auf die Stirn und hält mich dann mit einem missmutigen Gesichtsausdruck auf Armeslänge. »Du hast abgenommen. Viel.« Ich schneide eine Grimasse, woraufhin er lacht und mich wieder in seine Arme zieht, um mir einen der besten Dad-Knuddler zu geben.

Ich erwidere seine Umarmung, weil ich sie brauche, und kämpfe so gut es geht gegen die Tränen an. Natürlich werde ich ihm erzählen müssen, was mit unserer Stadt und seinen Freunden passiert ist, aber im Moment genieße ich es, in seinen Armen zu liegen.

»Ich bin dran«, sagt Mum hinter uns.

Dad lässt mich widerwillig los, und schon bin ich in ihren Armen. Sie riecht nach Blumen und Heimat. Ihre erdbeerblonden Haare streifen mein Gesicht, als sie mich auf die Wange küsst und mich kurz drückt.

»Oh, Liebling, dein Dad und deine Nan haben sich solche Sorgen gemacht.« Sie packt mich an den Unterarmen und schüttelt mich. »Mach das nie wieder! Ich habe vom Stress neue Falten und graue Haare bekommen.«

»Ach, Mum. Du siehst so schön aus wie eh und je.«

Sie zieht sich zurück und sieht mich an. »Du hast abgenommen. Du bist ja praktisch nur noch Haut und Knochen. Du musst besser auf dich aufpassen.« Sie sieht zu Soren auf und wirft ihm einen bösen Blick zu. »Du bist ihr Bodyguard? Du musst dafür sorgen, dass sie richtig isst. Sie ist immer so beschäftigt und vergisst dabei zu essen.«

»Es geht mir gut, und Mum, es ist nicht Sorens

Schuld; lass ihn in Ruhe. Es ist nicht seine Aufgabe, mich zu füttern.«

Mum brummt und starrt nach hinten ins Haus. »Ich weiß nicht, was deine Brüder machen. Sie sind schon den ganzen Nachmittag verdächtig ruhig. Deine Nan ist in der Bibliothek und kommt erst in anderthalb Stunden zurück. Sie wird traurig sein, dass sie dich verpasst hat.«

Oh, dann bleiben wir also nicht lange? Ich runzle die Stirn und ziehe den Kopf ein, damit niemand meinen verletzten Gesichtsausdruck sehen kann.

»Komm rein, komm rein! Ich weiß gar nicht, warum ich das sage. Immerhin ist es dein Haus. Es ist ja klar, dass du in dein eigenes Haus darfst.« Sie wedelt mit der Hand und wir folgen ihr. An der Tür ziehe ich meine Turnschuhe aus, und Soren zieht seine Stiefel aus – ohne ein Wort zu sagen. Ich lächle ihn dankbar an.

Das Haus führt in einen geräumigen Flur mit dunklen Holzböden im Fischgrätenmuster. Auf der rechten Seite führt eine geschwungene Treppe in die oberen Stockwerke.

»Das ist nicht mein Haus, Mum.« Ich stelle sicher, dass die Schuhe ordentlich verstaut sind. »Es ist unser Familienhaus und ich werde dir und Dad die Besitzurkunde überschreiben, sobald ich Zeit habe, zum Notar zu gehen.«

»O nein, das wirst du nicht.« Sie bleibt stehen und dreht sich um, wobei ihre Wangenknochen rot werden. Ich erschaudere innerlich über ihren wütenden

Gesichtsausdruck. »Dein Dad und ich werden das schon irgendwie selbst hinkriegen. Robert hat nächste Woche ein Vorstellungsgespräch, nicht wahr?« Sie dreht sich zu ihm um.

»Ja, am Dienstag.«

»Und ich habe auch schon ein paar Pläne in petto. Wir werden uns ein eigenes Haus leisten können und nicht auf unsere talentierte Tochter angewiesen sein.« Warum klingt der Begriff talentiert wie ein Schimpfwort? »Wir werden so bald wie möglich ausziehen.«

Ich runzle die Stirn. »Ich gratuliere dir zu deinem Vorstellungsgespräch, Dad.« Ich klopfe ihm mit einem gezwungenen Lächeln auf den Arm. »Ich weiß, dass du es schaffen wirst und den Job bekommst.« Ich wende mich an Mum, atme tief durch, um mir Mut zu machen, und versuche es erneut. »Es bringt doch niemandem was, wenn das Haus leer steht, und für mich ist es zu groß.«

»Na, dann verkauf es halt. Ehrlich, Mädchen, manchmal denkst du zu groß.« Sie stapft wieder davon, während sie über ihre Schulter sagt: »Möchtest du eine Tasse Tee?«

»Ja, bitte.« Tee macht alles wieder gut.

»Aleric, Ledger«, brüllt Mum. »Kricket ist hier. Kommt runter, Jungs, und begrüßt eure Schwester.« Sie wartet einen Moment, und als kein gehorsames Laufen zu hören ist, marschiert Mum schnaufend die Treppe hinauf. »Robert, mach dich bereit, das WLAN abzuschalten.«

Dad lacht leise, legt seinen Arm um mich und lenkt uns in Richtung Küche. »Lass uns den Kessel aufsetzen, ja?«

Der offene Wohnbereich ist um einen niedrigen Couchtisch und einen modernen Kamin herum angeordnet. Ein plüschiges, übergroßes, L-förmiges Sofa dominiert den Raum. Die dunkelgraue Küche ist mit hochmodernen Geräten ausgestattet, die in schlichte, grifflose Schränke integriert sind. Angrenzend an die Küche befindet sich der Essbereich mit einem langen Holztisch und Schiebetüren, die zu einer geräumigen Terrasse und dem Garten führen. Es ist schön.

Soren folgt uns leise.

»Es tut mir leid, dass ich dich noch nicht gegrüßt habe, Soren. Danke, dass du uns über Krickets Situation auf dem Laufenden gehalten hast.« Dad lehnt sich um mich herum und beide Männer geben sich die Hand. »Ich bin Krickets Dad. Möchtest du eine Tasse Tee?«

»Ja, das wäre wunderbar, danke.«

Oh, verdammt, meine Manieren sind nicht die besten. Ich bin mir sicher, dass ich das später von Mum zu hören bekommen werde. »Ich hätte euch alle vorstellen sollen, aber ich weiß nicht, wo mir der Kopf steht. Es tut mir leid.«

»Du hast dich immer noch nicht erholt«, sagt der Gargoyle freundlich.

Über uns knallt eine Tür und Mum stürmt die Treppe hinunter. Völlig außer Atem fliegt sie förmlich in die Küche. »Sie sind weg«, sagt sie. »Sie sind … sie sind weg.«

»Weg wohin?«, fragt Dad und stellt den Teekessel ab.

»Ich weiß es nicht«, jammert sie. »Sie dürfen das Haus nicht verlassen. Wir haben strenge Anweisungen und Bodyguards, die uns beschützen, wenn wir das Haus mal verlassen. Emma hat alles arrangiert«, sagt sie zu Soren. »Aber sie sind weg. Sie haben sich hinausgeschlichen. Robert, sie haben sich hinausgeschlichen, und noch etwas« – ihre Augen füllen sich mit Tränen und Angst – »ich habe nachgesehen, und ich glaube, sie waren am Safe.«

Die Amulette.

O nein.

Ich schaue Soren mit großen Augen an, während ich mit meinen Gefühlen ringe. Ich muss ruhig bleiben. »Ich werde mal nachschauen gehen. Mal sehen, was fehlt, wenn überhaupt irgendetwas.« Ich stürme aus dem Zimmer und nehme die Treppe, zwei Stufen auf einmal. Ich weiß, wohin ich gehe. Auch wenn ich den Grundriss und die Fotos nicht gesehen hätte, ist das Hauptschlafzimmer leicht zu finden, denn die Magie im Safe ruft nach mir.

Ich reiße den Kleiderschrank auf und falle auf die Knie. Der Schutzwall des Tresors öffnet sich mit einer Berührung, und dann reiße ich den Beutel mit den Amuletten heraus.

Ein Kästchen mit zwölf Amuletten ist verschwunden. Meine Brüder haben sie mitgenommen, weil die Schatulle schick ist und die Amulette innen in den Schaumstoff eingelassen sind. Ich lege alles andere zurück in den Safe und flitze nach unten. Ich weiß, was ich tun kann. Wenn Aleric und Ledger noch in der Nähe der Schachtel sind, kann ich sie finden, indem ich die Amulette aufspüre. Es wird gut gehen. Alles wird gut. Höchstwahrscheinlich spielen sie draußen mit den Amuletten herum.

»Ja, ein paar Amulette sind verschwunden. Sie haben eine ganze Schachtel voll mitgenommen.«

»O nein«, sagt Mum und drückt sich an die Brust meines Dads. »Wohin sind sie verschwunden und warum?«

»Ich weiß es nicht, mein Liebling. Vielleicht haben sie ein paar neue Freunde und wollten angeben.«

»Sie haben noch niemanden kennengelernt, keine neuen Freunde. Sie haben kein Handy. Ich weiß nicht, was sie sich dabei gedacht haben.« Mum stößt Dad weg, ballt die Fäuste und richtet ihre Wut auf mich. »Kricket, das ist deine Schuld. All das ist deine Schuld. Dein Blutgeld und dieses blöde Haus. Deine kleinen Brüder wären nicht in Schwierigkeiten, wenn es dich und diese dummen, gefährlichen Amulette nicht gäbe.«

Blutgeld, wow. Ich stolpere schockiert zurück, schlinge meine Arme um mich und sehe meine Mum an, als hätte ich sie noch nie zuvor gesehen. »Mum, ich ...« Was soll ich sagen? Ich kann mich nicht entschuldigen und ich kann nicht meine Unschuld beteuern. Mum hat recht. Das ist meine Schuld. Ich hätte den Schutzwall so verändern sollen, dass nicht einmal meine Familie die Amulette berühren kann, oder besser noch, ich hätte sie gar nicht erst mitgeben sollen.

»Mary, das ist nicht fair«, sagt Dad mit flehender Stimme. »Du kannst ihr nicht die Schuld dafür geben. Deine Mum meint es nicht so«, sagt er zu mir.

»Wage es nicht, für mich zu sprechen.« Ihre Nasenflügel flattern und sie starrt Dad an. »Ich meine es ernst. Ich bin es leid, wegen unserer Tochter auf Eierschalen zu laufen.«

Eierschalen?

Es tut mir leid, dass die Vernichtung unserer ganzen Stadt dir Unannehmlichkeiten bereitet hat. Ich reibe mir die Brust, während ich mich selbst daran erinnere, dass sie es nicht weiß. Sie würde das alles nicht sagen, wenn sie es wüsste. Meine Eltern wissen, dass es mir nicht gut geht und dass es etwas mit den Eindringlingen zu tun hat, aber sie kennen nicht alle Details – deshalb bin ich ja überhaupt hergekommen.

Mum kommt mit erhobener Hand auf mich zu.

»Nein.« Mit einem leisen Knurren, einem ausdruckslosen Gesicht und dem Rascheln seiner Flügel stellt sich Soren zwischen uns.

Er zieht die Bodyguard-Nummer ab. Ich weiß nicht, warum er sich die Mühe macht. Mum ist zwar jähzornig, aber sie würde mir nicht wehtun. Oder? Kribbelnde Schmerzen tanzen über meine Unterarme, und die Haut an der Unterseite juckt. Ich kratze mich, und unter meinen Fingerspitzen sind Beulen zu spüren. Habe ich eine allergische Reaktion? Ich ziehe meinen Ärmel hoch.

Mein Arm sieht ganz normal aus.

»Haben sie einen Computer, ein Datapad?« Sorens Stimme hat sich in den professionellen Modus versetzt und er kommt direkt zur Sache.

»Ja, sie haben beide Datapads und eine Spielkonsole«, antwortet Dad.

Der Gargoyle nickt, holt sein Telefon heraus und ruft jemanden an. Er erklärt schnell, was passiert ist, und als er auflegt, sagt er: »Ava ruft zurück, wenn sie die Daten überprüft hat.«

Ava, das ist gut. Sie ist die Beste bei dem ganzen Computerkram.

»Ich kann die Amulette aufspüren ...« Meine Stimme bricht und meine Hände zittern. Ich verstecke sie, indem ich sie in meine Achselhöhlen stecke. Die Sache mit meiner Mum hat mich aus der Bahn geworfen. Ich muss mich zusammenreißen und meine Brüder aufspüren.

Soren dreht sich zu mir um und sein Blick ist freundlich, als ich ihm in die Augen schaue. Seine große Hand drückt sanft eine von meinen. »Du kannst deine Amulette aufspüren?«

»Ja.«

»Interessant.« Ja, voll *interessant*. Großartig, das werden wir sicher ausführlich besprechen, wenn wir allein sind. »Wenn du herausfindest, wo die Amulette sind, helfe ich dir, deine Brüder nach Hause zu bringen.«

»Danke.«

»Wenn du meine Jungs nicht findest, brauchst du mir nicht mehr unter die Augen zu treten«, knurrt Mum.

»Mary, das ist nicht hilfreich.«

Ich denke, sie redet mit Soren, aber nein, sie sieht mich an.

Es wird unglaublich schwer sein, sich zu konzentrieren, wenn meine Mum mich so böse anstarrt und ich in ihren Augen sehe, dass sie mir die Schuld an allem gibt. Liebe tut manchmal so weh. Der Riss in mir, der immer größer geworden ist, zersplittert noch ein bisschen mehr. Ich muss mit den Konsequenzen meines Handelns klarkommen.

Jeden Tag fühle ich mich mehr wie der Bösewicht.

Die Angst um meine Brüder, die Schuldgefühle und die fiesen Worte meiner Mutter treiben mich dazu, all meine Gefühle zu unterdrücken. Das hat nichts mit mir zu tun. Nichts davon hat etwas mit mir zu tun. Ich lasse alle Gedanken an das, was passiert, hinter mir. Es liegt nicht in meiner Hand und ich kann mich nur darauf konzentrieren, die Amulette aufzuspüren. Ich blende alles aus.

Sorens Telefon klingelt. Ich ignoriere das Gespräch und zwinge mich in die Schwärze meiner Suche. Die Punkte in dem riesigen dunklen Ozean fallen mir jetzt viel leichter, da sich mein Geist beruhigt hat, und ich finde schnell heraus, wo die Amulette verstreut sind – wie kleine Glühwürmchen am Himmel. Sofort entdecke ich eine Ansammlung, die weit von meiner mentalen Karte entfernt ist – die zwölf Amulette. Da wird mir klar, dass wir ein Problem haben: Die Kiste mit den Amuletten ist nicht in dieser Welt.

Nein, sie ist in Faerie.

Kapitel Neunundzwanzig

Wer immer sie genommen hat, ist durch ein Tor
gegangen. Meine Brüder sind nicht nur im Park, um
Fußball zu spielen oder mit den Amuletten zu experi-
mentieren; sie sind in einem ganz anderen Reich –
einem anderen Reich, über das ich nichts weiß. Das
Entsetzen übermannt mich fast.

Ich kann es nicht glauben. Sie waren noch nie außerhalb unserer Stadt und jetzt haben die Fae sie irgendwie
entführt? Das ergibt keinen Sinn. Mein Kopf fühlt sich
an, als würde er gleich zerspringen.

Ich starre den Gargoyle an, als er sein Telefonat
beendet und sich an meine Eltern wendet. »Ava hat

gesagt, dass es Konversationen auf ihrer Spielkonsole gibt.«

»Drohungen?«, frage ich. Meine Stimme ist ein emotionales Krächzen.

»Nein.« Der Gargoyle senkt seine Stimme in einen sanfteren Ton. »Es sieht so aus, als hätten Aleric und Ledger im Internet mit den Amuletten geprahlt. Gary Chappell hat fast schon Kultstatus und jemand – einer ihrer Spielkumpels – hat ihnen gesagt, dass sie lügen, was den Besitz von Amuletten angeht, und sie aufgefordert, sich im Park zu treffen, um es zu beweisen.«

»Wie konnten sie nur so dumm sein?« Mum stöhnt.

»Die Kreaturen, mit denen sie sich getroffen haben, waren nicht die Teenager, die sie vorgegeben haben, zu sein«, fährt Soren fort.

»Die Klauen-Bruderschaft?« Haben sie meine Brüder entführt?

»Nein, Ava glaubt das nicht. Sie hat gesagt, dass die Nachrichten nach ihren ersten Ermittlungen von Elfen zu stammen scheinen. Das Treffen war vor über zwei Stunden. Sie hat alle Aufzeichnungen und Sicherheits-überwachungen überprüft, aber da, wo sie sich getroffen haben, gibt es keine Kameras. Aleric und Ledger wurden nicht mehr von irgendwelchen Kameras erfasst. Im Moment gehen wir davon aus, dass die Elfen eure Söhne entführt haben.«

Meine Mum stöhnt und hält sich den Mund zu und

Dads Augen füllen sich mit Tränen, während sie sich aneinanderklammern.

Ich nicke in ihre Richtung. »Kann Ava ihnen alle Informationen schicken?«

»Wenn du das willst?«

Ich nicke wieder.

»Ich werde alles an deinen Dad weiterleiten.«

»Danke.«

Soren hebt sein Kinn als Zeichen der Zustimmung und schickt Ava eine Nachricht. Zur gleichen Zeit fangen meine Eltern an zu streiten und beschuldigen sich gegenseitig, nicht auf die Jungs aufgepasst zu haben. Es ist sinnlos, mit dem Finger auf andere zu zeigen, denn meine Brüder sind alt genug, um selbst auf sich aufzupassen.

»Es ist ihre Schuld«, flüstert Mum barsch.

Ich lächle verbittert, nicke und mache auf dem Absatz kehrt. »Soren, können wir gehen? Ich habe einen Standort.«

»Klar.« Er sieht mich stirnrunzelnd an, während wir zur Haustür gehen.

»Wenn das Hilfsangebot ernst gemeint war, hoffe ich, dass du einen Ley-Linien-Code hast, der uns nach Faerie bringt, denn wir müssen zum Herbsthof.«

»Moment mal.« Der Gargoyle hält inne und bindet sich die Schnürsenkel seines Stiefels. »Du kannst sie in andere Reiche verfolgen?«

»Ja, das mit dem Verfolgen in andere Reiche ist mir auch neu.« Ich zucke mit den Schultern und schnappe mir meine Turnschuhe. »Oh, eine Sekunde noch. Kannst du kurz auf mich warten ...« Ich stürme die Treppe hinauf, betrete das Zimmer meiner Eltern, öffne den Safe und nehme den Beutel mit den Amuletten heraus. Ihre Anwesenheit hier hat schon genug Schaden angerichtet. Ich schließe den Safe und gehe wieder nach unten. Meine Füße fühlen sich an, als würde ich Bleischuhe tragen, meine Beine sind wie Gelee und ich kann kaum laufen. Alles holt mich ein. Gott, ich fühle mich wie hundert, nicht wie neunzehn.

»Sie hat es nicht so gemeint«, sagt mein Dad, als ich die Treppe herunterkomme.

Doch, das hat sie. Mum war schon wütend, bevor wir überhaupt wussten, dass die Jungs verschwunden sind. Sie wollte nie aus unserer Stadt weg und ich habe alles kaputt gemacht. Ich habe ihre Familie aus einem perfekten Leben gerissen. Ich kann sie im Wohnzimmer schluchzen hören.

»Ich hab dich lieb, Dad.« Ich küsse ihn auf die Wange und schiebe meine Füße in meine Turnschuhe. »Ich werde Aleric und Ledger zurückholen. Soren wird dir alle Informationen zukommen lassen. Wir müssen noch durchgehen, was in der Stadt passiert ist. Es ist schlimm, Dad, aber wir werden darüber reden, wenn die Zwillinge sicher zu Hause sind.« Ich tätschle seinen Arm und dann den Rucksack, bevor ich ihn mir über die Schulter werfe. »Und ich habe den Rest der Amulette aus dem Safe geholt. Du kannst ihr sagen, dass nichts von meiner schmutzigen Magie im Haus ist.

Abgesehen von dem Schutzwall. Wenn sie den nicht will, kann ich eine richtige Hexe vorbeischicken, die einen dauerhaften Zauber anbringt.«

Das ist die Magie, die sie vorzieht, sonst kann sie es verdammt noch mal selbst machen.

»Sei doch nicht so, Kricket! Du kannst das nicht verstehen, da du keine Mutter bist. Sie ist gestresst. Sie ist verängstigt. Es waren ein paar lange Wochen, und sie will nach Hause.«

Nach Hause. Innerlich lache ich manisch, aber ich hoffe, dass sich der Wahnsinn, den ich fühle, nicht in meinem Gesicht zeigt. »Dad, wir konnten uns nicht unterhalten, also wisst ihr es beide nicht. Es gibt kein ...«

»Verschwinde! Das ist alles deine Schuld«, faucht eine Stimme. Mit roten, geschwollenen Augen stolpert Mum aus dem Wohnzimmer und auf uns zu.

Na, das nenne ich doch mal gutes Timing. Sie hat mich davor bewahrt, Dinge zu sagen, die ich vielleicht bereut hätte. Ich öffne die Haustür, und Soren und ich treten hinaus. Ich traue mich nicht, den Gargoyle anzuschauen. Das ist mir so peinlich. Hinter uns wütet Mum weiter.

Ich höre nicht mehr zu und presse meinen Mund zu. Streiten und zurückschreien ist keine Lösung. Das würde die Situation nur noch schlimmer machen. Natürlich möchte ich ihr entgegenbrüllen, was passiert ist und dass alle tot sind. Dass alles weg ist, und wenn sie dorthin zurückgeht, es nichts als Erde und Staub gibt.

Doch ich kann ihnen nichts davon sagen, solange

ich so wütend und verletzt bin. Wenn wir eine zivilisierte Unterhaltung führen würden, wäre das etwas ganz anderes. Ich könnte mit Sympathie und Mitgefühl darauf eingehen, aber jetzt habe ich zu viel Angst um meine Brüder. Ich kann ihren Schmerz, ihre Sorgen und ihre Wut nicht gleichzeitig mit meiner Angst ertragen.

Ich habe meine Familie beschützt. Ich habe sie beschützt. Denn wenn sie nicht gegangen wären, wären sie jetzt tot, wie alle anderen auch.

»Kricket«, sagt Dad, sein Blick ist besorgt.

»Es ist in Ordnung. Wir werden sie zurückholen.«

Soren und ich gehen den Weg hinunter und ich schließe vorsichtig das Tor hinter uns. Dann atme ich tief durch. »Okay, wir haben kein Videomaterial, also wissen wir nicht, was die Elfen getan haben. Was wir aber wissen, ist, dass die Amulette in Faerie sind.«

Soren wedelt mit seinem Telefon. »Ich habe einen Code für das Tor. Ich warte noch auf die Erlaubnis. Der Papierkram sollte in der nächsten halben Stunde oder so eintreffen. Ava hat mir auch die Details geschickt, wo sie sich treffen wollten. Lass uns mal nachsehen, wohin sie gebracht wurden. Das könnte helfen. Oh, und die Hellhounds sind unterwegs.«

Ich zittere und schiebe meine Angst vor ihnen beiseite. Ich nehme jede Hilfe an, die wir bekommen können. Zugegeben, es ist so, als würde man eine Atombombe einsetzen, um einen Zickenkrieg zu beenden, aber ich nehme die Unterstützung an. »Okay, dann wollen wir uns das mal ansehen.«

»Also gut, Nichts-Mädchen.« Auf dem Weg am Auto vorbei nimmt Soren mir den Rucksack von der Schulter und legt ihn in den Kofferraum. »Hier drin sind sie doch sicher, oder?«

»Ja. Es wird ihnen nichts passieren.« Als Vorsichtsmaßnahme sage ich den Amuletten, dass sie sich verstecken und schützen sollen. Ich habe immer noch eine Tasche voller Amulette, also sind wir nicht ungeschützt. Ich schaue zur Seite und meine Augen wandern hoch und immer höher. Mein Blick richtet sich auf den riesigen Gargoyle, der mit seinen langen Schritten auf mich zukommt.

Er ist ungefähr zwei Mal so groß wie ich – vielleicht zweieinhalb Mal – und gebaut wie ein Panzer.

Ja, ich glaube nicht, dass wir ein großes Problem haben werden.

»Alles in Ordnung?«

»Ja, es geht mir gut.« *Nein, es geht mir nicht gut.* Ich habe einen Knoten im Hals, den ich hinunterzuschlucken versuche, und meine Brust tut weh. Ich habe Todesangst, dass meinen Brüdern etwas Schreckliches zugestoßen ist und mein ganzes Leben aus den Fugen gerät, und ich frage mich, warum ich so hartnäckig kämpfe, obwohl ich doch eigentlich immer alles versaue. Es ist schrecklich, und ich hasse es, mich selbst zu bemitleiden.

»Deine Mum ist eine Bitch.«

Ich stoße ein Lachen aus, dann ein schluckaufartiges Schluchzen und dann flenne ich mir die Augen aus.

»Ah, Scheiße.« Ein großer Arm legt sich auf meine Schultern. Er zieht mich an seine Seite und ich vergrabe meinen Kopf in seinem Shirt. »Es ist okay«, flüstert er. Ich spüre die Wärme und das Gewicht seiner Flügel, die sich um uns legen und uns von der Außenwelt abschirmen. »Es ist alles okay.«

Er streichelt meinen Kopf und massiert sanft meinen Nacken. Die ganze Zeit über flüstert und murmelt er belanglose Dinge, während er mich festhält.

KAPITEL DREISSIG

WIR STEIGEN über den Lattenzaun in den Park,
anstatt wertvolle Zeit damit zu verschwenden, zum Tor
zu laufen. Ich habe keine Lust, über den Zaun zu klettern. Mir fehlt es an Koordination und ich habe kein
Glück mit Holz – so viel steht schon mal fest. Zum
Glück ist der Spalt breit genug, dass ich zwischen den
Stäben durchklettern kann.

Natürlich springt der Gargoyle einfach darüber, und
ich kann mir ein Lächeln nicht verkneifen, als er das tut.
»Angeber!«

Er grinst mich an und mein Lächeln verblasst. Ich
sollte nicht lachen, wenn meine Brüder verschwunden
sind. Soren bemerkt den Stimmungsumschwung in mir,

während wir schweigend über das Gras und zu einem Steinweg gehen.

Der Park hat zwei äußere Wege: Der eine ist mit einem Schild für Pferde und Fahrräder gekennzeichnet, also ein Reit- und Radweg, und der innere Weg ist zum Spazierengehen gedacht, daher wählen wir den inneren.

Ich habe noch nie ein Pferd in echt gesehen. Reiter würden sicher nicht über einen Gargoyle stolpern wollen, und ich habe keine Ahnung, wie ein Pferd reagieren würde. Ich habe den starken Drang, ihn zu fragen, aber ich verkneife mir die Worte. Er war so nett und ich will ihn nicht beleidigen.

Wenn das hier vorbei ist, möchte ich gerne ein Haustier haben – natürlich kein Pferd, sondern so etwas wie eine Katze oder einen Hund.

Nach zehn Minuten kommen wir zu einer Baumgruppe am Rande eines kleinen Ententeichs. »Hier.« Soren schaut von der Wegbeschreibung auf seinem Handy auf.

Ich weiß nicht, warum meine Brüder dachten, es sei eine gute Idee, diese Spielkumpels hier zu treffen. Ich bin mir sicher, dass es im Park sicherere Orte gibt, aber Ava meinte, sie seien Elfen, also würden sie nicht gesehen werden wollen.

Meine naiven, hinterlistigen kleinen Brüder wollten mit Sicherheit auch den Augen unserer Mum entgehen, was sie in Gefahr gebracht hat.

In der Nähe des Teiches ist das Gras plattgedrückt und der Boden uneben und schlammig, aber nichts –

kein Blut, keine Beweise – nichts, was darauf hindeutet, dass sie hier gewesen sind. Ich wünschte, ich könnte riechen wie ein Wolf. »Kannst du etwas riechen?« Immerhin hat einer von uns einen Superschnüffler.

»Nein.«

Ich stehe da, während die kalte Brise mit den losen Strähnen meines Haars spielt und mein Gesicht einfriert. Meine Nase und meine Augen sind ganz wund vom Weinen. *Denk nach, Kricket.* Die Amulette sind nicht mehr hier. Sie sind durch das Tor verschwunden. Ich kann sie aufspüren, aber irgendetwas scheint nicht ganz richtig zu sein. Ich verenge meine Augen. Warum sollten die Elfen meine Brüder mitnehmen, wenn sie doch bekommen haben, was sie wollten?

Viele der Fae handeln mit Menschen. Aber würden sie es riskieren, zwei junge Burschen zum Portal zu bringen? Ava hätte das überprüft. Außerdem hätten sie einen Verkleidungszauber benutzen können.

»Oh«, sage ich und schaue mich noch einmal um. Mir wird klar, was ich übersehen habe. Ich kann die magischen Signaturen anderer Leute sehen, nicht nur meine. Ich habe keine Ahnung, ob andere Lebewesen das auch können, aber ich habe das immer angenommen. Wenn ich die Amulette auf meiner mentalen Karte sehen kann ... »Kannst du magische Signaturen sehen?«

»Nein, so was gibt es nicht.«

Ich reibe mir den Punkt zwischen den Augen und stöhne. *Echt jetzt? Niemand sonst kann magische Signaturen sehen? Nur ich?* Das wird langsam lächerlich.

Meine verrückte Magie und ich. Ich hätte mir viel Ärger und Zeit ersparen können, wenn ich das gewusst hätte.

Als ich im Würfel war, habe ich mir gesagt, dass ich mir die Magie zu eigen machen werde. *Dann fang lieber gleich mal damit an.* Okay, ich beginne damit, den letzten Gedanken zu beenden. Ich kann andere magische Signaturen sehen, also kann ich vielleicht die Sache mit der mentalen Karte machen, um meine Brüder zu finden.

Mir wird schlecht. Es wird nicht funktionieren und die Idee ist lächerlich, aber ich versuche es trotzdem und konzentriere mich darauf, mir meine Brüder und ihre aufkeimende Hexenmagie vorzustellen. Ich schließe die Augen und rufe die Karte auf, die ich normalerweise für Amulette reserviere, und suche damit nach Magie, die der meinen ähnelt. Ihre magischen Handschriften sind so vertraut, dass es einfach ist. Ich finde meine Mum noch im Haus und meine Nan auf dem Weg nach Hause, und dann entdecke ich zwei blassgrüne Fäden, die sich ineinander verschlingen, auseinandergehen und sich wieder verflechten. Ich lächle. Zwei Fäden, die sich verdrehen und mischen, das müssen meine Brüder, die Zwillinge, sein.

Ich folge dem Faden der Magie und mir werden vor Erleichterung die Knie weich. Sie sind nicht in Faerie bei den Amuletten. Meine Brüder sind immer noch hier in diesem verflixten Park. *Glaube ich.* Ich lecke mir über die Lippen und meine Hand zittert, als ich auf etwas zeige.

»Ich kann ihre magischen Signaturen sehen, und sie sind in diese Richtung gegangen.«

»Das kannst du? Du kannst magische Handschriften sehen? Seit wann?«

Ich nicke, lasse meinen Arm sinken und zucke mit den Schultern. »Seit immer. Ich kann sie sehen, und jetzt kann ich sie verfolgen. Komm schon!« Ich frage mich, ob das eine nützliche Fähigkeit ist oder ein weiterer Grund, warum die Leute mich tot sehen wollen.

»Und ich dachte, deine Brüder hätten keine Magie.« Seine Stimme wird misstrauisch und ein Anflug von Wut huscht über sein Gesicht. Seine sofortige Verärgerung bereitet mir Unbehagen und macht mich sauer. Ich tue mein Bestes, um ihn zu ignorieren, aber ich kann nicht anders, als verletzt zu sein. Ich weiß nicht, warum. Das sollte ich nicht. Nach dem Zusammenstoß mit meiner Mum bin ich wohl ein wenig empfindlich.

Es macht mir nichts aus, dass er mir nicht traut.

Es sollte keine Rolle spielen. Aber das tut es. Ich kenne diesen Mann nicht einmal, und wir sind auch keine Freunde. »Ihre Magie ist ruhend und *normal*.« Ich gehe in die richtige Richtung, stapfe durch die Bäume, um den Teich herum und zum Wanderweg. »Ich habe dich nicht angelogen; technisch gesehen sind sie beide Hexen, also werden sie in der Lage sein, Zaubersprüche zu wirken oder Schutzwälle zu errichten, wenn sie in diese Richtung trainieren wollen.«

Sie sind noch jung genug für die Ausbildung. Ich frage mich, ob meine Eltern sie in die Witch Academy schicken werden, jetzt, wo der Stadtrat uns nicht mehr kontrolliert.

»Mach dir keine Sorgen, ihre Magie ist nicht wie meine. Aber sie haben eine leichte, magische Signatur, die ich aufspüren kann.« Selbst reine Menschen und Tiere haben Magie.

Wir folgen der Spur, die nur ich sehen kann, und gehen weiter. Unser einst angenehmes Schweigen fühlt sich jetzt unangenehm an. Ich versuche nicht, zu Schweigen. Ich weiß nur nicht, was ich sagen soll.

Das war ein beschissener Tag und ein Teil von mir wünscht sich, ich könnte einfach wieder schlafen gehen.

Nach etwa einer Viertelstunde murrt der Gargoyle. »Ich möchte mich entschuldigen. Ich wollte dich nicht verärgern.«

»Du hast mich nicht verärgert«, sage ich ihm und versuche, meine Stimme ruhig zu halten. Er hat mich aber sehr wohl verärgert. Doch das werde ich nicht zugeben. Ich bin froh, dass er mich das machen lässt, und ich bin dankbar, dass er mir hilft.

Dann sagt er: »Ich habe dich sehr wohl verärgert«, als würde er mir den Gedanken aus dem Kopf reißen.

»Ist schon okay.«

»Wir müssen eine Pause einlegen. Du bist noch geschwächt, weil es dir schlecht geht.«

»Es geht mir gut ... es geht mir gut. Ich muss zu

meinen Brüdern.« Ich stolpere über einen Stein und falle fast auf mein Gesicht.

Sorens Hand schnellt hervor, packt mein Oberteil von hinten und zieht mich an seine massive Brust. »Nichts-Mädchen, du bist erschöpft«, flüstert er. Sein massiver grauer Unterarm, der sich um meine Taille schlingt, hebt sich deutlich von meinem schwarzen Oberteil ab. Ich zittere und lehne mich ein wenig an ihn, obwohl ich das nicht sollte. Er riecht so gut.

»Bitte, noch zehn Minuten. Sie sind gleich da oben.«

Er knurrt und lässt mich los.

Wir gehen weiter. Aber jetzt ist er näher an mir dran. Ich reibe mich fast an ihm.

Ich kenne den Park nicht und habe ihn auch nicht nachgeschlagen, abgesehen von der Kriminalitätsstatistik, bevor ich das Haus gekauft habe. Aber jetzt, wo wir hier draußen spazieren gehen, komme ich mir ein bisschen blöd vor. Wir sind schon eine ganze Weile hier draußen. Wir hätten zum Haus meiner Eltern zurückgehen, das Auto holen und herumfahren sollen, denn ich habe das Gefühl, dass Aleric und Ledger näher an der Hauptstraße sein werden als an unseren Eltern und dem Haus.

Wir biegen um die Ecke, laufen an einem weiteren Teich vorbei und kommen dann auf eine Nebenstraße. Links ist ein Hotel und rechts ist die Hauptstraße, die um den Park herumführt. Und dann sehe ich sie, zwei rothaarige Jungen, die herumalbern.

Sie werfen Steine in einen anderen Teich, scherzen und lachen miteinander, als ob nichts passiert wäre. Als hätten sie meine Eltern, einen Gargoyle und mich nicht gerade davon überzeugt, dass sie entführt worden sind. Wenn ich die Energie hätte, würde ich zu ihnen hinüberlaufen und ihnen eine Abreibung verpassen. Aber das kann ich nicht, denn ich bin todmüde.

»Oi! Ihr zwei! Ihr steckt in grossen Schwierigkeiten!«, schreie ich, während wir über die Straße schlendern. Die beiden springen auf und drehen sich um, als ich sie anspreche.

»Kricket!«, schreit Ledger und winkt.

»Komm mir nicht so«, sage ich, während sich mein Arm von selbst bewegt und ich zurückwinke.

»Wir haben dich vermisst. Geht es dir gut?«

»Ist doch egal, ob es mir gut geht. Was macht ihr hier draußen? Ihr solltet doch Bodyguards haben, und warum habt ihr Trottel euch mit Elfen getroffen und ihnen mein Amulett gegeben?«

Aleric schlägt sich an die Stirn und stöhnt: »Sie weiß es.«

Ledger wirft die Hände in die Luft. »Natürlich weiß sie es. Es war nicht unsere Schuld«, jammert er. »Wir dachten, sie wären unsere Freunde. Wir haben ihnen von den Amuletten erzählt. Wir haben dich nicht erwähnt, aber wir haben gesagt, dass sie wirklich gut sind. Sie haben uns als Lügner bezeichnet, und wir haben gesagt, dass wir das nicht sind. Dann haben wir uns gestritten, und um ihnen das Gegenteil zu beweisen, haben wir uns hier getroffen, aber sie haben uns ausgeraubt.« Ledger zuckt mit den Schultern.

»Sie haben euch ausgeraubt?«

Aleric stöhnt. »Du bist echt so nutzlos, Ledger. Ja, sie haben uns ausgeraubt, aber Schwesterchen, das waren Elfen, und einer von den Typen, der Blonde, war furchteinflößend.«

»Ich habe die Amulette in einen Busch geworfen und dann sind wir gerannt. Wir sind zur Straße gelaufen und sie konnten uns nicht schnappen, ohne dass man sie gesehen hätte, also haben wir wenigstens das geschafft. Es tut mir leid. Bist du sauer? Waren sie viel Geld wert?« Ledger blinzelt mich unschuldig an.

Ich habe diesen Gesichtsausdruck schon ein oder zwei Mal im Spiegel gesehen. Ich halte meine Hand hoch. »Ihr habt die Amulette in einen Busch geworfen und seid abgehauen?«

»Ja, natürlich sind wir das!«

Ich packe sie beide am Hals und ziehe sie an mich. Ich küsse den einen verschwitzten Rotschopf und dann den anderen. »Ich bin so stolz auf euch. Bitte trefft euch nicht mit Fremden aus dem Internet an Ententeichen mitten im Niemandsland. Trefft euch *nirgendwo* mit irgendwelchen komischen Typen, denn das ist ein guter Weg, um getötet zu werden. Das hätten auch Vampire sein können, die euch beide fressen.« Ich zische und lasse meine stumpfen Zähne aufblitzen, um meinen Standpunkt deutlich zu machen. »Aber ihr habt gut mitgedacht und ich bin so stolz auf euch. Die Amulette sind mir egal. Entweder bekomme ich sie zurück oder nicht. Aber euch beide würde ich nie zurückbekommen, nicht wahr?«

Ich drücke sie beide, woraufhin sie stöhnen und mich wegstoßen. Ich lache, als sie beide das gleiche Gesicht ziehen. »Geh weg!« Aleric schüttelt sich und reibt sich den Kopf, als ob er den Rest des Kusses abwischen könnte. »Ich kann nicht glauben, dass du meinen Kopf geküsst hast.« Aleric schaut Soren von oben bis unten an. »Zur Hölle, du bist ein ganz Großer, was?«

»Oi, Aleric, nicht fluchen.«

»Du fluchst immer. Hölle ist kein Fluch, nicht wirklich. Heiliges Schicksal, Mann, du bist riesig.« Beide Jungs starren Soren an.

Ich gebe ein *Tz-Tz-Tz* von mir. Es ist ja nicht so, als hätten sie noch nie einen Gargoyle gesehen. »Sei nicht unhöflich zu Soren. Er hat sich freiwillig gemeldet, um mir bei der Suche nach euch zu helfen.«

»Danke, Soren«, sagt Ledger.

»Ja, danke, Kumpel«, brummt Aleric.

Der Gargoyle hebt auf diese typische männliche Art sein Kinn in Richtung meiner Brüder, während er mich mit einem sanften Lächeln ansieht.

»Kommt jetzt, ihr zwei Scheißer, wir bringen euch besser nach Hause.«

»Ach, müssen wir das denn echt? Sie wird so wütend sein«, flüstert Ledger und seine Augen huschen umher, als ob Mum jeden Moment aus der Hecke springen würde.

»Ja, sie wird wütend sein. Aber im Moment flippt sie aus, weil sie sich Sorgen um euch beide macht. Kommt jetzt! Wir bringen euch nach Hause. Ihr habt sicher Hunger und Nan sollte schon zu Hause sein. Sie kann euch beschützen.«

»Bleibst du zum Essen?«

»Nicht heute Abend. Ich habe noch erwas zu erledigen. Vielleicht ein anderes Mal.«

»Wir haben dort drüben eine Mitfahrgelegenheit, damit ihr nicht zurücklaufen müsst.« Soren deutet auf die Straße und ein wartendes Fahrzeug auf der anderen Seite des Sportplatzes.

»Oh, dem Schicksal sei Dank, ich bin hundemüde«, sage ich.

Wir gehen zum Auto. Der Boden fühlt sich matschig unter meinen Turnschuhen an.

Am Auto werden wir von einem gigantischen Wandler begrüßt. Ich erkenne sofort, dass er ein Wolf ist. Die Magie sickert förmlich aus ihm heraus, und ich sehe Fell und lila Flecken. Lila? Hm, das ist seltsam. Ich erwarte, dass die Augen des Mannes grausam und arrogant sind, aber ich bin geschockt, als ich sehe, dass seine auffallend blassgrauen Augen im Gegensatz zu seiner dunklen Haut weich, warm und freundlich sind.

Er hält mir eine riesige Hand hin und schüttelt meine. »Du musst Kricket sein. Ich freue mich, dich kennenzulernen. Mein Name ist Owen.« Der Hellhound lächelt meine Brüder an und schüttelt auch ihnen die Hand.

Nachdem wir uns vorgestellt haben, steigen wir alle ins Auto.

Owens Magie ist anders, seltsam und *mehr,* und ich stöbere ein bisschen herum. Ich kann Asche und Feuer auf meiner Zunge schmecken und aus irgendeinem Grund auch Marshmallows und Schokolade. Ich habe noch nie zuvor Magie geschmeckt, aber seine ist unglaublich einzigartig.

Tja, das ist doch mal interessant. Da meine Drachenmagie in den letzten Wochen aufgeblüht ist und ich mir ihrer bewusster geworden bin, erkenne ich an seiner magischen Signatur, dass die Feuermagie, die er besitzt, ein von einem Drachen berührtes Geschenk ist – auch wenn ich noch nie einen Hellhound getroffen habe.

Kapitel Einunddreißig

Hm. Ich habe mich schon gefragt, warum der Silberdrache die Hellhounds beaufsichtigt. Da er halb im Ruhestand und inaktiv ist, dachte ich, es sei ein Schreibtischjob, um ihn zu besänftigen. Immerhin ist er ein Kriegsheld und so weiter. Nein, ich wünschte, es wäre so einfach. Die Hellhounds gehören ihm. *Er hat sie erschaffen.* Sie sind wandelnde, sprechende Wandler-Amulette.

Ich zittere. Natürlich hat er sie wahrscheinlich nicht alle angefasst, um die Magie wirken zu lassen, so wie ich es tue. Vielleicht hat er ein oder zwei vor ein paar tausend Jahren verändert, und sie haben sich weiterentwickelt. Wenn die Magie der Drachen erst einmal in der Welt ist, ergreift sie manchmal von selbst die Initiative. Ich habe das schon mit eigenen Augen gesehen.

Ich bin zwar kein Drache, aber wenn ich ehrlich bin, fällt es mir bei meinen Amuletten schwer, die Magie loszulassen, und ich wollte sie eigentlich nie verkaufen. Aber zu der Zeit schien es unumgänglich.

Jeder weiß, dass Drachen Schätze haben. Ich frage mich, wie viele Leute wissen, dass die Hellhounds der Hort des Silberdrachens sind, so wie die Amulette meine sind. Dieser Gedanke reicht aus, um mir eine Scheißangst einzujagen.

Die Vorstellung, dass der silberne Drache so mächtig ist, dass er *Leute* zum Amulett machen kann und niemand davon weiß, bringt mich dazu, in die Berge oder das nächste dunkle Loch rennen und nie wieder zurückkommen zu wollen. Ich werde nie ein Wort darüber verlieren und dieses Wissen mit ins Grab nehmen.

Der Gargoyle vorn im Auto muss meine Angst spüren, denn er dreht seinen Kopf und lächelt mich beruhigend an. Ich lächle zurück und winke seine Besorgnis ab.

Kann ich einen Wandler in einen Hellhound verwandeln? Ich wackle auf dem Sitz. Ich weiß es nicht. Nein, ich könnte meine Magie nicht in eine Person eintauchen. Nicht, dass ich das wollen würde. Staunend starre ich auf Owens Hinterkopf. Diese Art von Magie hätte furchtbar schief gehen können. Hellhounds sind das, was passiert, wenn man sich mit Macht anlegt. Hellhounds sind nur deshalb die Guten, weil der Silberdrache unglaublich stark und weise ist. Er setzt die Grenzen, und das könnte der Grund sein, warum sie so lange leben, während ihre weniger mächtigen Brüder sterben. Vielleicht haben sie die *Superkontrolle* in ihrer DNA verankert.

Beinahe hätte ich Owens Magie angestupst, aber ich zwinge mich, es zu lassen. Das wäre nicht gut für meine Gesundheit. Der General wird es herausfinden. Ich weiß, dass ich es spüre, wenn sich jemand an meinem Amulett zu schaffen macht. Owen bemerkt meine Blicke nicht. Er fährt aufmerksam und wir sind in wenigen Minuten wieder bei meinen Eltern.

Meine Brüder stürzen sich aus dem Auto und rennen den Weg hinauf, wobei sie sich verspätet bei den beiden Wächtern bedanken. Das Tor schwingt zurück und meine Hand kribbelt, als ich es auffange, bevor es mich am Bein erwischt. Ich will meine Mum nicht mehr sehen – jedenfalls nicht in nächster Zeit. Aber für meinen eigenen Verstand muss ich sicherstellen, dass sie nach Hause kommen und sich zwischen Bordsteinkante und Eingangstür nicht noch mehr Ärger einhandeln.

Ich folge ihnen ein paar Schritte, bevor sie die Haustür aufstoßen und schreien, dass sie zu Hause sind. Meine Eltern sind schon da, und die Jungs werden umarmt und geküsst und dann angeschrien, während ich daneben stehe und zusehe.

Mein Dad sieht mich über ihre Köpfe hinweg an und lächelt. »Danke.«

Ich nicke, winke ihm zum Abschied zu und wende mich zum Gehen.

»Kricket!«, schreit meine Mum. Ich drehe mich auf den Zehenspitzen. »Danke«, sagt sie und knallt die Tür zu.

Der silberne Türklopfer wackelt und beruhigt sich dann wieder. »Also keine Entschuldigung für mich.« Ein paar Sekunden lang starre ich die Tür an und blinzle schnell. »Ja, danke, Mum.« Ich bin überrascht, dass mein Herz nicht zerspringt, als ich zurück auf den Weg schlurfe und das Tor leise hinter mir schließe.

Der Gargoyle lehnt gegen das Auto – sein Auto. Owen steht in der Nähe.

»Geht es dir gut?«, fragt Soren.

»Jaja, mir geht's gut, danke.« Meine Lippen beben, als ich versuche zu lächeln.

Wird es mir jemals wieder gut gehen?

Diesmal weine ich nicht. Ich schwanke zwischen Erschöpfung vom Tag und Erleichterung, dass wir nicht gegen Elfen in Faerie kämpfen müssen.

Ich erreiche die Beifahrerseite, steige ein, schnalle den Sicherheitsgurt an und lehne mich erschöpft gegen die Tür. Die beiden Männer unterhalten sich kurz. Der Gargoyle klopft dem Hellhound auf sehr männliche, kumpelhafte Weise auf den Arm, bevor er einsteigt und das Auto startet.

»Owen wird uns folgen. Wir haben beschlossen, morgen früh umzuziehen, und das alle paar Tage.«

»Okay.« Das ist gut. Mein Bücher- und Filmwissen wird nicht ausreichen. Ich bin froh, dass sie sich um die Logistik kümmern, denn ich habe nicht einmal ein paar Stunden überstanden, als Emma mich allein gelassen hat. Gern übergebe ich den Job an jemanden, der weiß, was er tut. »Vielen Dank für deine Hilfe heute.«

Langsam fahren wir aus der Siedlung heraus. »Keine Ursache. Das war wirklich kein Problem. Jetzt erzähl mir noch mal, wie du magische Signaturen gesehen hast.«

Mein Knie wippt auf und ab. Ich weiß nicht, wie ich es erklären soll, ohne ein weiteres riesiges Kreuz auf die Mitte meiner Stirn zu malen, damit mich jemand umbringt. *Das X markiert die Stelle. Hier, töte den Freak!*

Ich lecke mir über die Lippen und spucke es einfach aus. »Ich kann magische Signaturen sehen. Ich kann sie schon immer sehen. Ich weiß, wann eine Person einen Zauber erschafft – nicht die Person, die ihn entkorkt hat, sondern die Person, die ihn gemacht hat. Ich kann den Schöpfer oder den Fingerabdruck des Schöpfers sehen – seine Signatur eben. Manchmal kann ich die Spur des Erschaffers auf dem Boden oder in der Luft sehen, zum Beispiel wenn ein Wandler seine Gestalt verändert. Ich kann die magischen Signaturen der meisten Leute sehen.« Zumindest vermutlich bei den meisten, denn ich habe noch nicht so viele Kreaturen getroffen, da ich in einer Gefängnisstadt gefangen gehalten wurde.

Ich gehe nicht so weit, ihm zu sagen, dass ich sehen kann wie die Magie von Leuten auf andere Personen und deren Kombinationen wirkt. Und auch nicht, dass ich die Signatur einer Hexe sehe, die einen Heiltrank angerührt hat, oder ob jemand bei einem Test mit einem Gedächtniszauber geschummelt hat. Und ich kann sehen, was der Drache mit den Hellhounds gemacht hat.

Diesen Gedanken schalte ich sofort aus. Ich werde ihn nicht einmal annähernd erwähnen.

Ich muss dieses Wissen tief vergraben und sicherstellen, dass ich zu meinem eigenen Schutz in Zukunft blind für übermächtige Magie sein muss.

Mein Angstausbruch lässt die Nasenlöcher des Gargoyles flattern. »Du hast Angst.«

»Ja, natürlich habe ich Angst. Es tut mir leid, aber ich vertraue dir nicht. Alle machen sich Sorgen um meine Magie, und jetzt gebe ich dir noch mehr Munition, noch mehr Gründe, dir Sorgen zu machen. Du wirst zu deinen Bossen rennen und sie werden mich entweder einsperren und den Schlüssel wegwerfen wollen, oder sie werden mich benutzen, bis nichts mehr von mir übrig ist.«

Oder schlimmer noch, sie werden mich auseinandernehmen wollen, um zu sehen, wie ich funktioniere, und dann werden sie mich tot sehen wollen.

Er hat die Frage gestellt. Jetzt kann ich es genauso gut beenden und ihm die Antwort geben. Andernfalls wird der Gargoyle weitergraben, und ich will nicht zu einem Kricket-Loch werden, an dem er immer weiter schaufelt.

Nicht ehrlich zu sein, macht die ganze Situation nur noch schlimmer. »Ich kann meine Amulette sehen. Ich kann die Augen schließen und eine mentale Karte erstellen, um alle Amulette zu sehen, die ich erschaffen habe, und herauszufinden, wo sie sind, ob sie glücklich sind, ob sie richtig eingesetzt wurden und ob etwas nicht stimmt. Ich kann sie sogar mit meiner Kraft versehen, sodass ich sie verstärken kann, wenn ein Schutzwall in Schwierigkeiten ist und jemand zu sterben droht. Oder wenn zum Beispiel ein Amulett ein Problem hat« – ich schaue ihn an; er hat meine Amulette schon ein paar Mal erwähnt, und ich bin ihnen gegenüber sehr beschützerisch – »kann ich die Magie abziehen, ich kann meine Kraft wegnehmen, und das Amulett wird unwirksam.«

»Das kannst du alles? Sie mit einem Gedanken zerstören.«

»Ja.« Ich glaube schon. »Also dachte ich, wenn ich meine Amulette zurückverfolgen und magische Signaturen sehen kann, wäre es kein großer Sprung, zu versuchen, ob ich meine Brüder aufspüren kann, und es hat funktioniert. Die magischen Signaturen, die ich normalerweise sehe, waren nicht einfach nur Informationen wie ein Fingerabdruck, sondern eine Spur. Wie eine magische Schnur, die sich in die Ferne ausdehnt. Eine Schnur, der wir gefolgt sind.«

»Du bist eine magische Spurenleserin.«

Hm. Ist das wirklich so? Das ist das erste Mal, dass ich höre, dass jemand Magie aufspüren kann. Das klingt nicht schlecht.

Jetzt bin ich dran und wechsle das Thema. »Was wird mit meiner Familie passieren? Sie sollten doch Wachen haben. Sie haben meine Brüder durch die Hintertür entkommen lassen. Was ist, wenn die Elfen zurückkommen oder die Klauen-Bruderschaft beschließt, dass sie ein leichtes Ziel sind, damit ich tue, was sie wollen?«

»Der General hat mit einigen Leuten gesprochen und einer unserer Kollegen hat Kontakte zu einem besonderen Ort, an den deine Familie gehen kann, während die Dinge geklärt werden. Hast du schon mal vom *The Sanctuary* gehört?«

»Nein.« Ich habe noch nie vom *The Sanctuary* gehört. »Was ist das?«

Soren setzt die Lichthupe und lässt ein anderes Auto vorfahren. »Es ist ein Anderswelt-Hotel in einem Taschenreich, und die Wirtin, die es betreibt, besitzt eine andere Welt und erlaubt deiner Familie und anderen, dort zu wohnen. Es ist der sicherste Ort, den man sich vorstellen kann. Die Wirtin kontrolliert alles, und deine Familie ist dort sicher. Deine Brüder können dort lernen und da sind auch andere Kinder. Sie haben Einrichtungen, von denen man nur träumen kann.«

»Das ist großartig. Hoffentlich sind meine Mum und mein Dad damit einverstanden. Das klingt wie die perfekte Lösung. Vielen Dank! Hättest du das letzte Woche gesagt, hätte ich wahrscheinlich nein gesagt, weil ich da nicht gerne in einem Taschenreich hätte wohnen wollen. Ich hoffe, es wird eine schönere Umgebung sein und nicht dasselbe, wie hinter dem gläsernen Schutzwall festzusitzen.« Ich schätze, es wird ein anderes Gefühl sein, denn der Aufenthalt wird nur vorübergehend sein und ich werde mich weniger gefangen fühlen.

Sorens Hände verkrampfen sich am Lenkrad und das Leder ächzt aus Protest. »Tja, leider wird nur deine Familie dort sein. Du musst mehr über deine Magie lernen und in dem Reich kannst du nicht zaubern, weil sich die Magie dieser Welt und deine Drachenmagie nicht vertragen würden. Es wurde beschlossen, dass es das Beste für dich ist, hier bei den Wächtern zu bleiben.«

Unter ihrer Kontrolle zu bleiben.

»Okay, das ist in Ordnung.« *Gut gemacht, Kricket. Wie dumm von dir, zu glauben, dass sie dich gehen lassen würden.* Ich fühle mich gedemütigt. Als ob sie mir erlauben würden, in einem Taschenreich Urlaub zu machen, wo alles sicher ist und Spaß macht.

Ich hebe den Blick und schaue auf das Dach, damit mir die Frustration nicht aus den Augen kullert. Ich muss ein Amulett gegen das Weinen herstellen. Etwas, das mich davon abhält, mir die Augen aus dem Kopf zu heulen. Ich habe es satt, dass Emotionen mich schwach aussehen lassen.

Das alles ist überwältigend, und ich weiß nicht, was

ich tun soll. Ich kann nicht weglaufen und ich habe nicht die Fähigkeiten, auf mich selbst aufzupassen ... Ich höre auf zu jammern, als es mir plötzlich klar wird. *Ah, ja, das ist eine gute Idee.* Ich habe Leute, die mir helfen, und eine ganze Reihe von anderen Wächtern wird kommen, um mich zu beschützen.

Was rede ich denn da, dass ich nicht lerne?

Wer sagt, dass ich diese Fähigkeiten nicht von denen abgucken kann, die an der Spitze ihres Berufs stehen? Mir dreht sich der Magen um. Wer würde nicht gern lernen, wie man mit einem Hellhound kämpft? Sie werden sich langweilen, und es wird nicht lange dauern, bis ich sie davon überzeugen kann, mir beizubringen, wie ich mich selbst schützen kann.

Ich bin doch ohnehin schon die Königin des Fragenstellens. Ich habe diesen Teil von mir seit Jahren unterdrückt, aber wenn ich mich einfach gehen lasse, die Fragen stelle, die Antworten bekomme und lerne, ist das alles vielleicht nur vorübergehend.

Meinem Großvater Gary zufolge war der größte Fehler der Hexen, dass sie sich auf die Magie verlassen haben. Sie konnten nicht kämpfen, und wenn andere Kreaturen die Chance bekamen, rissen sie einer Hexe den Kopf ab, bevor sie eine Phiole öffnen oder einen Spruch zu Ende sprechen konnte.

Wenn ich verrückte, drachenliebende Eiferer, den Rat der Kreaturen und die erstickende Sicherheit eines Silberdrachen überleben will, muss ich lernen zu kämpfen.

Ich erinnere mich auch, dass ich meine Nan gefragt habe, wie Leute Elefanten kontrollieren können. Sie sind so riesige, wunderschöne Geschöpfe. Sie können bis zu sechstausend Kilogramm wiegen. Wie konnten die Leute sie kontrollieren? War es tierische Magie? Nan hat mich traurig angelächelt und mir gesagt, dass wir flauschige Tierbabys als liebenswert ansehen und dass Elefanten die Leute genauso sehen.

Ich habe sie gefragt: »Gehorchen die Elefanten deshalb? Weil sie denken, dass wir alle niedlich sind?«

Und sie hat gesagt: »Nein. Ich weiß nicht, ob das überall so ist, aber nach dem, was ich gelesen habe, wird der Elefant an etwas unglaublich Starkes festgebunden. Wenn der Elefant dann versucht, sich loszureißen, steht der Mensch da und der Elefant glaubt, dass der Mensch so stark ist, dass er nicht gewinnen kann.«

Das ist erlernte Hilflosigkeit.

Ein Teil von mir weiß, dass sie genau das mit mir machen werden. Sie werden diese erlernte Hilflosigkeit in mir entwickeln und nähren, damit ich mich nicht wehre und nie erkenne, wie stark und wozu ich fähig bin. Meine Magie ist gigantisch, und ich kann wahrscheinlich alles tun. Wer kann schon sagen, ob ich nicht alles möglich machen kann? Dass ich mir nicht mein eigenes Taschenreich erschaffe und dort wie eine Königin regiere?

Ich schließe meine Augen und atme tief ein.

Wenn ich die Dinge mit Angst betrachte, werde ich immer Angst empfinden, und das Gleiche gilt, wenn ich mich als Opfer ansehe. Aber wenn ich die Dinge logisch betrachte und klug bin, kann ich mich schützen und alles vernichten, was es auf mich abgesehen hat.

Was hat Soren gesagt? *»Ich wünschte, du wärst ein Drache. Wenn du dich in einen Drachen wandeln könntest, würde das viele unserer Probleme lösen. Dann würde sich niemand mehr mit dir anlegen.«*

Ich muss ein Drache werden – ein Drachenblut. Ich kann mich zwar nicht in eine schuppige Bestie wandeln, aber wer sagt, dass ich nicht furchteinflößend und mächtig sein und die Leute auf Abstand halten kann?

Mit Macht kommt die Sicherheit.

Diesmal jucken beide Unterarme, aber ich ignoriere sie. Ich werde alle benutzen, so wie sie versuchen, mich zu benutzen.

Soren fährt uns zurück zu seinem Haus, und der vorbeiziehende Verkehr und der flatternde Blick aus dem Fenster lassen die Müdigkeit, die ich zurückgehalten habe, mit voller Wucht über mich hereinbrechen. Mein Körper ist immer noch dabei, sich zu erholen. Magie kann zwar alles heilen, aber sie kann keine Nährstoffe ersetzen, und durch die Heilung und die Bewältigung meiner Verletzung bin ich ein bisschen unterversorgt. Vielleicht sollte ich ein paar Vitamine nehmen.

Ich schließe für einen Moment die Augen. Ich will nicht einschlafen, aber ich tue es.

Als der Gargoyle mich sanft wachrüttelt, pikse ich mir fast selbst ins Auge, während ich mir schnell den

Sabber abwische. Hoffentlich hat Soren das nicht gesehen.

Er hilft mir in meinem schläfrigen Zustand aus dem Auto und führt mich ins Haus. Dann liege ich im Bett. Er zieht mir die Turnschuhe aus, deckt mich mit einer Bettdecke zu und schon bin ich weg.

KAPITEL ZWEIUNDDREISSIG

EINE BRUMMIGE STIMME ruft meinen Namen, und als ich die Augen öffne und den Kopf drehe, sehe ich Soren vor der Schlafzimmertür. Er steht da und wirft erst mir und dann dem Schutzwall einen bösen Blick zu. »Ich wünschte, du würdest dein Amulett in den Griff bekommen. Als dein Bodyguard sollte ich in der Lage sein, dein Zimmer zu betreten.«

»Tja, wenn es auch sonst niemand kann, bin ich doch sicher, oder?« Oh, was für ein Sarkasmus. Meine aufmunternden Worte vorhin und ein ordentliches Nickerchen – unbewusstes, schlechtes Schlafen für vier Tage zählt nicht als Erholung – haben mir sehr gut getan. Ich strecke mich und gähne. »Wie spät ist es?«

»Es ist kurz nach acht Uhr. Ich wollte dich eigentlich schlafen lassen, aber du musst dich mit deinen anderen Wächtern treffen, weil wir morgen früh umziehen werden.«

»Okay, klar. Habe ich noch Zeit, um auf die Toilette zu gehen?«

Der gestresste Gargoyle nickt.

»Okay. Ich bin gleich unten.«

»Ich meine es ernst, Kricket. Dieser Schutzwall ... du musst verhindern, dass sich deine Magie in meine Arbeit einmischt.«

Ich stöhne auf. »Ich weiß, ich weiß. Bevor du es wiederholst: Sie ist schräg. Meine Magie ist schräg« – ich wackle mit den Fingern in der Luft – »und ich kann nichts dafür, wenn ich bewusstlos bin. Ich bin erschöpft, Soren, und meine Magie macht sich Sorgen um mich. Wenigstens bleibt der Schutzwall nur innerhalb der Grenzen des Raumes. Sie beschützt nur mich. Es könnte noch viel schlimmer sein. Verdammt, der Schutzwall hätte die ganze Straße umfassen können.«

Der Gargoyle sollte dem Amulett also mehr Anerkennung schenken. Außerdem kann er sich mal getrost vom Acker machen, wenn er denkt, dass er hier reinplatzen kann, wann immer er will. Ich weiß, dass es sein Zuhause ist, aber ich sollte etwas Privatsphäre haben.

»Du wirst eine Weile damit leben müssen, bis ich wieder bei voller Kraft bin.«

Der Gargoyle gibt ein leises Brummen von sich und verschwindet leise den Flur entlang. Ich höre aufmerksam hin und schüttle dann den Kopf. Das muss ich auch noch lernen. Kein Geräusch, kein Knarren der Dielen oder sonst irgendwas. Das ist eine Kunst. Und er nennt meine Magie *freakig,* wenn er sich wie ein Geist bewegt.

Gott, er ist heute Abend ziemlich sauer oder wieder so mürrisch wie eh und je. Ich wette, er mag keine Fremden in seinem Haus. Meine Anwesenheit und all die gefährlichen Leute unten im Erdgeschoss müssen dem Gargoyle Unbehagen bereiten.

Ich weiß nicht viel über Gargoyles, und ich habe versucht, ihn auszufragen, aber er ist nicht sehr gesprächig. Haben sie Territorien? Ich bin mir nicht sicher, aber all diese Leute in deinem Haus zu haben, die sich an deinen Sachen zu schaffen machen, muss unangenehm sein. Ich werde mein Bestes tun, um ihn nicht zu verärgern, bis wir gehen.

Nach einer kurzen Dusche ziehe ich mich mithilfe des Socken-Amuletts an. Ich muss mir bald ein paar Klamotten besorgen. Der Gedanke, dass ich nackt in der Öffentlichkeit stehen könnte, wenn meine Magie versagt oder irgendetwas passiert, bereitet mir Unbehagen. Nicht, dass das Amulett keinen Stoff produzieren würde – es ist Stoff, und der verschwindet nicht, wenn ich ihn ausziehe. Aber man weiß ja nie.

Ich denke an den Kreidekreis und den Würfel und erinnere mich daran, dass die ganze Gegend eine magische Ödnis war. Zu der Zeit war ich auch nicht nackt, also mache ich mir vielleicht umsonst Sorgen.

Verdammt, ich werde ein Vermögen sparen! Ich kann mir eins zaubern, wenn ich in einem Ballkleid herumtänzeln will. Das ist so cool. Ich grinse, als ich die Treppe hinuntergehe.

Meine Haare sind nass, also teile ich schnell die Strähnen und flechte sie zu einem chaotischen Zopf. Dieses Mal folge ich den Stimmen ins Wohnzimmer. Ich bleibe an der Tür stehen und beende den Flechtzopf. Da ich kein Haarband habe, lasse ich ihn einfach so hängen. Hoffentlich hält die Länge den Zopf zusammen, und wenn nicht, wird er sich langsam auflösen und ich kann alles noch einmal machen.

Dann erinnere ich mich an das Socken-Amulett. Ich frage nach einem Haargummi, und es landet in meiner Hand.

Jupp, das ist echt richtig cool.

Wie der Rest des Hauses ist auch das Wohnzimmer schön. Die Wände sind in einem sanften Grau gehalten, was sie wärmer erscheinen lässt als wenn sie weiß wären, und das marineblaue Sofa sieht ziemlich bequem aus.

Eine Gruppe von Kreaturen nimmt den größten Teil des Raumes ein – alle plaudern miteinander. Owen ist da und ein weiterer Gargoyle, den ich aus dem Parkhaus wiedererkenne – derjenige, der mir seine Zähne gezeigt hat, woraufhin ich ihn mit einem gut getimten Schlafzauber betäubt und ihm ein Nullband ums Handgelenk geklatscht habe. Ich muss innerlich grinsen. Das hat mir viel zu viel Spaß gemacht.

Da ist auch eine Frau – eine Wolfswandlerin. Weibliche Wandler sind eine Seltenheit, und wenn ich sage selten, dann meine ich unglaublich selten. Sie werden wie Prinzessinnen behandelt, in Schlösser gesperrt und dazu ermutigt, Babymaschinen zu sein. Ich kann mir kaum vorstellen, wie erdrückend das sein muss.

Eigentlich kann ich es mir sehr gut vorstellen. Ich weiß genau, wie erdrückend das ist. Ich verschränke die Arme und lehne mich gegen den Türrahmen.

Einen weiblichen Wandler in Sorens Haus zu sehen, ist unerwartet. Aber es ist interessant, dass sie so zierlich ist.

Wandler werden geboren – manchmal können sie auch gebissen worden sein, aber das ist nicht dasselbe, und die gebissenen Männer wandeln sich nie und halten auch nicht lange durch. Frauen sterben nach einem Biss immer. Das ist es, was Wandler so gefährlich macht.

Wandler sind immer riesige Kreaturen. Sie sind meist weit über zwei Meter groß. Sogar die Frauen. Sie sind krieger-riesig. Doch hier ist ein wunderschöner weiblicher Wandler mit einer Masse von *pinkfarbenen* Haaren, die ihr über die Taille reichen müssen, wenn sie nicht in dem einfachen Zopf stecken würden. Und sie ist vielleicht etwas mehr als ein Meter fünfzig groß. Sie dreht sich um und sieht mich an. Ihre Augen haben einen merkwürdigen Gelbton, und eines hat einen grünen Farbtupfer am unteren Rand.

Es ist, als ob mich ein Wolf anstarren würde.

Da wird mir klar, dass ihre Haare und ihre kleine Statur eine Tarnung sind. Sie könnte problemlos jung, hübsch und vielleicht ein bisschen dumm erscheinen, wenn sie mit ihren langen rosa Wimpern klimpert. *Schaut mal her. Ich habe pinke Haare. Bin ich nicht süß?*

Sie ist klein und zerbrechlich.

Und die gefährlichste Person in diesem Raum.

Ich kann ihre Magie spüren und höre sofort auf, irgendetwas anzufassen oder sie weiter zu analysieren. Sie hat ... ja, das werde ich nicht tun. Ich habe mir selbst versprochen, dass ich nicht in furchteinflößender Magie herumstochern werde. Zu viel Wissen kann gefährlich sein, und sie muss die beängstigendste Person sein, der ich je begegnet bin.

Sie sieht zwar freundlich aus und ich habe nicht das Gefühl, dass sie durch den Raum springt und mir das Genick bricht, aber die Angst kribbelt mir den Rücken hinauf und hinunter und mein Herzschlag erhöht sich. Ich muss mich darauf konzentrieren, ruhig zu bleiben.

Bevor ich meinen Blick auf den Boden senke, sehe ich, wie sich ihre Mundwinkel nach oben bewegen und ihre Augen funkeln, als sie mich hier stehen sieht.

»Hey, Drachenmädchen.«

Ich zucke zusammen. Ihre raue, brüchige Stimme passt nicht zu ihrem Gesicht, aber sie passt zu ihrer Macht. Ich habe schon befürchtet, dass sie die Stimme eines kleinen Mädchens hat, aber dem ist nicht so. Sie klingt, als hätte ihr jemand die Kehle herausgerissen und sie wäre falsch zusammengewachsen.

Was hat sie gesagt? Oh, sie hat mich einen Drachen genannt. »O nein, nein, nein. Ich bin kein Drache.« Ich verdrehe meine Hände. »Ich habe nur etwas von ihrem Blut, ein bisschen latente DNA.«

»Klar, klar.« Sie winkt mit der Hand und grinst mich an.

»Warum hat er dich geschickt?« Soren murrt, kommt hinter mir ins Zimmer und reicht mir eine Tasse Tee.

»Danke.«

»Wir brauchen niemanden, der irgendeinen Scheiß in die Luft jagt.« Er legt mir eine schwere Hand auf die Schulter und lenkt mich in den Raum.

»Oh, ruhig, Felsenjunge. Er hat die Beste geschickt.« Sie streckt ihre Hände aus, um sich zu präsentieren und grinst.

Soren schüttelt den Kopf, und der Gargoyle vom Parkplatz grinst. »Er hat uns eine Nervensäge geschickt.« Dieser *Er* von dem sie reden, muss der General sein, auch bekannt als der silberne Drache. Sie grinsen sich gegenseitig an.

»Kricket, das ist Forrest. Forrest, das ist Kricket. Owen und Jeff kennst du ja schon.«

Jeff ist der Gargoyle vom Parkplatz. »Freut mich, dich kennenzulernen«, murmle ich. Ich hoffe, er wird mir nicht böse sein.

»Das ist das Hauptteam, das dich am Leben erhalten wird. Wir haben noch andere, aber du wirst keine Zeit mit ihnen verbringen. Es wird nur uns geben.«

»Niemand wird dir etwas tun«, knurrt Owen, der riesige, grauäugige Hellhound, der bis jetzt still war.

»Und während wir darauf warten, dass es losgeht«, sagt Forrest grinsend.

»... werden wir dir das Kämpfen beibringen«, schließt Owen ab.

Forrest klatscht in die Hände.

Ah, sieh mal einer an! Ich muss nicht einmal etwas sagen. Das ist genial. Ich wusste, dass ich Owen mögen würde, und Forrest ist gar nicht so unheimlich. Sie ist fantastisch!

Soren schüttelt den Kopf. »Nein. Auf keinen Fall. Sie wird nicht mit euch beiden kämpfen lernen.«

Ich greife nach meinem Tee und erwidere Forrests Lächeln. »Bitte, Soren, ich würde es gern lernen.«

Der Gargoyle betrachtet meine klimpernden Wimpern und meinen strahlenden Gesichtsausdruck und stöhnt dann niedergeschlagen auf.

»Aber nur als Vorwarnung, ich habe keine besonders gute Koordination.«

»Das ist schon okay. Wir können in deinem Tempo arbeiten«, sagt Owen.

»Du hast eine Menge Arbeit vor dir. Sie wäre fast von einem Baum umgebracht worden«, brummt Soren.

Ich werfe dem Gargoyle einen bösen Blick zu, und Forrest rümpft die Nase. »Umgebracht von einem Baum? Wie ein Baummonster? Ist das eine Fae-Kreatur? Wie eine böse Dryade? Wo kann ich dieses Baummonster sehen?« Sie hüpft auf ihren Zehen wie ein aufgeregtes Hündchen.

»Nein, kein Monster. Das war ein ganz normaler Baum. Sie ist vom Baum gefallen und hat auf dem Weg nach unten jeden einzelnen Ast mitgenommen. Ein gebrochener Arm und eine Infektion, die schlimm genug war, um eine Sepsis zu verursachen.«

»Ich bin nicht vom Baum gefallen. Ich wurde von ein paar bösen Jungs aus dem Baum *gezerrt*.«

»Ihr Herz hat aufgehört zu schlagen.«

»Oh«, sagt Forrest und neigt ihren Kopf zur Seite. Sie gibt mir einen Daumen hoch. »Na ja, daran können wir arbeiten.«

»Wir werden es langsam angehen lassen. Oh, und Tues...« Owen hält kopfschüttelnd inne, »... die Wirtin des Reiches deiner Eltern bittet dich, deine Mum anzurufen. Ich habe dir ein Datapad zur Verfügung gestellt, das du benutzen kannst.« Er deutet mit einem Nicken auf das neue Datapad auf dem Tisch.

Sie sind bereits zum Taschenreich aufgebrochen. Ich reibe mir das Gesicht und stöhne. »Ich will nicht mit ihnen reden.« Das Gespräch, das wir noch führen müssen, wird nicht lustig werden. »Meine Mum ist nicht glücklich darüber, was mit meinen Brüdern passiert ist, und ihnen dann auch noch zu sagen, dass alle, die sie kennen, ermordet wurden, gehört nicht zu meinen Stärken. Gibt es nicht Leute, die dafür besser ausgebildet sind?«

»Was?« Owen sieht komplett verwirrt aus.

Ah, vielleicht weiß er es nicht. »Alle sind tot. Sie wurden alle in unserem Schutzwall getötet. Die Klauen-Bruderschaft hat sie getötet und der Rat der Kreaturen hat es vertuscht.«

Alle gucken mich an, als ob ich in einer fremden Sprache reden würde.

»Sie sind alle gestorben, oder?«

»Nein. Die Wirtin hat ein neues Taschenreich erschaffen, um die Leute, die in eurer Stadt gelebt haben, aufzunehmen. Sie hat eine exakte magische Kopie erstellt und alle durch Portale transportiert, als sie aufgewacht sind. Sie kann diese Dinger aus dem Nichts erschaffen. Wir haben alle evakuiert, die mitkommen wollten, und sie sind in Sicherheit. Abgesehen von den Todesopfern bei den ersten Angriffen sind alle wohlauf, Kricket. Deine Familie ist in dieses Reich gezogen. Sie wohnen in einem Nachbau eures Hauses, und im Moment diskutieren die Leute über ihre Möglichkeiten. Man wird ihnen Zeit und ein Budget geben und sie wie Flüchtlinge behandeln. Sie können überall hingehen oder auf unbestimmte Zeit im Taschenreich bleiben.«

Ich schwanke und finde mich auf dem Sofa sitzend wieder, ohne zu wissen, wie ich dorthin gekommen bin. Die Tasse Tee ist nicht mehr in meiner Hand. Ich sehe, wie Soren sie auf einen Beistelltisch stellt.

»Scheiße, Soren, hat sie gedacht, alle wären tot? Warum hast du es ihr nicht gesagt?«, knurrt Forrest.

»Ich wusste es nicht. Ich dachte, Emma hätte es ihr

gesagt. Ich hatte keine Ahnung, dass sie es nicht wusste. Das hätte ich sie nie denken lassen.«

Wow, dieses Mal habe ich meine Fantasie verrückt spielen lassen. Ich habe nie jemandem gesagt, dass ich geglaubt habe, die ganze Stadt sei tot. Ich muss es aber angedeutet haben, oder? In meinem Kopf gehe ich alle Gespräche noch einmal durch und stelle fest, dass ich von einer Vertuschung gesprochen habe, aber das hätte man auf viele Arten auslegen können. Ich habe nicht einmal gefragt, sondern einfach angenommen, dass alle tot sind.

Soren muss gedacht haben, dass ich über meine Zeit im Plexiglas-Käfig gesprochen habe, als ich meinen Eltern davon erzählte.

Ich war sehr verschlossen – es war unmöglich, all diese Schuldgefühle auszusprechen. Wehe mir, meine Taten haben alle umgebracht. Der Tod so vieler Leute hat auf meiner Seele gelastet, und jetzt komme ich mir dumm vor, weil ich keine Fragen gestellt habe. Zumindest habe ich die entscheidenden Fragen nicht gestellt und bin fälschlicherweise davon ausgegangen, dass es alle wissen. Tja, ich würde sagen, wer nicht fragt, bleibt dumm.

Ich stöhne.

Aber vor allem bin ich so erleichtert.

Sie sind nicht tot.

»Es tut mir leid«, sagt Soren zu mir. Es tut ihm leid, dass er nicht erwähnt hat, dass alle in ein anderes Reich umgezogen sind – ein Reich, in das ich nicht eingeladen bin. Ich hätte etwas sagen sollen. Ich war nur so ... Ich starre auf die Lichter an der Decke.

Ich schäme mich so sehr.

»Es ist nicht deine Schuld.« Ich schließe meine Augen und blinzle Owen an. »Sie sind alle in einem Taschenreich?« Lebendig. Sicher. Meine Eltern, Brüder und Nan sind bei Ihnen. »Die Wirtin hat sie gerettet?«

Sie hat ein ganzes Reich für sie geschaffen. Wow, das ist echte Macht, und ich habe mir Sorgen um meine kleinen Amulette gemacht. Erstaunlich, dass ich mit meinem aufgeblasenen Ego noch durch Türen passe.

»Warum bist du denn jetzt auf einmal undicht?« Forrest versucht, mir ein sauberes, schickes Taschentuch mit Monogramm zu reichen.

»Nein, danke.« Ich winke es ab und wische mir das Gesicht am Ärmel ab. »Ich bin nicht undicht«, sage ich mit rauer Stimme.

Gott, ich bin so erleichtert.

Kapitel Dreiunddreißig

Das Wimmern verstummt auf meinen Lippen, als ich mich im Bett aufrichte, die Decke um meine Taille fällt und mein Körper zittert. Der Schweiß läuft in Strömen, als ob ich die ganze Nacht auf dem Laufband gelaufen wäre. Der Gargoyle steht in der Tür. Er hat meinen Namen gerufen. Der Schutzwall verwehrt ihm den Zutritt.

Er lässt ein leises Knurren hören und seine Flügel zucken. Der Pyjama, den er trägt, ist gestreift und spannt an den Oberschenkeln, während das T-Shirt an den Bauchmuskeln klebt. Aus irgendeinem Grund lässt ihn der Schlafanzug größer aussehen, größer als tagsüber.

Soren drückt seine Hand auf die Barriere. Seine Haut brutzelt und er zieht sie mit einem Zucken zurück. »Lass mich rein!«, brummt er, seine Stimme ist rau vom Schlaf.

Der Schutzwall löst sich auf und er huscht leise durch den Raum und setzt sich auf die Bettkante. »Alles in Ordnung?«

Ich reibe mir das Gesicht. »Ich habe schlecht geträumt. Es tut mir so leid, dass ich dich geweckt habe. Ich habe geträumt, dass alle aus meiner Heimatstadt tot sind und es meine Schuld war. Dieses Mal habe ich sie sterben sehen.«

Anstelle von Gebäuden riss das Auge des Drachen die Bewohner in Stücke, während ich wie erstarrt dastand und es geschehen ließ.

»Sie sind nicht tot.«

»Nein, sie sind nicht tot. Ich weiß, dass alle in Sicherheit sind. Es ist nur schwer, meinem Gehirn das zu erklären.« Meine Stimme bricht am Ende, und ich reibe mir wieder das Gesicht und schlucke ein paar Mal. Ich will nicht weinen. »Ich habe es satt zu weinen. Warum kann ich nicht einfach normal sein?«

»Gefühle sind nicht schlecht«, sagt er. »Es ist normal, Angst zu haben. Ich bin überrascht, dass du bei all dem, was du durchgemacht hast, nicht noch mehr Flashbacks hast. Komm mit!« Er steht auf und hält mir seine Hand hin.

»Was?«, frage ich und rümpfe die Nase, als ich zur Seite des Bettes rutsche, um aufzustehen.

»Wir trinken jetzt eine Tasse Tee und ich backe dir ein paar Kekse.«

»Kekse?«

»Ja, Kekse. Ich habe ein Rezept für *Sticky Toffee Pudding Cookies*. Sie sind in der Mitte schön weich, saftig und lecker. Willst du, dass ich sie für dich backe?«

»Ja, das wäre schön.« Ich mag Kekse.

»Dann komm, Nichts-Mädchen. Lass uns nach unten gehen, Kekse backen, Tee trinken und reden.«

»Worüber willst du denn reden? Über meine Träume und Ängste?«

»Wenn du willst.«

»Wirst du zuhören?«

»Wir sind Freunde. Natürlich werde ich zuhören. Ich weiß, dass ich ein Dummkopf bin. Ich habe mit so viel Bösem zu tun, dass ich froh bin, dass du es nicht nachempfinden musst. Ich kämpfe ständig, und manchmal vergesse ich, wie man mit echten Personen umgeht. Es tut mir leid, dass unser Start so holprig war, aber ich hoffe, dass wir Freunde sein können.«

Ich ergreife seine Hand und folge ihm in den Flur.

»Ich würde gern mit dir befreundet sein.«

Die Küche des neuen Unterschlupfes hat keine Kochinsel, aber sie hat einen Holztisch. Ich setze mich und beobachte ihn, wie er Schubladen öffnet und sie mit einem Brummen schließt, weil Dinge fehlen, die dort sein sollten. Aber die Vorräte sind reichlich vorhanden und es dauert nicht lange, bis er alles hat, was er braucht.

Dann fängt er an, Kekse zu backen, und ich schaue zu, während ich meinen Tee trinke. Er ist wirklich wunderschön.

»Erzähl mir von deinem Traum«, fordert Soren mich auf, während er die abgemessenen trockenen Zutaten in eine Rührschüssel gibt.

Um den Traum zu beschreiben, muss ich erklären, was vorher mit dem Auge des Drachen passiert ist. Dann erzähle ich ihm von meinem Albtraum. Während ich rede, hört er mir aufmerksam zu, und backt die Kekse.

Ich war wieder auf dem Marktplatz und hatte gerade alle von dem Zauber geweckt. Ich wollte zur Bibliothek rennen, als ich den Hubschrauber kommen hörte. Dann ist Damien aufgetaucht, hat seinen Mund aufgerissen und die Magie hat sich wie eine schwarze Pest ausgebreitet. Im echten Leben wurden die Gebäude gefressen und zerstört, aber im Traum wurden die Leute gefressen. Sie schrien und weinten, und dann waren sie alle weg.

»Es war furchtbar.«

»Das tut mir leid.«

»Danke, dass du zugehört hast.«

Draußen kracht es. Soren geht zum Küchenfenster, schiebt die Jalousie zurück und späht hinaus. Er stöhnt.

»Was ist los?« Das Haus ist mit einem Schutzwall versehen. Aber keiner von meinen. Es ist ein ausgezeichneter Hexen-Schutzwall, der die Bösen fernhält.

»Oh, ein paar unwillkommene Besucher.« Der Gargoyle verzieht das Gesicht und lacht dann. »Wir werden morgen früh zu einem anderen Unterschlupf aufbrechen. Vielleicht versuchen wir es in einer anderen Stadt.«

O nein, sie haben uns gefunden. Ich will aufstehen, aber er deutet mir an, mich zu setzen. »Ich mache gerade Kekse«, sagt er. »Trink deinen Tee!« Er geht zurück zum Ofen, nickt fröhlich und holt das Backblech heraus. Die Küche riecht göttlich, als er es zum Abkühlen beiseitestellt.

Die Hintertür öffnet sich und Forrest schlendert mit einem sanften, entspannten Lächeln hinein. Beim ersten Hinsehen sieht man, dass Forrest Sommersprossen auf den Wangen hat. Sommersprossen? Sie hat keine Sommersprossen.

Nein, sind das Blutspritzer? Ich erkenne, dass sie tatsächlich überall im Gesicht Blutspuren hat. Sie trägt schwarz, also kann man nicht erkennen, ob es auf ihrer Kleidung ist.

»Oh, Kekse!«, sagt sie. Ihr Lächeln wird noch breiter. »Uuuh, kann ich einen oder zwanzig haben, bitte?«

»Du kannst zwei haben«, sagt Soren, während er ein weiteres Blech in den Ofen schiebt.

»Ich habe den ganzen Abend Wache gehalten und volle fünf Minuten lang gekämpft. Ich habe mehr als zwei Kekse verdient.« Sie streckt sich und dreht ihre Handgelenke. »Das war genial. Ich komme nicht oft dazu, so etwas zu tun. Ich liebe es, Wandler durch die Gegend zu jagen und Fae zu Tode zu erschrecken. Aber manchmal brauche ich einen guten, handfesten Kampf. Zugegeben, sie waren nicht die Besten und ich musste gegen sechs auf einmal kämpfen, um ein ordentliches Workout zu bekommen, aber es war super.«

Forrest nickt und wischt sich das Gesicht ab. Sie runzelt die Stirn, zuckt mit den Schultern und wischt ihre Hand an einer trockenen Stelle an ihrem Bein ab. »Ja, es war super.« Forrest schnappt sich meine Tasse und nimmt einen Schluck. »Oh, da muss mehr Zucker rein«, sagt sie und zeigt auf die Tasse, während sie sich setzt und Soren anlächelt. »Sind die Kekse schon fertig?«

Kapitel Vierunddreißig

Es sind drei Wochen vergangen, und wir sind seit einer Woche in dieser Stadt und springen von Unterschlupf zu Unterschlupf. Ein paar Tage hier, ein paar Tage dort. Mir gefällt es hier in dieser Stadt. Sie ist magisch. Die mächtigen Signaturen der Kreaturen um uns herum lassen mir die Nackenhaare zu Berge stehen. Beängstigend, aber auf eine gute Art. Wenn hier etwas passieren würde, gäbe es eine Menge Kreaturen, mächtige Kreaturen, die sich darum kümmern würden.

Deshalb sind wir wahrscheinlich hier.

Ich bin in der *Auftragen-Polieren*-Phase des Trainings. Wenn ich Karate Kid nicht gesehen hätte, wäre ich sehr enttäuscht. Owen redet immer nur vom

Muskelgedächtnis und der richtigen Ausführung. Und es gibt echt für *alles* eine richtige Ausführung.

Forrest hat mich dazu gebracht, auf einen Heimtrainer zu steigen und zu laufen. Wenn ich das nächste Mal um mein Leben rennen muss, werde ich ein bisschen schneller sein und am Ende noch atmen können.

Als ich ihnen ganz ernsthaft sagte, dass ich Magie einsetzen könnte, um meine Geschwindigkeit und Kraft zu verbessern, haben sie beide gelacht.

Forrest hat mir erklärt, dass Kämpfen das allerletzte Mittel ist und dass Ausdauertraining das A und O ist. Ich musste lernen, wegzulaufen, auszuweichen, zu blocken und zu rennen. Sie hat dieses Mantra. Sie fragt mich immer: »Was machst du?«, und ich antworte dann: »Blocken und rennen.« Als ich sie gefragt habe, ob sie blockt und wegrennt, hat sie mir ein irres Lächeln geschenkt.

Es ist ihre Aufgabe, auf die Kämpfe zuzulaufen.

Die Bodyguard-Information besteht aus Folgendem: Wir kümmern uns um das Problem, du suchst dir einen sicheren Raum und einen Schutzwall, und wir kommen zu dir. Der Kerngedanke ist: Hilf uns nicht. Wenn du uns in die Quere kommst, werden wir getötet. Lauf und versteck dich.

Wenn ein Experte – ein Hellhound – dir sagt, du sollst weglaufen und dich verstecken, dann tust du das lieber.

Ich lerne, ein guter Körper zum Bewachen zu sein, und ich werde physisch stärker. Ich bin keine Kriegerin

– das ist offensichtlich –, aber wenn ich weiter trainiere, bin ich auch kein leichtes Ziel mehr, selbst wenn ich einfach nur die Beine in die Hand nehme.

Forrest hüpft auf den Zehen und grinst mich breit an. »Komm schon, Drachenmädchen, komm schon.« Sie macht die *Kämpf-gegen-mich*-Handbewegung, die aus allen Martial-Arts-Filmen bekannt ist. »Komm schon!«

Ich stöhne und sacke auf den Boden. Ich bin völlig durchgeschwitzt und das ist einfach ... »Uff, ich glaube, ich kann jeden einzelnen Muskel in meinem Körper spüren, und alle beschweren sich.« In den letzten Wochen habe ich alles gemacht, ohne einen Pieps von mir zu geben, und dann ist da noch die schiere Anzahl der Male, die ich mein Heil-Amulett benutzt habe – ich habe es sogar so eingestellt, dass es zuerst in den Muskeln wirkt.

»Komm schon! Du musst vor dem Mittagessen noch fünf Kilometer laufen.«

Ich reiße mich aus meiner stöhnenden Schweiß-pfütze und schaue sie an, wobei mir der Mund offen steht. »Fünf Kilometer?«

»Ja.« Sie klatscht in die Hände. »Hopp, hopp.«

»Bitte, Forrest, ich kann nicht. Gnade. Gnade.« Ich lasse mich mit einem dramatischen Stöhnen zurück-fallen und sie schnaubt. »Heute bin ich einfach völlig fertig. Ich fühle mich wie ein verschwitzter Klumpen Gelee.«

Ich höre, wie ihre leisen Schritte sich entfernen, und

als sie zurückkommt, klirrt etwas neben mir auf den Boden. »Hier.«

Ich öffne die Augen und sehe, wie sie an einer kleinen Kiste herumstochert. »Was ist das?« Ich ächze. »Ich hoffe, dass es keine Waffe ist.« Ich bin nicht bereit für Waffen. Beim Training kann ich selbst einige Teile meines Körpers nicht kontrollieren und ich werde nicht gut darin sein, etwas Spitzes und Scharfes zu halten.

»Ah, nein. Ich lasse dich nicht in die Nähe von Waffen. Du würdest dich nur selbst erstechen.«

Stimmt. »Har, har, har, sehr witzig. Danke dafür.«

Ihre Stimme sinkt auf ein Flüstern. »Ähm, ich habe es mir geliehen und muss es wahrscheinlich in der nächsten halben Stunde zurückgeben.« Forrest schaut auf ihren Arm und tippt ihn an, was seltsam ist, denn sie hat noch nie eine Uhr getragen und an ihrem Handgelenk ist auch nichts zu sehen. »Aber bis dahin kannst du sie dir ja mal ansehen.« Sie grinst mich an und geht zurück in die Küche. »Okay, also, ich lasse sie einfach hier, während ich mir eine schöne Tasse Tee mache, und wenn ich zurückkomme, bringe ich sie weg.« Forrest schlendert aus dem Zimmer und summt dabei ein Lied vor sich hin.

Das macht sie oft und sie mag Titelmelodien.

Sie ist ein bisschen seltsam, aber ich liebe schrullige Persönlichkeiten. Ich mag sie. Sie bringt mich zum Lachen und ist nett, wenn sie nicht gerade meinen Arm hinter meinem Rücken verdreht oder versucht, meine Finger aus den Gelenken zu rupfen. Und das war noch nicht einmal während des Trainings. Es war nicht meine Schuld, dass ich den letzten Schokoriegel gegessen habe.

Ich schiele auf die Kiste.

Bis jetzt hatte ich noch kein Magie-Training; es war alles körperlich, um mich fit zu machen, und wenn ich nicht gerade von einer von Owens Foltersessions ohnmächtig geworden bin, habe ich an Dingen gearbeitet. Ich war überrascht, dass mir niemand die Amulette abgenommen hat. Allerdings hat mich das Risiko dazu gebracht, darüber nachzudenken, wie ich sie sicher bei mir tragen kann.

Ich habe sie immer so kreiert, dass sie sich automatisch an jeden Schmuck anheften, den man trägt. Sie geben ein schönes Amulett-Armband, eine Halskette oder sogar ein Schlüsselanhänger ab, wenn die Person, die sie trägt, das möchte.

Ich habe nie wirklich darüber nachgedacht, wie ich sie tragen würde.

In meinem Kopf würden sie wie ein richtiger Hort in einem sicheren Raum aufbewahrt werden, wo ich mich hinsetzen und sie anschauen könnte. Es ist ja nicht so, dass ich nur ein paar habe. Ich habe viele, und es gibt keinen sicheren Raum, um sie zu lagern, wenn ich so viel unterwegs bin.

Ich habe über Taschendimensionen nachgedacht und über mein Bedürfnis, die Magie genauer zu untersuchen. Als ich Forrest darauf angesprochen habe, hat sie mir erzählt, dass sie gut mit einer Hexe befreundet ist und dass diese Hexe eine Schwester hat, die Magie aus dem Reich beherrscht. Sie ist sehr selten und alles ist streng geheim und ich darf es niemandem erzählen. Hört sich das nicht irgendwie bekannt an? Aber Forrest hat gesagt, sie würde mir etwas bringen, das ich mir ansehen kann.

Das muss es sein.

Ich starre auf die Kiste hinunter, setze mich auf, schnippe die Verschlüsse weg und öffne den Deckel. Darin befindet sich eine harmlose Tasche – dünn und glänzend schwarz –, an der nichts Ungewöhnliches ist. Aber wenn ich versuche, sie mit der Kraft meiner Magie zu begutachten, sehe ich etwas Mächtiges.

Aha.

Ich stehe auf, nehme ein Handtuch und wische mir die Hände ab. Ich will keine Schweißflecken auf dem Stoff hinterlassen. Mit einem Schlurfen zum Hauptlichtschalter schalte ich das Licht ein und setze mich im Schneidersitz auf den Boden, um die Tasche besser sehen zu können. Nein, es ist keine Tasche, sondern eine Mini-Taschendimension. Natürlich kann ich sie mit meinen magischen Sinnen sehen, aber ich muss sie auch mit meinen Augen sehen.

Ich grinse, mein Herz klopft und mein Magen flattert vor Aufregung. Ist es das, was die Leute fühlen, wenn sie meine Magie in den Händen halten? Die Tasche macht nur etwas Sichtbares, wenn man sie öffnet, und in ihren schwarzen Tiefen befindet sich ein Lagerraum von der Größe eines Kleiderschranks.

Wow! Das ist der Wahnsinn. Das ist einfach

unglaublich, und es sieht aus wie eine optische Täuschung.

Ich zucke mit den Schultern und schiebe meine Hand in die Tasche. Ich kann den Raum spüren und selbst wenn ich meine Hand von links nach rechts schwinge, kann ich die Seiten nicht berühren.

Unfassbar. Das ist eine verblüffende Magie.

Ich hole meinen Arm heraus und wende die Tasche so an, dass das Licht ins Innere leuchtet. Ich bin mir sicher, dass man da alles reinstecken kann. Aber ich bin neugierig, ob die Breite der Tasche einen einschränkt.

Mein Blick schweift umher und ich entdecke eine Stange an der Wand. Ich weiß nicht, wie man das nennt, einen Stab? Es ist ein Turnier- und Kampfding. Ich springe auf, greife ihn und setze mich wieder hin. Wenn ich ihn über das Ende reinschiebe, passt er genau, aber was passiert, wenn ich versuche, ihn seitlich reinzustecken? Die Stange ist etwas über zwei Meter lang.

Wird es funktionieren? Kann man hier nur schmale Dinge reinschieben? Als ich die Stange gegen den Rand der Tasche drücke, wird sie gepackt und sogar seitlich verschwindet sie. Man könnte eine ganze Couch darin verstauen. Ich bin froh, dass sie mich nicht eingesaugt hat, als ich meine Hand hineingestopft habe.

Ich halte den Stab immer noch fest in der Hand. Keine Ahnung, ob man sich mit der Magie verbinden oder sie irgendwie an sich festmachen muss, damit sie funktioniert. Ich will nicht riskieren, Owens Sachen zu verlieren.

Ich hole die Stange wieder heraus.

Das ist cool. Selbst wenn ich eine Tasche herstellen könnte, wäre selbst eine so coole Tasche wie diese nutzlos für meine Amulette. Man könnte sie leicht entwenden, und selbst wenn sie nicht in die Taschendimension eindringen könnten, wären sie immer noch in der Lage, meine Amulette zu transportieren und sie von mir fernzuhalten.

Das ist für meinen Hort nicht geeignet.

Ich lege die Stange neben mich auf den Boden und halte die Tasche hoch, um sie mit meinen anderen Sinnen zu analysieren. Der Beutel ist nicht so lebendig wie meine Amulette, aber ich spüre, dass er es nicht gutheißt, erforscht zu werden. »Alles gut, ich schaue ja nur«, murmle ich. Verdammter Mist. Die Magie ist unglaublich, und ich bin mehr als beeindruckt.

Es ist ein kompliziertes Geflecht aus Magie. Zeit und Raum sind in gottgleicher Komplexität und Macht miteinander verwoben. Ehrfürchtig lege ich sie zurück in ihre Schachtel und schließe den Deckel. Ich sehe, wie die Magie funktioniert, und weiß, dass ich so etwas auf keinen Fall bauen kann – absolut keine Chance.

Es ist zu kompliziert, zu komplex.

Wer auch immer diese Magie gewoben hat, ist unglaublich mächtig.

Ich stoße einen Atemzug aus. »So fühlt sich das also an.« Ich war schon immer magisch begabt und dachte, meine magischen Grenzen lägen nur an meinem Mangel an Vorstellungskraft. Aber diese hier lässt mich menschlich fühlen. So geht es normalen Menschen – sie sind überwältigt und ehrfürchtig.

Das ist ein interessantes Gefühl.

Meine Magie hat also doch ihre Grenzen. Es ist eine Erleichterung, dass ich nicht alles erschaffen kann – so wie die schön gestaltete Taschendimension. Ich lache, nehme das Handtuch und wische mir den verschwitzten Kopf ab. Wenn eine Tasche, die ein prunkvoller Kleiderschrank ist, für mich unerreichbar ist, werde ich keine Taschenwelt herstellen, das steht fest.

Mein Talent sind Amulette.

Mein Talent sind Amulette.

Während ich nachdenke, klopfe ich mit den Fingern auf den Koffer. Ich weiß, dass ich nichts unsichtbar machen kann, weil das unmöglich ist, aber ich kann ... eine Tasche aus Luft machen. Ich könnte sie wie einen Ballon gestalten, der neben mir schweben kann. Ein Amulett, das alle meine anderen Amulette unsichtbar machen kann. Wenn ich dann ein Amulett bräuchte, könnte ich es aus der Lufttasche ziehen oder, ich wette, ich könnte es benutzen, ohne es zu berühren.

Wäre das möglich?

O mein Gott, ich werde eine Miniwolke basteln. Ich grinse.

Als Forrest zurückkommt und die Schachtel abholt, habe ich ein neues Wolken-Amulett. Es ist kein Amulett. Was ich meine, ist, dass es sich nicht um etwas Materielles handelt. Nein, ich habe irgendwie ein Amulett in die Luft gezaubert, das eine netzartige Blase erzeugt. Eine Blase, die nur mir antwortet, und alle Amulette sind dort oben in der Wolke. Man kann sie mit bloßem Auge nicht sehen, und die Magie ist so leicht und zart, dass sie niemand berühren können sollte.

»Fertig?«

»Ja, danke.«

»Dann komm!«, sagt Forrest und streckt eine Hand aus. »Weißt du, was wir jetzt tun werden?«

»Was?«

»Ich muss diese Kiste abliefern und dann können wir uns eine heiße Schokolade und Schokoladenkuchen gönnen.« Ihre Augen glitzern. Diesen Gesichtsausdruck kenne ich sonst nur, wenn sie von ihrem Gefährten spricht.

»Beides? Eine Überdosis Schokolade. Wird dir von Kuchen und heißer Schokolade nicht schlecht?«

»Ich mache mir eher Sorgen um dich. Wie kann man von einer doppelten Ladung Schokolade krank werden? Mit solchen Gedanken wird dir dein Mädelsausweis entzogen. Gib ihn zurück, wenn du nicht glaubst, dass eine Schokoladenexplosion das Beste überhaupt ist. Komm jetzt!« Sie schnappt sich meine Hand und zieht mich hoch. Sie muss sich nicht einmal anstrengen, und ich fliege wie ein Schachtelteufel in die Höhe. Mann, ist die stark. Sie brummt, während sie mich aus unserem behelfsmäßigen Trainingsraum zerrt.

»Ich muss mich umziehen. Ich stinke.«

»Nein, tust du nicht.«

»Doch, muss ich. Eine Sekunde.« Ich renne die Treppe hoch, dusche schnell, wasche mir die Haare und benutze ein Amulett, das ich gemacht habe, um sie in Rekordzeit zu trocknen. Ich ziehe mich an und renne zehn Minuten später wieder die Treppe hinunter.

Forrest steht unten an der Treppe und tippt mit dem Fuß. Sie ist komplett sauber.

»Wie bist du so schnell sauber geworden, und ist das nicht das gleiche Outfit?«

Sie grinst mich an. »Ich habe mich gewandelt. Ich kann mich in einen Wolf wandeln und sofort wieder zurückspringen. Das reinigt meine Klamotten und alles andere. Ich habe einen Zauber, mit dem ich meine Kleidung behalten kann, den meine Freundin Jodie für mich gemacht hat. Er ist genial.«

Ich schüttle den Kopf, als wir nach draußen gehen. Wenn sich ein Wandler in seine Tierform wandelt, behält er selten seine Klamotten. Viele Zaubersprüche, die es auf dem Markt gibt, erlauben es ihnen, sich mit ihren Klamotten zu wandeln, und wenn sie in die menschliche Form zurückkehren, haben sie die Klamotten immer noch am Körper, sodass es keine nackten Zwischenfälle gibt.

»An manchen Tagen putze ich mir nicht einmal die Zähne.«

Was? »Igitt, Forrest, das ist eklig.«

»Ja. Mein Gefährte findet das auch. Er jagt mich mit der Zahnbürste durch das Haus und besteht darauf, dass ich meine Zähne putze. Und ich dann immer so:

Nein, Babe, ich habe mich gewandelt, aber das reicht ihm nicht und er zwingt mich, sie zu putzen. Dann lasse ich die Zahnbürste an irgendwelchen Plätzen liegen. Das macht ihn wahnsinnig. Zahnbürstenkriege, das ist urkomisch.«

Owen taucht aus dem Nichts auf, schüttelt den Kopf und öffnet die hintere Autotür. »Kommt schon, ihr zwei. Wohin fahren wir?«

»Wir fahren in die Stadt«, sagt Forrest. »Ich muss die Kiste bei Jodie abgeben, und dann holen wir uns im Café heiße Schokolade und Kuchen.«

Ich glaube, Forrest ist besessen von Schokolade. Ich bin einfach nur froh, dass ich aus dem Haus komme.

Kapitel Fünfunddreißig

Nachdem Forrest die Taschendimension abgegeben hat, schlängeln wir uns durch die Menge der einkaufenden Wesen, und die Luft ist dick von verschiedenen magischen Signaturen und sich vermischenden Düften. Die Glocke über der Tür läutet, und wir betreten das schönste Café, das ich mir vorstellen kann.

Ich schaue an die Decke und sehe Zweige mit großen rosa Blüten und funkelnden Lichtern. Ich erkenne, dass die Blüten echt sind, denn ich kann die Magie sehen. Es ist der Dryadenbaum, und ich habe so etwas noch nie gesehen. Der Geruch von Blumen, Kaffee und Kuchen macht die Atmosphäre heimelig.

Ich mag das. Das ist toll.

Es gibt eine riesige Kuchenauslage im Schaufenster und eine Theke mit all den verschiedenen süßen Leckereien. Forrest springt auf. »Hey, Jen.« Das blonde Mädchen hinter der Theke lächelt.

»Hey Forrest, wie geht's dir? Dein Übliches?«

»Ja, bitte. Kann ich zwei und einen langweiligen schwarzen Kaffee haben? Und oh, kann ich etwas Sahne auf meinem haben? Kricket, magst du Sahne?«

»Ja, Sahne ist gut.«

»Sahne auf alles, auch auf die heiße Schokolade. Oh, und können wir Marshmallows und ein *Cadbury Flake* haben?«

»Jaja, ich kümmere mich um alles, Miss Schokoholic. Ich werde alles vorbereiten und an deinen Tisch bringen.«

»Vielen Dank.« Forrest übergibt etwas Geld und sagt Jen, sie solle den Rest behalten.

Dann führt Forrest uns in den hinteren Teil des Cafés. Ein leerer Tisch steht in der Ecke neben einigen Bücherregalen und den raumhohen Fenstern.

Forrest setzt sich mit einem zufriedenen Seufzer hin, den Rücken an die Regale gelehnt. Sie hat sich so positioniert, dass sie nach draußen schauen und alles um sich herum sehen kann. Owen nimmt auf der gegenüberliegenden Seite des Tisches Platz.

»Willst du sonst nichts, Owen?«, frage ich ihn und nicke in Richtung der Theke.

Er schüttelt den Kopf. »Danke der Nachfrage, Kricket. Der langweilige schwarze Kaffee genügt mir.«

Forrest macht ein *Ups*-Gesicht. »Oh, sorry. Ich habe dir keinen Kuchen bestellt.«

»Hast du das bemerkt? Ist schon gut.« Owen knurrt. »Du warst im Schokoladenrausch. Ich verzeihe dir.«

Forrest und Owen fangen an, sich wie Kinder zu zanken – sie sind zum Totlachen – und mit jeder Sekunde, die verstreicht, wippt Forrest unruhiger auf ihrem Sitz und beobachtet jede Bewegung von Jen mit ihren Augen.

Geistesabwesend streiche ich mit meinen Fingerspitzen über den Tisch, um alle Dellen und Kratzer zu erfassen. Da ist eine alte Einkerbung. Ich drehe meinen Kopf zur Seite, weil sie schräg ist – die Person, die sie eingeritzt hat, saß dort, wo Owen jetzt sitzt. L-I-Z. Ich zeichne jeden Buchstaben mit meinem Finger und meinen Augen nach.

Liz. Ich frage mich, wer sie ist und ob Liz ihren Namen dorthin geschrieben hat oder ob ein zurückgewiesener Liebhaber in einem Wutanfall beschlossen hat, ihren Namen in den Tisch zu ritzen. Ich frage mich auch, ob es eine Kralle oder ein Messer war, das das Zeichen gesetzt hat.

Ich weiß nicht, warum die Leute das tun – Dinge beschädigen. Mum hat gesagt, dass sie als Kind immer einen Zirkel benutzt hat, um ihren Namen in alles zu ritzen. Ich kann mir nicht vorstellen, dass Mum so jung und leichtsinnig gewesen ist.

»Ich gehe mal kurz auf die Toilette.« Forrest winkt

mich weg. Ich stehe auf, schlängle mich um die Tische herum und trete in einen schmalen Korridor. Ich komme an einem seltsamen schwarzen Briefkasten vorbei, der willkürlich an die Wand geklebt wurde, und gehe in die Damentoilette. Eigentlich muss ich gar nicht aufs Klo und ich bin froh, dass sie mich gehen lassen, denn ich muss etwas nachsehen.

Es fehlt mir, unabhängig zu sein. Ich bin in meine Kindheit zurückgekehrt, in der mir immer jemand sagt, was ich tun soll. Es ist schwer. Ich lehne mich gegen das Waschbecken und betrachte mich im Spiegel.

Ich sehe müde aus.

Mithilfe des Spiegelbilds prüfe ich die Kabinen und stelle fest, dass sie alle leer sind, genau wie ich dachte. Ich stelle heimlich einen Schutzwall auf und wasche mir die Hände. »Du kannst rauskommen.«

Sie taucht aus dem Nichts auf.

Es gibt keinen Geruch, keine magische Signatur. Diese Kreatur war absolut unsichtbar, bis sie vor mir stand, und ich hätte es nie für möglich gehalten, wenn ich sie nicht selbst gesehen hätte.

Ihre Haut ist blassgrün und ihre Haare haben einen schwarzen Ansatz, der in ein dunkles Grün übergeht. Sie hat große, grüne Augen und Wangenknochen, für die man töten könnte, sowie einen vollen, breiten Mund. Sie ist umwerfend.

Und an ihrem Handgelenk baumeln meine Amulette an einem klobigen, billig aussehenden Armband. Sie ist die Amulett-Diebin und der Grund, warum ich ins Bad gekommen bin. Ich habe sie gefühlt. Wie hoch ist die Wahrscheinlichkeit, dass sie heute hier ist?

»Woher wusstest du, dass ich hier bin? Mich hat noch nie jemand entdeckt.« Ihre Stimme ist sanft und ihr Akzent kommt aus dem Norden Englands. Sie klingt nicht so, als käme sie aus dem Faerie-Reich, und eine Elfe ist sie auch nicht.

Aufgrund ihrer Färbung würde ich fast sagen, dass sie ein Troll ist, aber Trolle sind riesig und verfügen nicht über die Magie, die sie besitzt. Ihre magische Signatur fällt eindeutig in die Kategorie *Nicht-hinsehen.*

»Die Amulette«, sage ich, verschränke meine Arme und lehne mich mit der Hüfte gegen das Waschbecken. Ich kann ganz lässig tun, aber ich habe Amulette, die ihr den Arsch aufreißen können, wenn sie etwas versucht. »Du hast meine Amulette gestohlen.«

»Oh, wow.« Sie berührt das Armband und die Amulette klimpern. Ihr Gesichtsausdruck ist wirklich entsetzt. »Die sind von dir?«

»Ja, ich habe sie gemacht und sie wurden vor drei Wochen von meinen kleinen Brüdern gestohlen.«

»Oh. Geht es deinen Brüdern gut?«

Ich nicke.

»Gut. Das ist gut. Bevor du versuchst, mich zu töten ...« Sie hält ihre Hände hoch. »Ich habe deine Brüder nicht angefasst. Ich, ähm, ich habe eine Tasche von einer fiesen Gruppe elfischer Sklavenhändler gestohlen. Sie handeln mit Kreaturen. Sie haben mich in

Faerie bei der Arbeit erwischt und wollten mich zu einer Sklavin machen. Ich bin entkommen. Als ich geflohen bin, habe ich eine Tasche mitgenommen.«

Sie blinzelt, und ihre langen Wimpern fallen nach unten – sie sind so lang, dass sie fast ihre Wangen berühren. »Ich wollte die Tasche nicht mitnehmen«, sagt sie leise. »Ich habe sie genommen, weil ich Angst hatte. Sie haben mir alle meine Sachen gestohlen, und ich hatte solche Angst und war so wütend. Ich habe mir die nächstbeste Tasche geschnappt und bin damit weggerannt. Erst zu Hause habe ich gemerkt, dass etwas Wichtiges drin war – deine Amulette.« Sie schenkt mir ein besorgtes Lächeln. »Es tut mir leid. Ich habe sie nicht absichtlich gestohlen, aber ich habe sie benutzt, und du glaubst nicht, wie sehr sie mir geholfen haben. Es ist eine Geschichte, diese Reise. Sie haben mir das Leben gerettet.« Sie stößt einen kleinen Schrei aus. »Wenn du sie gemacht hast, heißt das, du bist Gary Chappell?«

Ich stoße einen überraschten Laut aus.

»Die Amulette haben uns den Namen ihres Herstellers verraten«, fährt sie fort. »Also, nicht mir, aber einer Freundin, die eine Hexe ist. Sie sagte, sie seien sehr gesprächig.«

Hm. Das ist mir neu, und ich starre die Amulette an. *Hexen unser Pseudonym zu verraten, was?* Wenigstens haben sie sich an die Geschichte gehalten und Garys Namen statt meinem genannt. *Verratet nicht alle unsere Geheimnisse,* sage ich ihnen. »Ja, ich habe sie gemacht.«

»Freut mich, dich kennenzulernen. Mein Name ist

Pepper. Oh ...« Ihre Augen weiten sich. »Ich habe eins verschenkt – das wie eine Katze aussieht.«

Die Katze ist ein mürrisches magisches Amulett. Er ist einer meiner Lieblingszauber. Er reflektiert die Magie zurück, das heißt, wenn jemand einen bösen Zauber ausstößt, schickt die Katze ihn zum Zaubernden zurück. Das ist gut für den Anwender des Amuletts, aber nicht so sehr für den Angreifer.

»Er wollte bei dem Einhorn bleiben, und ich hatte das Gefühl, dass es das Beste war, aber ich bin mir sicher, dass Tru es zurückgeben wird, wenn ich sie frage. Sie war nicht sehr beeindruckt. Hier.« Sie fängt an, das Armband abzunehmen, und ich halte meine Hand hoch, um sie aufzuhalten.

»Sie haben dir das Leben gerettet?«

»Ja.«

Die Amulette freuen sich mit ihr – nicht, dass sie sie bei all der Magie, die in ihr brodelt, brauchen würde.

»Und du hast sie von den Elfen gestohlen?«

»Ja.«

Das bringt Freude in meine Woche. Wenn die Elfen sie noch hätten, könnten sie unendlich viel Schaden anrichten. Hätte ich sie nicht so schnell gefunden, hätte ich die Magie irgendwann brechen müssen, aber jetzt muss ich das nicht mehr. »Behalte sie!«

»Wirklich, bist du dir sicher?«

»Ja, weißt du, wo die Elfen jetzt sind?« Ich habe immer noch den Drang, sie zu jagen. *Sie haben meinen*

Schatz gestohlen. Ich bin mir sicher, Forrest wird mir helfen.

Pepper lächelt süß und reibt sich den Unterarm. »Sie haben mir eine Sklavenrune auf den Arm gemalt. Ich konnte nicht mit gutem Gewissen zulassen, dass sie noch jemandem etwas antun.«

KAPITEL SECHSUNDDREISSIG

DIE SORGE um die gestohlenen Amulette und die Elfen, die es auf meine Familie abgesehen haben, beruhigt sich in mir. Während ich mich wieder durch die Tische schlängele, fällt es mir schwer, mich an ihren Namen zu erinnern. Er liegt mir auf der Zunge, aber ich kann einfach nicht ... Woran habe ich noch mal gedacht? Ich schüttle den Kopf und der Gedanke verpufft wie Rauch, als ich einen Anblick bekomme, der meine Mundwinkel zum Zucken bringt – eine Tasse heiße Schokolade und ein saftiger Schokoladenkuchen.

Der Schokoladenkuchen ist fast so groß wie der Teller – ein riesiges Stück, bedeckt mit einem dicken Klecks Sahne.

Forrest hat bereits die Hälfte ihres Kuchens verdrückt; ihre Arme verdecken den ganzen Teller, als würde es jemand wagen, ihn zu stehlen, während sie mit einer Kuchengabel kleine Bissen davon nimmt. Ich bezweifle nicht, dass sie anfangen würde zu knurren, wenn Owen sich auf seinem Sitz ein wenig nach vorn lehnen würde.

»Wow, das ist beeindruckend«, sage ich, während ich den Stuhl herausziehe. »Was für ein Hochgenuss.«

Forrest brummt.

Ich setze mich, nehme den langstieligen Löffel und fange an, in der heißen Schokolade zu stochern – sie hat einen Cadbury-Flake-Riegel und rosa und weiße Marshmallows obendrauf. Wahrscheinlich ist mehr Zeug oben drauf als heiße Schokolade im Becher. Es ist eine regelrechte Mahlzeit.

Die große Enttäuschung auf Forrests Gesicht, als sie mit dem Kuchen fertig ist, bringt mich dazu, mich zu ihr zu beugen und ihr den Kopf tätscheln zu wollen, aber dann würde ich wahrscheinlich meine Hand verlieren. Ihre Augen leuchten ein wenig, als sie sie von dem blitzsauberen Teller hebt. Hat sie ihn abgeleckt, ohne dass ich es bemerkt habe?

»Isst du das nicht?«, fragt sie und deutet mit ihrem Löffel auf meinen Kuchen.

Ich fühle mich, als würde ich ein riesiges Raubtier füttern, als ich den Teller zu ihr schiebe, woraufhin sie ihn sich schnappt, sich über ihn beugt und sich an die

Arbeit macht. »Danke«, murmelt sie nach dem zweiten Bissen.

»Keine Ursache.« Ich grinse Owen an.

»Ich weiß nicht, warum sie nicht zwei Stücke oder den ganzen Kuchen gekauft hat.«

Forrest zeigt ihm mitten im Kauen den Mittelfinger, und er lacht.

Es braucht nicht viel, um sich vorzustellen, wie Forrest den Löffel fallen lässt und ihr Gesicht in den Kuchen drückt. Es muss ihr zahnbürstenschwingender Gefährte sein, der darauf besteht, dass sie ordentlich mit Besteck umgeht.

Ich nasche weiter von meiner heißen Schokolade und der nicht enden wollenden Schlagsahne, und als ich zur flüssigen Schokolade komme – sie ist dick und lecker. Nachdem ich nicht einmal die Hälfte davon geschafft habe, wird mir schlecht. Den Schokoladenkuchen hätte ich nicht so gut vertragen können.

Die Tür öffnet sich und anscheinend ruckeln die Neuankömmlinge ein bisschen daran, denn die Klingel läutet leicht verzogen. Ich würde mir nichts dabei denken, aber Forrest und Owen versteifen sich. Noch besorgniserregender ist, dass Forrest ihr verbliebenes Stück Kuchen vergisst und sich in einer schützenden Position vor mich stellt.

Ich drehe mich auf meinem Sitz und sehe sieben Polizisten, die sich im Café verteilt haben, und zwei weitere stehen vor dem Fenster. *Tja, also das ist merkwürdig.* Die menschliche Polizei greift nicht in die Angelegenheiten der Kreaturen ein. Ihre Aufgabe ist es, sich um die Menschen zu kümmern. Sie setzen Magie ein, um sich zu schützen, aber das ist auch schon alles. Sie mischen sich nicht in die Angelegenheiten der Kreaturen ein.

Sie kümmern sich um niemanden sonst. Hier ist kein flüchtender Mensch unter einem Tisch versteckt. Stattdessen habe *ich* ihre volle Aufmerksamkeit. Sie sehen *mich* an.

»Das ist nicht gut«, sagt Owen leise. »Ich werde sie ablenken. Du bringst sie hinten raus.«

Forrest packt meine Hand, und als wäre es einstudiert, ziehen die Polizisten ihre Waffen. Sie erstarrt.

In Großbritannien haben wir keine Waffen, außer bei der Spezialpolizei und den menschlichen Militäreinheiten. Es ist wahrscheinlicher, dass man mit einem Schwert geköpft oder mit einem bösen Zauber lebendig gekocht, als dass man erschossen wird. Schusswaffen sind gegen die meisten Kreaturen nutzlos und man würde die Kreatur, auf die man schießt, eher wütend machen als sie töten.

Aber die Waffen sind nicht auf Forrest gerichtet.

Nein, sie zielen auf mich.

Ich wackle auf dem Stuhl und halte meine Hände so, dass man sie sehen kann. Ich habe Amulette, mit denen ich uns beschützen kann. Wenn ich will, könnte ich sie k. o. schlagen oder einen Schutzwall errichten, aber ich will es nicht schwerer machen, als es sein muss. Ich will das Problem nicht verschlimmern.

Ein Polizist mit braunen Haaren und blauen Augen kommt auf den Tisch zu. Seine gebräunte Haut sieht verschwitzt und blass aus. Er nickt Forrest und Owen zu und wendet dann seine Aufmerksamkeit auf mich. »Kricket Jones«, sagt er, »du bist verhaftet.«

Ich blinzle ein paar Mal. »Wie bitte? Ich?«

»Sag kein Wort!«, flüstert Forrest aus dem Mundwinkel.

Der verschwitzte Polizist ignoriert sie und fährt mit seinem Vortrag fort. »Wegen der Ereignisse, die sich vor vier Wochen in der Enklave ereignet haben, wirst du zum Verhör wegen des Todes der Gargoyles und der Ermordung und Entführung der übrigen geschützten Drachenblüter gesucht.«

Geben sie mir etwa die Schuld an allem? »Ich?« Ich zeige auf meine Brust und schließe dann – Forrests Rat zu Herzen nehmend – den Mund. Es hat keinen Sinn, zu reden oder meine Unschuld zu beteuern, denn Unschuld bedeutet einen Scheißdreck, wenn die Polizei mit Waffen auf dich zielt.

»Wartet mal kurz. Ihr könnt sie nicht verhaften, sie steht auf Befehl des Generals unter dem Schutz der Hellhounds«, sagt Owen knurrend.

»Können wir doch. Sie ist ein Mensch, und wir sind hier zuständig.«

»Sie ist kein Mensch. Sie ist eine größere Kreatur als ich. Sie ist ...« Forrest hält inne und sieht mich an. »Oh.«

Drachenblüter werden als Menschen eingestuft und

wir können meine Magie nicht bei der Menschenpolizei anpreisen.

»Wir wissen, dass sie Drachenblut hat und halb Hexe ist, aber die Hexen wollen sie nicht für sich beanspruchen. Nach dem Gesetz ist sie also ein Mensch und kommt deshalb mit uns mit.« Der gesprächige Polizist hebt die Hände in die Luft, als Forrest die Augen verengt. Seine Hände zittern. »Hör zu, Kriegerin Hesketh, wir wollen keine Probleme. Wir wollen uns nicht mit dir, dem Drachen, den Hellhounds oder den Fae anlegen. Wir wollen nur dieses Mädchen zum Verhör mitnehmen. Sie wird des Mordes und der Entführung beschuldigt. Auch wenn du glaubst, dass die Anschuldigungen falsch sind, müssen sie untersucht werden. Du weißt das besser als jeder andere. Das ist das Gesetz. Wir sind in der Central Police Station.« Er legt eine Visitenkarte auf den Tisch. »Schick ihren Anwalt, dann hast du sie wahrscheinlich in ein paar Stunden wieder draußen.«

Owen knurrt.

»Ich tue nur meinen Job, Sir. Ich will keinen Ärger. Und schon gar nicht mit Hellhounds. Bitte.«

Forrest hat ihre niedliche, verrückte Art verloren, und ich kann sehen, wie sie die Situation bewertet. Sie ist bereit, es für mich mit der Welt aufzunehmen. Ich sehe, wie sie katalogisiert, wo sich alle aufhalten: der ältere Mann in der Ecke, der in seinem Buch liest, die beiden Damen zur Linken, die sich unterhalten und gescherzt haben, und eine von ihnen hat einen Kinderwagen mit einem Baby darin. Die Mutter hat sich von ihrem Sitz erhoben und schirmt ihr Kind ab.

Wir alle wissen, was passieren wird. Leute werden verletzt werden. Die Polizisten werden sterben, und das kann ich nicht zulassen. Ich kann nicht dulden, dass irgendjemand für mich stirbt. Ich habe immer noch mit den Schuldgefühlen wegen der Angriffe zu kämpfen.

Der Polizist hat gesagt, dass ich in ein paar Stunden wieder draußen sein werde. Es wird leicht zu beweisen sein, dass keiner der Drachenblüter entführt wurde, und die Gargoyles haben höchstwahrscheinlich Beweise für meine Unschuld. Sonst hätten sie Soren und Jeff daran gehindert, als meine Bodyguards zu fungieren, und mich stattdessen in eine gemütliche Gefängniszelle gesperrt.

Sind ein paar Stunden meiner Zeit das Leben von jemandem wert?

Nein, natürlich nicht. Definitiv nicht.

Ich lege meine Hand auf ihre. »Es wird alles gut«, sage ich ihr. »Ich verspreche es. Es wird alles gut. Lass mich einfach gehen und dann sehen wir uns später.« Ich lächle. »Alles wird gut, und außerdem hast du mir beigebracht, wie man rennt. Blocken und rennen«, sage ich ihr Mantra in einem Singsang.

»Blocken und rennen.« Forrest schnaubt, ihr Körper entspannt sich – ein gutes Zeichen, oder? – und sie sagt: »Ja, ich habe dir beigebracht, dich auf dem Boden herumzurollen.«

»Ja, aber wenigstens kann ich mich jetzt auf dem

Boden herumrollen, und du kannst meinen Finger nach hinten biegen, und ich werde nicht weinen. Mir wird es gut gehen.«

Die Polizei wird langsam ungeduldig. Ein Typ mit dünnen Armen muss eine schwere Pistole in der Hand halten, denn seine Hände zittern. Die heiße Schokolade schwappt in meinem Magen. »Wir sehen uns bald wieder. Es wird alles gut.« Ich stehe auf.

Owen greift zu seinem Telefon. Ich bin mir sicher, dass er Soren anruft.

»Hände auf den Rücken, Miss Jones.«

Bevor ich mich bewegen kann, packt mich sein Kollege, wirbelt mich herum und schlägt mich gegen den Tisch. Mit einem *Uff* entweicht die ganze Luft aus meinem Zwerchfell und alles auf dem Tisch fliegt.

»Hey, vorsichtig. Sie wehrt sich doch gar nicht.« Owen knurrt.

»Lass sie in Ruhe! Ich kenne einen verknallten Gargoyle, der dir den Kopf abreißen wird, wenn er herausfindet, dass du sie misshandelt hast, und wie wir schon sagten, steht sie unter dem Schutz des Generals. Du machst einen Fehler, Officer. Du wirst sie mit äußerster Vorsicht behandeln, sonst werden Soren und ich dich zur Strecke bringen.« Forrest knurrt.

Was? Moment, mag Soren mich etwa?

»Du brauchst nichts zu sagen. Aber es könnte deiner Verteidigung schaden, wenn du bei der Befragung etwas verschweigst, auf das du dich später vor Gericht berufen kannst«, flüstert mir der bullige Polizist ins Ohr, während er mein Handgelenk umdreht und meinen Arm quetscht.

Ich habe schon viele Internet-Sendungen und Polizeiserien gesehen, in denen Leute gegen die Polizei kämpfen. Schlimmer noch, sie kämpfen gegen die Jägergilde und die Hellhounds. Gegen solche Leute sollte man auf keinen Fall kämpfen. Das wird man nie gewinnen.

Ich wehre mich nicht und lasse zu, dass er meine Hände hinter meinem Rücken fesselt und sie in eine Gebetshaltung bringt, damit sie meine Handgelenke nicht belasten. Die Handschellen sind mit Nullrunen versehen und ich spüre, wie meine Magie schwindet, als sie angelegt werden.

Warum hat die menschliche Polizei Runenfesseln? Sie sind nicht annähernd so schlimm wie die Nullbänder, die Soren mir angelegt hat, aber sie sind so stark, dass ein normales Lebewesen keine Magie einsetzen oder sich wandeln könnte.

Mr. Grabscher tastet mich ab und prüft meine Taschen gründlich. »Sie hat nichts bei sich, keine Magie, Sir.«

Keine Amulette. Dem Schicksal sei Dank habe ich sie heute eingelagert. Ich prüfe die Wolke und kann alle meine versteckten Amulette spüren. Puh, ich kann sie immer noch benutzen.

Ich werde vom Tisch hochgezogen und während ich aus dem Café geschleppt werde, holt Forrest ihr Telefon heraus. Als sich die Tür schließt, höre ich sie sagen:

»Emma, wir haben ein Problem. Wir brauchen Mr. Brown.«

Dann werde ich auf den Rücksitz des Polizeiautos gezwungen. Der gesprächige Polizist schnallt mich an. Es ist unangenehm, mit den Händen auf dem Rücken zu sitzen, und die Handschellen tun weh, egal welche Handgelenk- und Armhaltung ich versuche.

Wir fahren an der Polizeistation vorbei. Okay, das ist in Ordnung ... Aber ich weiß, dass ich in Schwierigkeiten stecke und beginne leise auszuflippen, als wir auf die Autobahn kommen.

Soren wird so sauer sein, und heute ist sein erster freier Tag seit Wochen.

Mit der Wolke, die beruhigend über meinem Kopf schwebt, kann ich mich jederzeit wieder sortieren. Ich hoffe, ich bin paranoid und sie bringen mich an einen anderen Ort – vielleicht in eine andere Stadt? Ich weiß nicht, wie menschliche Polizeiarbeit funktioniert.

Nach etwa fünfundzwanzig Minuten biegt der Wagen in einen Zufahrtsweg ein und parkt neben einem anderen Fahrzeug. Ich sitze schweigend auf dem Rücksitz, während der Motor läuft. »Es tut mir leid, aber das ist meine Familie, Mike«, sagt der gesprächige Polizist zu seinem Kollegen. Er klopft ihm auf die Schulter und beide steigen aus.

Das klingt beruhigend. Ich muss sehen, was passiert. Unbeholfen lehne ich mich nach vorn, drücke meine Schulter gegen die Tür und meine Wange gegen das Glas, während ich versuche, nicht an die Keime zu denken. Ich kann nicht viel sehen, weil die Kopfstütze im Weg ist.

Die Polizisten sprechen mit zwei anderen Personen; der Winkel ist ungünstig, und ich kann nichts anderes erkennen. Ich glaube, sie sind beide männlich.

Ich versuche, mit meinen magischen Sinnen herauszufinden, um was für ein Wesen es sich handelt, aber ich komme nicht weiter. Ich kann nichts wahrnehmen. Mit finsterem Blick schaue ich auf meine Hände; die blinkenden Runen-Handschellen behindern mich.

Sie kommen wohl zu einer Einigung, denn die Polizisten kehren zum Auto zurück. Die Hintertür wird geöffnet und der gesprächige Polizist schnallt mich ab und benutzt meinen Ellbogen, um mich aus dem Fahrzeug zu ziehen. Wir marschieren zum anderen Auto, er öffnet die hintere Tür und ich werde hineingeschoben.

»Lehn dich vor!«, sagt er zu mir. Ich tue es, und er löst die Handschellen und nimmt sie ab. Ich nehme meine Hände nach vorn und reibe sie. Er schlägt die Tür zu und geht weg, während ich ihm hinterherstarre. Jetzt, wo ich die Handschellen nicht mehr trage, kann ich wenigstens die magischen Signaturen testen, aber bevor ich das tun kann, wird die Tür geöffnet und ein anderer Typ klatscht mir ein Nullband um das Handgelenk.

Ich stöhne auf.

»Super, gut gemacht, Kricket.« Das Nullband haut mich zwar nicht um, aber mein Kopf pocht und aus irgendeinem Grund kann ich meine mit Amulett versehene Wolke nicht berühren. *Irgendjemand kennt meine Magie.*

Es ertönt ein Schrei, ein Lichtblitz, und dann sehe ich, wie der geschwätzige Offizier fällt. Er sinkt wie ein gefällter Baum nach hinten und schlägt mit einem gewaltigen Knall auf dem Boden auf. Ich zucke zusammen und halte mir den Mund zu, als ich höre, wie sein Kopf auf dem Beton aufschlägt – selbst durch die Tür hört es sich an, als würde eine Melone auf dem Boden zerschellen.

O Schicksal. Das ist furchtbar.

Die Beifahrertür öffnet sich, und ein Mann steigt ein. Er lehnt sich über den Vordersitz und winkt. »Würdest du dich bitte anschnallen, Süße?« Er lächelt sein fieses Lächeln.

Ich bin zu schockiert, um zu reagieren.

Es ist der verfluchte Anton Hill.

O nein! Was macht der denn hier? Gehorsam lege ich den Sicherheitsgurt an und er nickt mir zustimmend zu. »Schön, dich wiederzusehen, Gary.«

KAPITEL SIEBENUNDDREISSIG

GARY. O nein! Ich habe es königlich vermasselt. Ich sitze wie erstarrt da. Wenn Anton Hill weiß, dass Gary mein Pseudonym ist, dann weiß auch die Klauen-Bruderschaft, wer ich bin. Damien. *Scheiße!* Mein Kopf ist völlig durcheinander und ich weiß nicht, was ich am besten tun soll.

Ich kann nicht zulassen, dass sie mich benutzen.

»Der Boss hat das Nullband mit einem speziellen Zauber versehen, also wirst du es nicht mehr los. Die Polizei sollte schon alles konfisziert haben, aber wir wollten kein Risiko eingehen«, sagt Anton, während er sich anschnallt und der andere den Wagen startet.

Die Reifen knirschen auf dem unebenen Straßenbelag, während das Fahrzeug wendet. »Wir haben seine Familie mitgenommen«, sagt er beiläufig, als würde er über das Wetter sprechen, und wie ein schlechter Reiseführer zeigt er auf den toten, einst gesprächigen Polizisten, während das Auto an ihm und seinem Kollegen vorbeifährt. Beide Männer sind tot und liegen wie Müll auf der Straße.

Sie haben es nicht verdient zu sterben. Sie hätten sich auch nicht mit Bösewichten am Straßenrand zu einem fragwürdigen Gefangenenaustausch treffen sollen, aber den Tod haben sie trotzdem nicht verdient. Wenn ich früher etwas getan hätte, wären sie vielleicht noch am Leben?

»Wir haben seine Familie entführt und angedeutet, dass er dich abholen muss, um sie zurückzubekommen.« Er sieht mich an und grinst. »Wegen deiner Wachen brauchte er all diese Polizisten, um dich zu holen. Wir haben es nicht geschafft, in deine Nähe zu kommen und haben sogar ein paar Leute verloren. Diese pinkhaarige Tussi ist absolut verrückt. Sie ist zwar nur ein kleines Ding, aber verdammt, die macht mir Angst.«

Ich brumme zustimmend, sage es aber nicht laut. Forrest ist zwar meine Freundin, aber ich habe trotzdem eine gehörige Portion Angst vor ihr.

»Ja, du hast alles Mögliche kaputtgemacht und der Boss ist sauer auf dich.«

»Die Familie des Polizisten. Sind sie in Sicherheit?«

Anton schnaubt. »Nö, die sind nicht in Sicherheit. Was glaubst du, was für Leute wir sind? Ich habe ihm gesagt, dass er sie wiedersehen wird. Ich habe nicht gesagt, dass sie am Leben sein werden. Mach dir keine Sorgen, Kricket, sie sind jetzt alle zusammen. Eine glückliche Familie. Im Himmel.« Beide Männer glucksen, und dann hauen sie ihre Fäuste zusammen. »Der Boss will deine Magie. Wer hätte gedacht, dass du so mächtig bist und Amulette herstellen kannst? Ich bestimmt nicht. Ich wäre viel netter zu dir gewesen, wirklich nett, wenn du weißt, was ich meine.« Er zwinkert. »Ich hätte dein Freund sein können, und dann hätte ich dich einfach manipulieren können, und alles wäre gut gewesen. Aber nein, du musstest schwierig sein. Du musstest übermütig sein und die Unnahbare spielen.«

Unnahbar. Das war nicht unnahbar. Für ihn war ich unerreichbar. *Igitt.*

»Aber du, Kricket Jones, bist ein magisches Wunderwerk. Ich kann es nicht ganz glauben. Jetzt wird er dich benutzen, um den Silberdrachen zu jagen.«

Mein Herz setzt einen Schlag aus, und ich muss mich verhört haben. »Entschuldigung, was? Damien ist hinter dem General her?«

»Jupp.«

»Aber ... aber warum sollte er das? Das ist doch ein Himmelfahrtskommando.«

Er stößt ein selbstironisches Lachen aus. »Hast du sie gehört, Dave, als ob es so einfach wäre, den Boss davon abzubringen. Warum? Wenn ich das wüsste. Hör zu, Kricket, ich bin ein Lakai und wir dürfen keine Fragen stellen. Wenn es nach mir ginge, würde ich lieber

Pizza und Cola in dem beschissenen Supermarkt kaufen, in dem du arbeitest. Ich wünschte, das alles wäre nie passiert.« Er schüttelt den Kopf. »Das ist scheiße.«

»Tja, wenn es scheiße ist, warum haut ihr dann nicht beide ab? Lasst mich gehen?«

Anton Hill stößt mit dem Hinterkopf gegen den Sitz und stöhnt. »Ich kann dich nicht gehen lassen. Wenn ich nicht den Schutz der Bruderschaft habe, bin ich ein toter Mann. Die Henkerin, diese Einhornschlampe, macht Jagd auf uns alle. Sie schnappt sich die Überlebenden zuerst. Und wenn die Magie vom Boss mir nicht den Garaus macht ...« Er tätschelt das Bein des Fahrers. »... wird mich Dave hier töten. Stimmt's, Kumpel?«

»Und ob ich das tun würde«, sagt Dave.

»Oh, und da haben wir deine Jungs noch gar nicht berücksichtigt: den kleinen rosa Terror, den Hellhound und den verliebten Gargoyle. Die werden mich alle umbringen. Ich kann genauso gut so weitermachen, wie ich will. So oder so bin ich am Arsch. Vertrau dem Prozess, was, Dave?«

»Ja, Kumpel.«

»Ich kann in deinem Namen mit ihnen reden, wenn du mir hilfst. Ich kann ... ich kann versuchen, dich zu beschützen.«

Anton schnaubt. »Du kannst nicht einmal dich selbst beschützen.« Er lehnt sich über den Sitz und starrt mich an. »Hör zu, Kricket, ich weiß, ich war ein Arsch zu dir, aber du bist ein nettes Mädchen. Und klug. Tu, was man dir sagt, und es wird dir gut gehen. Man kann nie wissen. Vielleicht überlebst du das hier ja sogar.«

Das habe ich alles schon mal gehört. »Als wir das letzte Mal gesprochen haben, hast du versucht, mich davon zu überzeugen, dass du Chloe hast. Ich glaube nichts von dem, was du sagst. Tu, was du tun musst, aber gib bitte nicht vor, ein netter Kerl zu sein.«

Er lässt sich wieder auf seinen Sitz sinken. »Tja, na ja, einen Versuch war es wert.«

»Für einen Moment dachte ich, du hättest sie, Kumpel. Ich dachte, die würde dir glauben.« Der Fahrer lacht und schüttelt den Kopf.

»Sie hat so ein weiches Herz.« Lauter sagt er: »Glaube nicht, dass ich nicht bemerkt habe, wie du deiner Familie Geld und Essen zugesteckt hast, während du am Verhungern warst. Ich wette, du hast nie ein Dankeschön dafür bekommen, nicht wahr? Das ist der Grund, warum niemand jemals den Guten spielt, denn die Guten sind die, die zuerst sterben.«

Ich beiße mir auf die Lippe und starre aus dem Fenster.

»Ich war noch nie ein netter Kerl. Ich genieße die Hitze und wette, dass es in der Hölle schön kuschelig und warm ist.« Er beugt sich vor und schaltet das Radio ein, und damit ist unser Gespräch beendet.

Ich lasse mich auf dem Sitz zurücksinken. Sowohl meine Unterarme als auch mein rechtes Knie jucken. Ich hoffe, dass ich mir nichts eingefangen habe. Ich wette, es ist das verdammte Nullband. Irgendwie fühle ich mich komisch. Ich ziehe meinen Ärmel hoch und schaue auf meinen Arm hinunter.

Bevor Anton Hill meine schönen neuen grünen Schuppen sehen kann, bedecke ich sie wieder.

Was zum Teufel ist das? Ich reibe meine Unterarme heimlich an meinem juckenden Knie und werfe dann noch einen Blick darauf. Jupp, die Schuppen sind immer noch da.

Nicht ausflippen. Nicht ausflippen. Nicht ausflippen.

Was zum Teufel ist mit mir los? Was macht dieses Nullband? Ist das Damiens Magie? Verwandelt er mich in ein Monster?

Um zu verhindern, dass ich aus der Haut fahre, schließe ich meine Augen und versuche zu sehen, ob mein Magie-Tracking funktioniert. Das tut es. Dem Schicksal sei Dank. Das Nullband blockiert nur meinen Zugang zur Magie der Amulette. Ich finde sofort Soren und erkenne auch gleich die drei anderen einzigartigen Magie-Signaturen bei ihm: Owen, Forrest und Jeff.

Ich atme tief und erleichtert durch, dann noch einmal. Hoffentlich geraten sie nicht in Schwierigkeiten mit der Polizei, wenn sie herausfinden, dass ich vermisst werde.

Mir wird nichts passieren. Soren hat darauf bestanden, dass ich einen unaufspürbaren Peiltrank trinke. So werden sie mich finden können. Ich muss durchhalten und ihnen Zeit verschaffen.

Ich zupfe an dem Nullband und zische, als mir

dieses beschissene Teil einen Schock versetzt. Irgendwann werden sie es entfernen müssen, und ich habe eine
Menge Amulette, die sie nicht kennen. Ich bin nicht
hilflos. Auch wenn ich nur drei Wochen Selbstverteidi-
gungsunterricht hatte, muss ich bereit sein, und wenn
ich die Chance bekomme, muss ich kräftig zuschlagen
und mich dann an Forrests Mantra halten: Blocken und
rennen.

Ich habe keine andere Wahl, als auszuharren und auf
Rettung zu warten oder mich selbst zu retten. Ich kann
mein eigener weißer Ritter sein.

Wir gehen nicht in meine alte Stadt. Sie müssen sie
aufgegeben haben, nachdem die Gargoyles sie angegriffen und mich gerettet haben. Wir parken und ich
werde aus dem Auto gezerrt; kaum haben meine Füße
den Bürgersteig berührt, spüre ich die Magic der Ley-
Linie.

Oh-oh, da ist ein Portal.

Keiner wird mich finden, wenn ich in ein anderes
Reich verschleppt werde.

Kapitel Achtunddreißig

Anstatt direkt zum Tor zu gehen, wie ich befürchtet habe, werde ich nach links und durch die Hintertür eines alten Bürogebäudes gezerrt, das schon lange verlassen ist. Der Schimmel im Eingangsbereich ist geradezu lächerlich, und die Wände sind fast schwarz.

Anton stößt mich in den Rücken und zwingt mich eine Treppe hinauf.

Die schmale Treppe knarrt unter unserem gemeinsamen Gewicht. Die hölzernen Stufen sind abgenutzt und mit dem kastanienbraunen Teppich als Stolperfalle muss ich vorsichtig sein, wo ich meine Füße hinsetze.

Oben angekommen, erwartet uns ein quadratischer

Treppenabsatz. Anton öffnet die einzige Tür und geht als Erster hinein. Dave, der Fahrer, stupst mich an, damit ich ihm folge.

Das verlassene Büro nimmt die gesamte Etage ein. Schwaches, natürliches Licht fällt durch die schmutzigen Fenster und wirft unheimliche Schatten auf die Wände, die von abblätternder Farbe und weiteren Schimmelflecken gezeichnet sind. Spinnweben hängen von der Decke und den dunklen Leuchtstoffröhren herab. Ein alter Aktenschrank steht offen in einer Ecke, seine Schubladen sind schief. Hinter einem Holzschreibtisch, der schon bessere Tage gesehen hat, sitzt Damien Hass.

Eine nette Bude hast du hier, Damien.
Wir starren einander an.

Es herrscht eine drückende Stille, die nur durch das ferne Brummen des Verkehrs auf der Straße unter uns und das gelegentliche Knarren des Gebäudes unterbrochen wird.

Damien sieht nicht gut aus. Seine Augen und seine Haut sind gelblich gefärbt, als hätte er ein Leberversagen, und als er den Mund zum Sprechen öffnet, bemerke ich, dass ihm ein paar wichtige Zähne fehlen.

»Ah, da ist sie ja«, sagt er, lehnt sich auf seinem Stuhl zurück und kreuzt seine Knöchel.

Ich tue mein Bestes, um nicht zusammenzuzucken. Ich weiß nicht, ob es mir gelingt, denn Damiens Augen verengen sich und auf seinem Unterkiefer zuckt ein

Muskel. Schlimmer als der Ton seiner Haut und seiner Zähne ist der Schaden an seiner Seele. Seine Seele ist ein einziges Desaster. Sie ist schwarz und mit riesigen klaffenden Löchern übersät. Es ist, als ob die böse Magie des Auges des Drachen ihn verschlingen würde.

Er liegt im Sterben.

Eine Gänsehaut des Entsetzens überzieht meine Arme und ich möchte schreiend vor ihm zurückweichen, aber ich zwinge meine Füße, stillzuhalten. *Ich kann ja eh nirgendwohin gehen.* Anton bewegt sich hinter mich und stellt sich neben den Aktenschrank. Daves massige Gestalt blockiert die Tür, und ein weiterer Wachmann im Raum versperrt das Fenster.

Damien hat nur drei Leute. Ist das die gesamte Klauen-Bruderschaft? Ich hoffe es. Ich schließe meine Augen und zähle mit meiner Magie, es sind vierzehn.

»Hattest du irgendwelche Probleme?« Damien richtet seine Frage über meine Schulter hinweg an Anton.

»Nein, Sir.«

»Guter Bursche.« Damien lächelt und lehnt sich über den Schreibtisch. Jetzt habe ich wieder seine volle Aufmerksamkeit. »Wenn ich dich nicht bräuchte, Kricket Jones, würde ich dich windelweich prügeln. Du musst etwas Respekt lernen, Mädchen.« Etwas Spucke tropft aus seinem Mundwinkel, als ob er sich noch nicht an fehlende Zähne gewöhnt hat. Er zieht das Auge des Drachen aus seiner Tasche und zeigt es mir zum ersten Mal ganz offen.

Das monströse Ding sitzt fast unschuldig in der Mitte seiner Handfläche.

»Du hast mich zum Narren gehalten, indem du behauptet hast, du hättest keine Magie. Ich hatte dich, und du hast mich ausgetrickst. Seit Wochen renne ich dir jetzt schon hinterher. Ich habe Männer verloren, gute Männer.« Seine Hand zittert leicht, als er das Auge des Drachen hochhält. »Ich bin mir sicher, Anton hat dir von unserem Plan erzählt. Wir werden dich benutzen, bis du ausbrennst.«

Ausbrennen wie du?

Ich halte meinen Mund, während ich innerlich erschaudere. Im Geiste ziehe ich mir meine mutigen Unterhosen an und wage es, ihm einen Blick zuzuwerfen, den ich mir von Forrest geborgt habe. Es ist ein Blick, der nicht kopiert werden kann, aber ich gebe mein Bestes. Es ist ihre Kombination aus *Tja, da hat dich dein Glück wohl verlassen* und *Du machst wohl Witze.*

Der Klassiker für jeden Badass.

Damien schnaubt und lehnt sich wieder zurück. »Die Bruderschaft wurde für Drachen geschaffen. Es ist unsere Pflicht, ihnen zu dienen.«

»Ihnen zu dienen?«, platze ich heraus. Die Worte sprudeln nur so aus meinem Mund, ohne dass ich darüber nachdenken kann. »Warum versuchst du dann, ihn zu fangen?« Ich schreie auf, als Anton mir einen Klaps auf den Hinterkopf gibt.

»Sei nicht so unhöflich, Kricket!«, tadelt er mich,

packt mich an den Schultern und drückt mich auf einen Stuhl. »Jetzt, Sir?«

»Was du heute kannst besorgen, Bursche.« Damien nickt zustimmend, legt seine Finger um das Auge des Drachen in seiner Hand und fängt an, leise zu rezitieren.

O nein. Am Arsch. Ich werde nicht hier sitzen, während er seine Magie wirkt. Ich habe gesehen, wozu dieses Ding fähig ist, und ich habe keine Lust, dass sich diese Macht gegen mich richtet. Ich kämpfe mich auf die Beine.

Anton packt mich am Hals und schleudert mich gewaltsam zurück auf den Stuhl. Sekunden später schießt das Auge des Drachen schwarze Funken und auf Damiens Kommando verdichten sich die Funken zu rauchigen schwarzen Seilen. Durch die Luft krabbeln sie auf mich zu, pulsierend von verseuchter Magie.

Ich kann nicht denken und habe Mühe zu atmen, während Anton Hills Hand meine Kehle fest umklammert. Ich wimmere, als der Rauch mich berührt. Er verfestigt sich und die Bänder der Magie schlingen sich um meinen Körper wie eine Schlange, die ihre Beute überfällt.

Sie fesseln mich an den Stuhl.

Damien geht um den Schreibtisch herum.

Er scheint sich ewig Zeit zu lassen und lacht die ganze Zeit wie ein Disney-Bösewicht. »Ich werde jeden töten, der dir etwas bedeutet und jeden, der sich um dich sorgt.« Seine Stimme klingt gesprächig. Ich weiß nicht, welchen Ausdruck er in meinem Gesicht liest, aber Damien hat große Freude daran. »Sie werden sterben und du wirst wissen, dass es deine Schuld ist.«

Ich hasse ihn.

Ich kreische, als er seinen Zeigefinger in mein Top steckt und mit einem perversen Grinsen den Stoff von meiner Brust wegzieht. Seine andere Hand kommt hoch und er lässt das Auge des Drachen fallen. Es landet auf der nackten Haut meiner Brust und bleibt an meinem Schlüsselbein kleben.

Mein Herz klopft, als hätte er einen Skorpion in meinen BH geworfen. Wenn ich die Wahl hätte, würde ich den Skorpion vorziehen. Ich will das Ding nicht in meiner Nähe haben. Ich zische. *Aua*, das tut weh. Winzig kleine Stacheln graben sich in meine Haut und bohren sich in mein Schlüsselbein. Ich tue mein Bestes, um ruhig zu bleiben. Ich will ihm nicht die Genugtuung geben, zu schreien.

»Ah«, sagt er. »Das hätte ich fast vergessen.« Er lächelt, als er meinen Unterarm festhält. Wegen des magischen Seils, mit dem ich an den Stuhl gefesselt bin, kann er meinen Arm nicht hochheben, aber er reißt ihn so weit wie möglich herum und beugt sich zu mir. Damien riecht nach verfaulendem Fleisch. Seine Finger reiben über die weiche Haut an der Innenseite meines Handgelenks, wo das Nullband sitzt. Es wird heiß, löst sich auf und kehrt zum Auge des Drachen zurück, während er mein Handgelenk fallen lässt.

Oh, dem Schicksal sei Dank.

Ich darf keine Zeit verlieren. Sofort ziehe ich meine gesamte Magie vom Auge des Drachen und der Brust weg und weiter in meinen Körper hinein. Dann stupse ich die Wolke an und bitte die Schutzwall-Amulette um Hilfe. Anstatt mich oder den Raum mit einem Schutzwall zu umgeben, sammle ich die Kraft und schiebe sie in mein Inneres, direkt unter das Auge des Drachen, um sicherzustellen, dass es sich nicht noch tiefer eingraben kann.

Als Reaktion auf meine defensive Magie beißen die Widerhaken des Auges des Drachen noch fester zu. Ich knirsche mit den Zähnen, als der Schmerz meine Brust und meine Schultern überrollt. Ich spüre seine Frustration, während er gegen die Schutzwälle stößt und kämpft.

Damien bemerkt es nicht. Natürlich nicht. Die Männer reden und lachen, aber ich kann sie nicht verstehen, während ich mit diesem ekelhaften Ding kämpfe.

Es ist stärker als drei meiner Schutzwälle, die zusammenarbeiten, um meine Seele zu schützen.

Aber es ist nicht stärker als ich.

Es ist nicht stärker als meine Magie.

Du hattest deine Chance. Jetzt wollen wir mal sehen, was ich mit dir machen kann.

Diesmal bin ich an der Reihe, meine metaphysischen Finger in seine schmutzige Macht zu stecken, wie ich es vor Wochen getan habe, als ich auf die Schnelle zufälligen Schmuck in Amulette verwandelte, um die

Stadt zu heilen. Gleich danach habe ich die Kraft deaktiviert und die Amulette in ihren ursprünglichen Zustand zurückversetzt.

Ich mache dasselbe.

Meine Magie ergreift das Auge des Drachen und ich mache es unschädlich.

Kapitel Neununddreißig

Das Auge des Drachen kämpft gegen mich. O Mann, und wie es mich bekämpft – es reißt, beißt und krallt. Der Schmerz ist so schlimm, dass ich mich wundere, dass ich nicht blute. Ich habe Angst, dass es meine Seele zerreißt, aber ich mache weiter. Ich habe keine andere Wahl. Ich muss kämpfen.

Erneut sammle ich meine Schutzwälle und überflute sie mit Energie, sodass sie dicker werden und wie eine Kuppel wirken. Sie umschließen das Auge vollständig, während ich es auseinandernehme. Seine Magie ist wie ein verhedderter Knoten – ein Knoten, den ich entwirren muss.

Es hat so lange Zeit so viel Autonomie gehabt, dass es seine Macht nicht aufgeben will. Seit Jahrhunderten darf es tun, was es will. Das ist nicht wie bei meinen Amuletten, die glücklich sind und gefallen wollen. Ich muss aus diesem Amulett eine Lehre ziehen und dafür sorgen, dass meine Magie strenge Richtlinien erhält.

Ich muss den Amuletten, die in der ganzen Welt verstreut sind, etwas hinzufügen, damit sie schützen, aber keinen Schaden anrichten können. Das könnte schwierig werden, und vielleicht brauche ich Hilfe von jemandem, der weiß, was er tut. Jemandem wie dem Silberdrachen.

Er verfügt bestimmt über Wissen und Können. Scheiße, er hat die Wandler verzaubert. Ich schätze, er wird mir helfen können.

Das Auge des Drachen kämpft weiter gegen mich. Ich habe das zum ersten und einzigen Mal mit meiner Magie versucht, und die Energie wollte zu mir zurückkommen. Es ist ja nicht so, dass ich sie zerstört habe, als ich die Kraft herausgezogen habe. Diese Kraft, diese Essenz, hat in den letzten Wochen andere Amulette erschaffen. Meine Amulette sterben nie.

Aber dieses böse Amulett verdirbt alles, was es berührt, und nimmt dabei auch noch Lebenskraft. Es muss zerstört werden.

Ich kann in seine Mitte sehen, und vielleicht war es einst wunderschön. Aber jetzt gibt es keine Spur mehr von dem, was es einmal hätte sein sollen. Es ist wie eine verdorbene, eiternde Wunde voller böser Bakterien. Ich bahne mir einen Weg durch den Schlamm und die Fäulnis, bis zur Mitte, finde sein Herz, und dann ziehe und drehe ich.

Die Magie, die das Auge des Drachen zusammenhält, zerbricht.

Das Geräusch seiner Wut dröhnt in meinen Ohren, und dann strömt die Kraft zu mir. Ich trete mental einen Schritt zurück. *O Schicksal.* Was soll ich mit dieser Kraft anstellen? Ich habe das nur einmal gemacht und die Magie wieder in mich aufgesaugt, aber ich will dieses verdorbene Zeug nicht. Ich will auf keinen Fall, dass es mein Inneres verrottet.

Am Rande der Panik stehend, schlucke ich meine Angst hinunter. Ich will das nicht mehr, aber es ist meine Verantwortung. Auch wenn ich mich nur in eine Ecke verkriechen und weinen möchte. Wer soll das hier denn sonst machen? Wer *kann* es sonst machen? Ich wünschte, der silberne Drache käme und würde diese Scheiße in Ordnung bringen. Ich bin mir sicher, es ist seine verflixte Pflicht.

Stattdessen gibt es hier und jetzt nur mich.

Ich stöhne und tue dann etwas Geniales. Oder etwas Schreckliches.

Ich erinnere mich daran, was ich über magische Signaturen und das Aufspüren von Leuten gelernt habe. Während ich das Auge des Drachen auflöse, halte ich die zappelnde, ranzige Kraft metaphysisch fest im Griff und stoße sie mit meinem nächsten Atemzug in die Kreaturen mit der magischen Signatur des Auges des Drachen.

Alle magischen Signaturen, die mit dem Auge des Drachen verbunden sind, bekommen eine Dosis Kraft.

Jedes letzte verbliebene Mitglied der Klauen-Bruderschaft. Alle vierzehn sind hier und bewachen dieses Gebäude. Ich weiß, dass es zu viel für ihre Körper sein wird, aber ich tue es trotzdem.

Es dauert nicht lange. Damien wackelt auf den Beinen und sein zahnloses Grinsen gefriert auf seinem Gesicht. Er hustet und gurgelt ein wenig, dann gibt es einen *Puff* und er ist weg.

Eine schwarze Substanz fällt in einem kleinen Haufen auf den Boden, als ob er sofort eingeäschert worden wäre. Ich starre ihn an. Die Magie, die mich auf dem Stuhl hält, verschwindet, und ich beuge mich vor und stupse den Haufen mit meinem Fuß an.

Oh, okay.

Dort, wo Anton Hill stand, befindet sich ein weiterer Staubhaufen. Und noch einer neben der Tür und ein weiterer am Fenster. Ich reibe mir die kratzigen Arme und halte mir dann den Mund zu, weil ich würgen muss. Plötzlich muss ich unerwartet würgen.

Schicksal, ich habe sie getötet.

Ich starre auf die vier kleinen Haufen, die mir unbedeutend erscheinen, so winzige Dinge aus vier furchterregenden Kerlen.

Es gibt einen Knall, als eine Tür im Erdgeschoss eingetreten wird.

Dann fast lautlose Schritte.

Die Tür öffnet sich und der Wind weht die Haufen umher, sodass sie nun keine Haufen mehr sind, sondern sich ein wenig ausbreiten.

Der Gargoyle ist da.

Ohne dass ich es bemerkt habe, hat sich einer meiner Schutzwälle entschlossen, den Raum zu schützen, und Soren läuft direkt hindurch. »Hm«, sagt er überrascht, während er sich weiter auf mich zubewegt. *Das Regenschirm-Amulett lässt ihn eintreten.* Eine Bestätigung dafür, dass es ihm vertraut.

Dass ich ihm vertraue.

Ich weiß nicht, wie oft er von meinen Schutzwällen weggeschleudert wurde, während ich bewusstlos gewesen bin, aber der sture Gargoyle hat nicht gezögert, reinzulaufen, um zu mir zu kommen und mir zu helfen.

Er sinkt auf die Knie, nimmt sanft mein Gesicht in seine Hände und streicht mit seinen großen Daumen über meine Wangenknochen. »Kricket, geht es dir gut?«, fragt er. »Haben sie dir wehgetan?«

Ich starre in seine wunderschönen blassgrünen Augen und finde keine Worte.

Die Todesschreie aus dem Auge des Drachen hallen immer noch in meinen Ohren wider. Das tote Amulett, das an meiner Brust klebt, zerbröckelt. Es hinterlässt schwarze Scherben und Asche in meinem BH und auf meiner Brust. Das ist zwar unangenehm, aber ich ignoriere es erst einmal. Mein reinigendes Amulett rettet mich. Der Geruch von Zitrone und

Vanille steigt mir in die Nase, als das Amulett ihn wegwischt.

»Kricket? Nichts-Mädchen, geht es dir gut?«

»Sie sind weg«, sage ich leise. »Ich ... ich, ähm, ich habe sie getötet.«

»Gut.« Er küsst mich auf die Wange. Seine Lippen sind überraschend warm und weich, und ich lehne mich in seine Berührung. »Wir haben uns solche Sorgen um dich gemacht. *Ich* habe mir Sorgen um dich gemacht. Forrest, Owen und Jeff sind draußen und jagen die anderen Mitglieder der Klauen-Bruderschaft, aber sie scheinen schon weg zu sein. Komm, wir bringen dich zurück ins Haus.«

»Anton Hill hat zwei Polizisten getötet und ... ich ... ich ... ich habe sie getötet.«

»Ich weiß von den Polizisten, und wenn es jemand verdient hat, getötet zu werden, dann sie.«

»Alle fünfzehn von ihnen.«

Sorens Augen weiten sich, aber er stellt keine weiteren Fragen. Er nimmt sanft meine Hände und hilft mir auf. Meine Beine fühlen sich hölzern an und als ich versuche, einen Schritt nach vorn zu machen, kann ich es nicht.

»Sie sind, ähm, sie sind auf dem Boden. Sie sind der Staub. Das sind sie.« Ich zeige darauf. »Sie liegen auf dem Boden.«

Soren schaut zuerst nach unten, auf den Staub vor meinen Zehen und dann mitfühlend zu mir zurück. Seine großen Hände schleichen sich um meine Taille und er hebt mich hoch. Er hält mich über dem Boden, nimmt mich in seine Arme und trägt mich als wäre ich eine Prinzessin durch den Raum, damit ich nicht darauf treten muss.

Ich weiß, es ist albern, aber durch diese Aktion verliebe ich mich noch ein bisschen mehr in ihn.

Kapitel Vierzig

Soren trägt mich die Treppe hinunter und aus dem Gebäude. Er setzt mich ab und wartet, bis ich mein Gleichgewicht wiedergefunden habe, bevor er mich loslässt. Die Tür hängt aus den Angeln. Er hebt sie auf und schließt sie unbeholfen. Sie lässt sich nicht zumachen. Bei der ersten Gelegenheit springt sie auf und neigt sich ein wenig nach links. Er zuckt mit den Schultern.

Owen wirft mir einen kurzen Blick zu und Jeff nickt. »Schön, dass es dir gut geht. Komm mit! Das Auto ist um die Ecke geparkt.«

Forrest – oder sollte ich sagen, die wölfische Forrest – taucht auf. Ihre Krallen klappern, als sie über den Bürgersteig stapft, und ihr Fell schimmert im Sonnenlicht. Sie ist weiß, und die Spitzen ihres Fells sind rot oder rötlich rosa. Ich habe noch nie einen gewandelten Wolf gesehen. Sie ist ziemlich groß, etwa hüfthoch.

Wir hatten keine Wandler in der Stadt, also ist das irgendwie cool. Meine Hände zucken und ich möchte ihren Kopf streicheln und sie hinter den Ohren kraulen. »O Schicksal«, sage ich zu ihr, »du bist so schön.«

Ihre Schnauze öffnet sich und dann lugt ihre Zunge heraus. Forrest schenkt mir ein wölfisches Grinsen und wedelt mit ihrer Rute in einer kreisförmigen Bewegung. Ihre Ohren hängen zur Seite und sie sieht einfach hinreißend aus. Dann niest sie dreimal hintereinander, schnuppert, schnaubt und kratzt sich mit der Pfote an der Nase.

Ich schmolle, als das optische Vergnügen vorbei ist. Von einem Atemzug zum nächsten steht Forrest in ihrer bekleideten menschlichen Gestalt da, als wäre sie nicht gerade noch eine prachtvolle, pelzige Bestie gewesen.

»Ich bin froh, dass es dir gut geht. Ich weiß nicht, wohin sie gegangen sind. Sie haben sich in Luft aufgelöst und überall diese komischen Aschehäufchen hinterlassen. Meinst du, sie können sich teleportieren?«

Ich halte meine Hand hoch. »Ähm, das war ich. Ich, ähm, habe alle vaporisiert.«

Forrest grinst und gibt Owen ein High Five. »Sieh sich das einer an! Das war unser Training. Verdampft. Geil!« Sie gibt mir beide Daumen hoch. »Wenn wir zu

Hause sind, musst du mir alle schmutzigen Details erzählen. Ich will alles wissen, Drachenmädchen.«

Owen schüttelt den Kopf, Jeff lacht und alle scherzen weiter miteinander, während wir durch die schmale Gasse zurückwandern, weg vom Ley-Linen-Tor zur Rückseite der Gebäude und den Autos.

Sie unterhalten sich darüber, was sie zu Abend essen werden und beschließen, auf dem Heimweg etwas Chinesisches zu holen. Nachdem sie meine Bestellung notiert haben, öffnet Soren die Tür, und ich krabble erschöpft auf den Beifahrersitz.

Ich winke Forrest zu, die zu Owens Auto hüpft, während Jeff ihnen folgt. Als sie weg sind, fahren wir vom Bürogebäude aus durch die kleine, heruntergekommene Stadt und zurück auf die Autobahn.

Ich habe gestern mit meiner Mum gesprochen, und sie ist immer noch nicht glücklich mit mir. Oh, aber sie ist glücklich, weil sie wieder zu Hause bei ihren Sachen ist, auch wenn es nicht wirklich ihre Sachen sind. Ich liebe meine Mum von ganzem Herzen. Sie ist es gewohnt, mich als Kind zu betrachten. Sie muss anfangen, mich als Erwachsene zu sehen. Sie missbilligt meine Magie, und sie versteht mich nicht.

Sie ist enttäuscht. Nicht weil ich Leuten helfe und nicht weil ich unsere Stadt gerettet habe. Aber sie ist wütend auf mich, weil ich eine Märtyrerin bin. Weil ich ursprünglich meinen Mund hätte halten sollen. Wenn ich nicht versucht hätte, Soren zu retten, wenn ich meine Magie nicht vor ihm eingesetzt hätte, dann hätte er nie erfahren, dass ich es war. Und all der Schutz und die Bewachung wäre nie passiert, wenn ich einfach getan hätte, was man mir gesagt hat.

Ich sehe das anders, aber das sage ich ihr nicht ins Gesicht. Das Schicksal hat bei allem, was passiert, seine Hand im Spiel. Manchmal müssen Dinge einfach passieren.

Wie eine Art Bestimmung.

Ich sehe den Gargoyle an – der mich mag – und lächle vor mich hin.

Ja, Bestimmung.

In diesem Moment fängt mein ganzer Rücken an zu jucken. Ich wackle heimlich und reibe meine Schulter an der Seite des Autositzes. Sie fühlt sich unangenehm an und tut weh. Ich versuche, es zu ignorieren, aber dann fangen meine Arme an zu brennen. Ich zische und stöhne dann. *Warum muss ich eigentlich immer so viele Schmerzen haben?* Mein Kopf fühlt sich an, als würde eine Migräne kommen, während meine Sicht verschwimmt. Ich runzle die Stirn, während ich mit meinem linken Fuß wackle. Ich habe jetzt ein Kribbeln in den Zehen und meine beiden Arme fühlen sich an, als würden sie brennen. »Soren«, sage ich. »Ich fühle mich nicht gut.«

Er blickt von der Straße auf. »Was ist los? Du bist ganz blass geworden.«

»Irgendetwas Schräges ist mit mir passiert.«

»So schräg wie deine Magie oder normal schräg?«

Meine Nägel graben sich in meinen Oberschenkel.

Ich habe ihm so viel Vertrauen geschenkt, dass mein Schutzwall wusste, dass er durchgelassen werden musste. Es ist ganz sicher, dass ich in ihn verliebt bin. Ich muss ihm jetzt vertrauen. Mit Mühe schlucke ich meine Nerven hinunter und kremple meinen Ärmel hoch.

Ich zeige es ihm, denn er wird mir nicht glauben, wenn er es nicht selbst sieht. Ich zeige ihm die grünen Schuppen. Sie erstrecken sich bis unter meinen Ärmel und bedecken meinen ganzen Arm. Wenn ich mein Handgelenk neige, glitzern sie im Licht, das durch die Windschutzscheibe fällt, wie der Farbwechsel-Lack an schicken Autos: grün, blau und ein bisschen silber.

Soren streichelt mit einer Hand sanft meinen Arm und reibt mit seinem Daumen über die Schuppen auf meiner Haut. »Schuppen? Ist das gerade eben passiert? Haben sie das mit dir gemacht?«

»Nein, das ist schon ein paar Mal passiert, stellenweise.«

»Du hättest etwas sagen sollen. Wie lange schon? Wie lange geht das schon so?« Er lenkt den Wagen auf die erste Spur und nimmt die nächste Ausfahrt.

»Es tut mir leid. Ich war verängstigt und verwirrt.« Ich zucke mit den Schultern und löse mich von seiner Hand. »Ein paar Tage? Vielleicht ein paar Wochen?« Ich verziehe das Gesicht. »Ich bin mir nicht sicher. Soren, ich drehe durch, und meine Haut juckt. Ich weiß nicht mehr, wann das zum ersten Mal passiert ist. Es scheint zu passieren, wenn ich gestresst bin.«

Wir biegen an einem Kreisverkehr ab und fahren ein

paar Minuten schweigend weiter. Der Muskel im Unterkiefer des Gargoyles zuckt, und seine großen grauen Hände krallen sich ans Lenkrad.

»Sie jucken und ich habe mir nicht viel dabei gedacht, aber mein Rücken tut weh und ich fühle mich ...« Ich beuge mich vor. »Mir wird schlecht.« Mein Magen rebelliert und Soren hält rechtzeitig an, damit ich die Tür öffnen und mich auf der Straße übergeben kann. »Oh, das tut mir leid. Ich fühle mich nicht gut.«

Erst als Soren mich in seine Arme nimmt, verstehe ich, was er sagt. »Hier ist es nicht sicher.«

»Nein, bitte nicht.« Ich stemme mich gegen einen massiven Brustkorb. »Ich könnte mich auf dir übergeben.«

»Das ist mir egal«, sagt er und rennt los.

Warum rennt er? Wenn wir doch ein einwandfreies Auto haben?

O Schicksal, ich hoffe, mein Magen revoltiert nicht wieder. Ich liebe diesen Kerl und er kann bestimmt meinen kränklichen Atem riechen. Er brettert durch ein Industriegebiet, vorbei an ein paar verrottet aussehenden Gebäuden und über einen Versorgungsweg. Dann gibt es eine Straße aus Beton, die wie etwas aus den Siebzigerjahren aussieht, und einen alten Harris-Zaun. Ich weiß nicht, was er vorhat, bis seine Flügel ausklappen, er sich in die Luft erhebt und wir über den Zaun schweben.

Er fliegt noch vier Meter weiter, dann landet er und läuft wieder.

Er benutzt weiterhin seine Flügel, um das Gleichgewicht zu halten, während er unglaublich schnell sprintet. Ich wusste gar nicht, dass Gargoyles sich so bewegen können. Wir treten aus einem Wäldchen heraus und befinden uns auf einem Feld. Vor uns liegt ein wunderschönes, altes Aquädukt, das sich in die Ferne erstreckt.

Soren setzt mich sanft auf dem Gras ab und ich schnappe nach Luft. Er atmet nicht einmal schwer. »Es ist alles in Ordnung«, sagt er und streicht mir die verschwitzten Haare aus dem Gesicht. »Ich habe das noch nie gesehen. Aber ich habe das Gefühl, dass du dich gleich wandelst. Und zwar in einen Drachen.«

Wandeln? Was?

»Wovon redest du? Nein, das ist nicht möglich.« Ich stöhne auf, während sich mein Inneres windet und zusammenpresst und ich das Gefühl habe, dass ich zerfalle. »Es tut weh«, schreie ich.

Er hält meine Hand fest. »Ich bin bei dir. Ich stehe dir bei. Atme einfach. Kricket, du musst aufhören zu kämpfen und loslassen. Bitte, my Love.«

Loslassen! Ist er verrückt?

»Nein. Kann ich nicht einen Heiltrank haben?« Ich ziehe an der Wolke, und die Amulette tun nichts. Sie tun nichts! »Warum funktionieren meine Amulette nicht? Warum heilen sie mich nicht?«, jammere ich.

»Weil es nichts zu heilen gibt.« Er nimmt mich in den Arm und flüstert: »Es geht dir gut, es geht dir gut, ich bin bei dir, es geht dir gut. Atme einfach. Kannst du dich selbst sehen, wenn du deine Magie einsetzt, um magische Signaturen zu untersuchen?«

»Nein, ich kann mich nicht sehen«, knurrt es aus mir heraus.

»Versuch es!«

Ich schaue ihn finster an. »Ich will nicht über die magische Signatur reden. Ich will überhaupt nicht über Magie reden. Ich will, dass meine heilenden Amulette mir helfen.«

Ich will, dass er mich rettet.

»Nichts-Mädchen. Bitte schau nach«, sagt er mit seinem eigenen Knurren.

Ich schnaufe und schließe meine Augen. Ich stelle fest, dass meine magische Signatur vollkommen anders ist. Sie schwankt und verändert sich. Sie sieht nicht mehr so aus wie die meiner Brüder; sie ist anders, irgendwie voller. Ich bin dem Silberdrachen nie begegnet, aber ich habe den Abdruck seiner Magie in den Hellhounds gesehen und kann Ähnlichkeiten erkennen.

Soren hat recht. Es ist die Signatur eines Drachens.

O Schicksal. O nein!

Ich bin zu jung, um mich in einen Drachen zu wandeln.

Laut den Büchern in Nans Bibliothek sind Drachen alt, wenn sie sich wandeln, und sie entwickeln sich nicht in eine Drachenform, weil sie Drachen sind. Nein, sie werden menschlich, aber es kann tausend Jahre dauern, bis sie die magische Kraft erlangen.

O nein! Ich mache es falsch. Und ich bin kein

Drache! Ich habe etwas Magie und ein bisschen DNA. Das muss das Amulett sein. Habe ich versehentlich ein bisschen Energie aufgesaugt?

Das Auge des Drachen hat mich durcheinandergebracht und jetzt werde ich sterben. *Stirbt man, wenn man sich falsch wandelt?* »Werde ich sterben?« Anscheinend habe ich die letzten Worte laut ausgesprochen, denn eine rumpelnde Felsstimme sagt mir, dass ich nicht sterben werde und loslassen soll.

Der Schmerz hört auf und ich kann nichts mehr spüren. Ich kann ihn nicht hören. Ich kann ihn nicht sehen. Ich schwebe. Ich werde von der Schwärze in meinem Kopf verschluckt. Um mich herum ist es dunkel, und ich kann nur das Pulsieren meiner magischen Signatur sehen.

Ich vertraue ihm und lasse los.

Ich lasse es geschehen und höre auf zu kämpfen. Es wird leicht, als würde ich durch einen Raum gehen. Mein Körper fließt wie Wasser; es fühlt sich wie eine Erleichterung an. Was ich bin, bricht auf und fällt auseinander. Die kleinen Mikropartikel, aus denen mein Geist und mein Körper bestehen, verdrehen sich und zerbrechen.

Dann formen sich die Teilchen neu und ich werde größer.

Viel größer.

Soren hält mich nicht mehr fest. Ich mache mir Sorgen, dass ihm etwas zugestoßen ist, aber ich bete, dass er aus dem Weg gegangen ist, denn ich bin nicht mehr ich.

Na ja, zumindest bin ich nicht mehr ich mit meiner menschlichen Haut und meinen roten Haaren.

Ich bin anders.

Ich bin mein *Drachen-Ich*.

Meine Krallen graben sich ins Gras, und es löst sich unter dem Druck mühelos auf. Ich habe Zehen an meinen Händen. Ich hebe meinen Arm, und zwischen den schillernden grünen Schuppen sind lange, katzenartige, unglaublich scharfe schwarze Nägel. Nein, Krallen. Ich habe vier Zehen. Ich wackle mit ihnen. Hm, mir fehlt ein Finger. Ich schaue unter mich, und die Zehen an meinen Hinterfüßen sind genauso – vier Stück. Wow! Ich schaue auf meine andere Hand – nein, meinen anderen Fuß – und sehe das Gleiche.

Mann, ist das seltsam.

Ich bin grün und nicht sonderlich groß. Angeblich ist allein das linke Nasenloch des silbernen Drachens so groß wie ein Auto. Aber ich bin gar nicht groß. Vielleicht ist mein ganzer Körper gerade mal so groß wie ein Auto. Ich frage mich, ob weibliche Drachen kleiner sind als männliche, aber vielleicht liegt es auch nur an meinem Alter. Ich weiß, dass der silberne Drache Tausende von Jahren alt ist, also muss es daran liegen. Vielleicht werde ich größer, wenn ich älter werde.

Ich strecke mich und schwanke. Es ist seltsam, vier Beine zu haben, und dann sehe ich aus den Augenwinkeln einen Flügel und auf der anderen Seite einen weiteren Flügel – dunkelgrüne. Fledermausartig. Nein, drachenartig. Ich grinse breit. Dann drehe ich meinen Kopf. Oh, mein Hals ist lang, und ich kann ihn fast, ja, ich kann ihn richtig weit zurücklegen und mir meinen Hintern ansehen.

Ich habe einen langen Schwanz mit einem stacheligen Ding am Ende.

Ich huste und stoße einen Atemzug aus. Es ist Luft, keine Flamme. Ich weiß nicht einmal, ob Drachen wirklich Flammen haben. Um nach oben zu schauen, verdrehe ich die Augen und vermute, dass ich Hörner habe. Ich lehne mich zur Seite, hebe mein Hinterbein und tätschele vorsichtig über meinen Kopf.

O ja, ich habe Hörner. Sie sind aber nur klein. Das ist irgendwie cool. Ich strecke mich und gähne. Ich bin müde vom Wandeln. Aber ich mache mir keine Sorgen, in dieser Form zu sein. Ich weiß, dass ich leicht zurückkehren kann.

Links von mir ertönt ein Geräusch und eine kleinere Version von Soren steht da mit weit aufgerissenem Mund und zeigt auf mich. »Du hast es geschafft. Du bist ein Drache«, sagt er. »Du bist ein wunderschöner Drache.«

Ja, ach was, Sherlock. Ich bin ein Drache.
Und dann fängt er an zu lachen.

Liebe Leserin, lieber Leser,

zunächst einmal *vielen Dank*, dass du meinem Buch eine
Chance gegeben hast.

Wow, ich habe es noch mal geschafft. Ich hoffe, es hat
dir gefallen. Wenn das der Fall ist und du Zeit hast, wäre
ich dir sehr dankbar, wenn du eine Rezension schreiben
könntest.

Jede Rezension macht einen *riesigen* Unterschied für
einen Autor – vor allem für mich als brandneue, glän-
zende Autorin – und deine Rezension könnte anderen
Lesern helfen, mein Buch zu entdecken. Ich würde das
sehr zu schätzen wissen, und es wird mir helfen, weiter
zu schreiben.

Tausend Dank!

Oh, und es besteht sogar die Möglichkeit, dass ich deine
Rezension für meine Marketingkampagne auswähle.
Kannst du dir das vorstellen? Das ist so aufregend!

Alles Liebe,
Brogan x

Über den Autor

Brogan lebt mit ihrem Mann und ihren elf pelzigen Kindern in Irland: fünf pelzige Minions der Dunkelheit (auch bekannt als Katzen), vier Hellhounds (also Hunde) und zwei traditionelle Einhörner (fette, haarige Irish Tinker).

Im Jahr 2019 beschloss sie, ihre Verrücktheit auszuleben und über die imaginären Kreaturen, die in ihrem Kopf leben, zu schreiben. Ihre größte Liebe gehört ihrem pelzigen Lieblingskind Bob, dem Irish Tinker, und dann dem Lesen. Wenn sie nicht gerade liest oder schreibt, steckt sie knietief in Pferdeäpfeln und Fell und ignoriert dabei glückselig alle Erwachsenenpflichten.

amazon.com/author/broganthomas

facebook.com/BroganThomasBooks

instagram.com/broganthomasbooks

goodreads.com/Brogan_Thomas

bookbub.com/authors/brogan-thomas

Bücher von Brogan Thomas

Verfluchter Wolf

Kreaturen der Anderswelt

Verfluchter Dämon

Kreaturen der Anderswelt

Verfluchter Vampir

Kreaturen der Anderswelt

Verfluchte Hexe

Kreaturen der Anderswelt

Verfluchte Fae

Kreaturen der Anderswelt

Verfluchter Drache

Kreaturen der Anderswelt